사라진 선감학원의 비극

선감도

선감도: 사라진 선감학원의 비극

© 김영권, 2020

1판 1쇄 인쇄_2020년 8월 05일
1판 1쇄 발행_2020년 8월 15일

지은이_김영권
펴낸이_홍정표
펴낸곳_작가와비평
　　　등록_제2018-000059호
　　　이메일_edit@gcbook.co.kr

공급처_(주)글로벌콘텐츠출판그룹
　　　대표_홍정표 이사_김미미
　　　편집_김수아 권군오 홍명지 이상민 기획·마케팅_노경민 이종훈
　　　주소_서울특별시 강동구 풍성로 87-6
　　　전화_02) 488-3280 팩스_02) 488-3281
　　　홈페이지_http://www.gcbook.co.kr

값 13,800원
ISBN 979-11-5592-255-2 03810

※ 이 도서의 국립중앙도서관 출판예정도서목록(CIP)은 서지정보유통지원시스템 홈페이지(http://seoji.nl.go.kr)와
　 국가자료공동목록시스템(http://www.nl.go.kr/kolisnet)에서 이용하실 수 있습니다. (CIP제어번호: CIP2020030850)

사라진 선감학원의 비극

선감도

김영권 장편소설

작가와비평

山甘島

세상의 억울한 사람들이여,
죽음을 꿈꾸되 자살은 잠시 후에 하라.
그대 마음속 깊이 천국이 있나니….

– 어느 생명의 메아리

백발 한 올

볕이 따스한 마당 앞의 콘크리트 축담 위에 앉아 자칭 '청춘노인'은 혼잣말처럼 중얼거린다. 간혹 불어오는 꽃샘바람이 허연 머리카락을 흩날린다.

"흠, 대통령이 도둑맞았다고 온 나라가 난리법석인데… 도둑질? 대체 누가 무엇을 도둑맞은 걸까? 이를테면… 한쪽은 대한민국의 대통령 자리를… 협잡질과 사이버 댓글 부정선거로 강탈당했다는 비분강개이고… 다른 한쪽은 이미 당선된 여대통령의 권위와 권한을 제대로 행사하지 못한 채… 종북 빨갱이 세력에 의해 훼손당하고 침탈당할 수도 있다는 울분이 아니야? 흐음, 내가 잘못 봤다면 미안…."

그는 숨이 가쁜지 가르릉거리는 소리와 함께 한동안 헐떡거렸다.

"그녀의 아버지 시절에도 그랬었지. 시대는 변했다는데 어찌

그리 똑같은지… 내가 그 무서운 섬에서 고생할 때 그녀는 아마 예쁜 소녀였겠지. 흠, 이건 늙은이의 한갓 로맨티시즘일지도 모르지만… 아무튼 일단 당선이 된 상태니 기회는 한번 줘 봐야지 않을까? 설령 선거공약이 헛약속이 되더라도, 나 같은 사람은 노인연금 따윈 애초부터 받을 염이 없었다구. 내가 뭘 한 게 있어야지. 어린 거렁뱅이 시절부터 나 혼자 살아오기도 벅찼는걸."

노인은 깊은 한숨을 내쉬었다.

자칭 '청춘노인'을 만난 건 지난 초겨울이었다. 지역 봉사단체가 진행한 독거노인 돕기 활동에 취재작가로 참여하게 된 인연이었다. 잃어버린 청춘이 아까워서, 몸은 늙었으되 마음만큼은 늙을 수가 없다고 중얼거렸다. 그는 처음엔 나를 무슨 스파이쯤으로 생각했는지 사적인 얘기를 가능하면 감추었다. 그리고 진갈색 안경을 쓴 눈으로 나를 살피며 입술을 일그러뜨렸다. 그 후 가끔 술병을 사 들고 방문하여 이런저런 잡담을 나누는 사이에 차츰 그의 마음이 열려 오래 묵은 깊은 아픔을 전해 듣게 되었다.

"암튼 정치가 자기들만의 장난은 아니어야지. 그래, 그렇구말구. 세상엔 식물 같은 맘으로 동물의 상처를 앓고 지내는 국민들도 있으니… 그들에 대해서도 생각을 좀 해주었으면 좋겠어. 헛되이 빼앗겨 버린 청춘이 아깝잖게…."

그는 빈약한 머리에서 백발 한 올을 뽑아 지그시 바라보다가 쓴웃음을 흘렸다.

1부

무정천리

외섬

바다는 푸르스름한 하늘 아래 잔잔히 펼쳐져 있었다.

하지만 가까이서 보면 해면은 끊임없이 파도를 일으키며 꿈틀거렸다. 마치 잠시라도 움직임을 멈추면 안 되는 천벌이라도 받은 거대한 생물처럼….

수평선을 향해 펼쳐진 드넓은 바다는 봄 햇살을 받아 찬란하게 반짝였다. 물이랑 사이로 무수한 금빛 뱀들이 저마다 재주를 부리며 뛰노는 것만 같았다. 간혹 배고픈 갈매기가 수면을 향해 쏜살같이 내리꽂혔다가 헛물을 켜곤 힘겹게 날갯짓하며 날아올랐다.

저 멀리 바다와 하늘이 맞닿으려다 멀어져 가는 곳, 그 한 어름에서는 신기루인 양 짙푸른 바다의 화원이 아른거렸고, 거기서는 육지에서 필 수 없는 갖가지 기이한 꽃들이 아슴푸레 피어나는 듯싶기도 했다. 눈을 비비고 다시 보면 그건 환상일 뿐이었다.

마산포瑪山浦라는 조그마한 포구의 선착장에는 50톤급 배 한 척이 시동을 건 채 정박해 있었다. 옆구리에 '행운호'라고 붉은 페인트로 적혀 있는 낡은 운반선이었다. 갑판 쪽의 목재가 군데군데 썩어 들어가고, 뱃머리와 옆구리에 칠한 페인트도 벗겨져 누르칙칙한 녹이 잔뜩 슬어 있었다. 마치 폐선처럼 보여서 과연 망망대해를 제대로 항해할 수가 있을지 의심쩍을 정도였다.

잠시 후에 트럭 한 대가 요란한 엔진 소리를 내며 도착했다. 카키색 장막이 쳐진 트럭 옆구리엔 '전국 부랑아 일제단속'이란 붉은 고딕체 글자가 찍힌 현수막이 붙어 바닷바람에 펄럭거렸다.

장막이 걷히자 꾀죄죄한 몰골의 인간 군상이 몸을 일으켜 튀어나왔다. 겨울에 껴입었던 두꺼운 누더기 옷을 아직도 그대로 입고 있는 놈, 어디서 뺏겨 버렸는지 구멍이 숭숭 난 더러운 런닝구 하나만 달랑 걸친 놈 등 각양각색이었다.

"빨리빨리 움직여!"

표지가 검은 장부를 든 도청 직원이 소리쳤다. 그 양옆에는 카빈총을 든 경찰 두 명이 서서 추저분한 무리를 노려보고 있었다.

줄지어 선 부랑아들은 검은 장부를 든 사내의 지시에 의해 한 사람씩 차례차례 운반선으로 올라탔다. 조금만 굼뜨게 움직이면 경찰은 총구로 쿡쿡 찌르면서 쌍욕을 내질렀다.

"개똥보다 못한 쓰레기 자식아! 시간이 아깝단 말야!"

쓰레기로 지목된 인간은 말없이 발걸음을 재촉했다. 자칫 잘못하다간 총알 세례는 아니라고 해도 개머리판이나 구둣발로 얻어맞기 십상이었다. 그곳 바다에까지 오기 전에 들렀던 경찰서나 도청에서도 그들은 실제로 인간 이하의 쓰레기로 취급받았던 것이다. 말하자면 그들은 인간 세계로부터 청소된 오물 같은 존재였다.

그들은 대부분 서울과 경기도 일대의 거리에서 일제단속에 걸려 끌려온 '부랑아'라는 이름의 청소년들이었다. 집도 부모도 없이 부평초처럼 떠돌며 살아가던 아이들도 있었지만, 가정과 가족을 가진 아이도 많았다.

1961년 5·16쿠데타로 정권을 잡은 군사정부는 사회의 독초와 잡초를 뽑아낸다는 명분 아래 부랑자와 노숙자들을 마구 잡아들였다. 그 당시는 일부 부유층은 물론 호의호식을 하며 살았지만 대부분의 서민들은 허리띠를 졸라맨 채 매일 허덕거렸다. 하층민들은 사회의 온갖 힘겨운 일과 더러운 일을 하면서 겨우 살아갔고 그들의 자식들은 집을 나와 떠돌기가 일쑤였다. 보릿고개 무렵엔 눈물을 머금은 채 자식을 팔기도 하고 내다 버리기도 했다.

이윽고 승선이 완료되었다. 부랑아들은 갑판 위에 빽빽이 줄지어 앉은 채 다시 한번 인원점검을 받았다. 그들은 모두 35명이었다. 열두어 살부터 스무 살 이하의 청소년들이 대부분이었으나 개중엔 채 열 살도 안 되어 보이는 앳된 아이나 스무 살이 슬쩍 넘은 듯싶은 청년도 한두 명 끼여 있었다. 어린애들은 고아원으로 보내는 게 정상이었는데, 열 살도 채 안 된 애들은 아마 할당된 머릿수를 채우기 위해 억지로 끌고 왔는지도 몰랐다.

배가 고동을 울리더니 육지를 서서히 떠나기 시작했다.

해풍海風을 타고 비릿한 갯내음이 물씬 풍겨 왔다. 물결이 양옆으로 부서지면서 바다는 마치 칼부림을 당하는 생명체처럼 허연 피 같은 포말을 이리저리 튀기며 퍼덕였다.

"야, 우린 지금 어디로 가는 거지?"

"모르지 뭐. 바다 속에 처넣어 버리지 않으면 다행이겠지 뭐."

"쓰새야, 재수없는 소리 하지 마!"

뱃고물 쪽에서 이런 소리가 들려왔다. 그러자 모두들 두렵고도 궁금한 일이었다는 듯 여기저기서 웅성거림이 흘러나왔다.

"개새끼들아, 조용히 하지 못해!"

경찰 하나가 윽박질렀다.

"쓰펄, 죽을 땐 죽더라도 어디로 가는지는 알아야 할 거 아냐! 도축장에 끌려가는 개새끼도 아니고 원 참!"

머리카락이 낡은 삼베 빛깔처럼 누르께한 사내 녀석이 한쪽 주먹으로 하늘을 향해 삿대질을 하며 뇌까렸다. 그러고는 바다 쪽으로 침을 찍 뱉었다.

"저 새끼가 정말 죽고 싶어 환장을 했나?"

"그럼 환장을 안 하게 됐슈? 가만있는 사람을 보고 왈왈 짖어 대는 개새끼 똥구녁을 한번 걷어찬 게 무슨 죽을 죄라도 된다는 거여 뭐여?"

"니가 술 처먹고 헤롱헤롱대니까 꼴같잖아서 짖었겠지 그냥 짖었겠냐, 엉? 그리고 야 이 새끼야, 개하고 지랄거리다가 개주인은 왜 치고 난리야!"

"지랄 발광하는 개놈을 말리지는 못할망정 물어뜯으라고 시키는 게 대체 인간이유? 개새끼하고 같은 족속이지."

"저게 어디서 꼬박꼬박 말대꾸야? 아무튼 너 따위 똥개새끼하곤 다른 족보 있는 개니까 그만 아가리 닥쳐!"

머리카락이 누르께한 사내는 앞니 새로 침을 찍 내갈겼다.

"씨팔, 돈 없고 빽 없으면 개새끼보고도 형님 하면서 굽실거려야 한다는 거여? 그래서 사람을 이렇게 끌고 가는 거냔 말여? 안 돼! 날 내려줘! 물귀신이 되든지, 헤엄쳐 돌아가서 그 개형님 한테 정말 고따위 세상인지 좀 물어봐야겠어, 흐흐흐…."

사내는 몸을 일으키려고 했다. 그 순간 경찰이 달려가 욕을 퍼부으며 개머리판으로 그의 어깨와 머리를 내리찍었다. 퍽 소리와 함께 사내의 머리에서 피가 흘러내렸다.

"이 개쌍놈의 새끼, 한번 죽어 봐라!"

경찰은 쓰러진 사내의 머리를 구둣발로 지근지근 밟았다. 그

꼴을 지켜보던 갑판 위의 부랑아들이 웅성대기 시작했다. 불온한 기색이 감도는 그 소리는 점점 커져서 바다 위를 맴돌았다. 몇몇 부랑아가 일어서서 경찰을 막으며 항의를 하자 여기저기서 "우~ 우~" 하고 호응하는 소리와 함께 야유를 날렸다. 그 소리는 뱃전에 부서지는 파도 소리를 한 순간 지워 버렸다.

"주둥아리들 닥치고 모두 앉아! 불응하면 발포하겠다!"

다른 경찰이 카빈총을 들어 노리쇠로 철커덕 소리를 내며 곧바로 군중을 겨냥했다. 그 냉혹한 눈빛과 목소리로 보아 수틀리면 금방이라도 방아쇠를 당겨 버릴 듯했다. 군사정권 치하에서 한동안 살아 본 사람들은 군인과 경찰의 명을 거역했다간 어떤 불상사를 당하는지 잘 알고 있었다. 경찰의 눈 속엔 권력으로부터 내려 받은 강력한 살의가 번뜩이고 있었다. 깡다구 깨나 부리는 부랑아들도 그 낌새를 알아챘는지 슬그머니 기를 꺾고 앉았다. 그러자 갑자기 갑판 위는 쥐 죽은 듯이 조용해졌다.

배는 속력을 내어 푸른 물결을 헤치고 나갔다. 얼마 후 저 멀리 수평선에 자그마한 섬 하나가 희미하게 나타났다. 바다나 하늘의 푸른색 배경 속에 초록색이 돋보이는 섬이었다.

좀 전에 살벌한 상황이 벌어질 때도 짐짓 무심한 듯 바다만 바라보며 담배연기를 휘날리고 있던 도청 직원이 손가락으로 검은 테 안경을 추켜올리고 나서 섬을 가리키며 말했다.

"잘 봐둬라. 바로 저곳이 이제부터 너희들이 과거를 잊고 새로운 삶을 시작할 터전이다."

부랑아들의 긴장된 눈이 그곳으로 쏠렸다. 도청 직원은 목청을 한번 울리곤 연설조로 계속했다.

"에~ 저 섬을 좀 더 자세히 설명할 것 같으면, 에~ 경기도 옹진군 대부면^{현재의 안산시}에 속한 선감도라고 한다. 너희들을 저곳으로 데려가는 건 단군성왕 이래로 가장 확실한 목적이 있기 때문이다. 바로 정신개조와 재탄생이다! 여러분의 게으름과 의타심과 불량기를 척결하고 진정한 인간으로 다시 태어날 기회가 주어지는 것이다. 그리하여 활기차고 생산적인 나라를 건설하는 데 여러분의 혈기 또한 정상적으로 활용되어야 한다는 게 바로 높으신 분들의 뜻이다. 에~ 그건 즉 위대한 오일륙 혁명정신의 발로인 것이다!"

도청 직원은 제물에 흥분하여 침을 튀기고 있었다.

배는 점점 섬을 향해 가까이 다가갔다. 도청 직원의 흥분과는 달리 부랑아로 낙인찍힌 청소년들의 몸은 긴장과 불안으로 인해 점차 움츠러들었다.

뱃고물 한구석에 잔뜩 웅크리고 앉은 용운은 아까부터 먼 바다에 망연히 눈길을 두고 있었다.

그는 도청 직원의 연설을 귓가로 흘려들으며 수평선만 하염없이 쳐다보는 것이었다. 얼이 빠진 듯하기도 하고 어떤 깊은 생각에 잠긴 듯하기도 했다.

용운은 배에 탄 부랑아들 중에서도 어린 축에 속했다. 아마 열두어 살이나 되었을까, 쓸쓸한 표정이면서도 아직 앳된 기가 눈동자와 입술 언저리에 감도는 소년이었다. 나이답지 않게 우울한 빛을 띤 가운데 어딘지 모르게 의지가 강해 보이는 인상이기도 했다. 누추한 누더기를 걸치고 새둥지 같은 터벅머리에다 얼굴엔 때가 잔뜩 끼어 있었다. 그래도 뺨 한 구석엔 흰 살결이 살짝 비쳐 보이는 미소년이 었는데, 왼쪽 눈 아래에 작고 푸르스름한 점이 하나 박혀 있었다.

"얌마, 넌 쪼그만 게 마치 도통이라도 한 꼴상이구나. 넌 무섭지도 않니? 난 마치 지옥섬으로 끌려가는 기분이야. 저 푸른 섬이 우리들의 공동묘지처럼 느껴진단 말야."

옆에서 누군가 용운의 귀에 입을 바싹 대고 속삭였다. 용운은 상대를 흘끗 보았을 뿐 아무런 대꾸도 하지 않았다. 벌써 이마에 주름이 생기고 앞니 두 개마저 빠져 버린 그 녀석은 피에로처럼 슬픈 인상이었지만 입으로는 실없이 헤벌쭉 웃고 있었다.

"넌 어떡하다 잡혀 왔니?"

피에로 같은 소년은 용운의 대꾸가 없자 제 혼자 속닥거렸다.

"난 방랑자 채플린의 흉내를 내다가 잡혀 왔어. 그건 배고픈 채플린이 어린애가 들고 있던 빵을 훔쳐 먹는 아주 유명한 장면이지, 히히. 동대문 앞에서였어. 어떤 아줌마가 구경을 하고 섰는데 등에 업힌 꼬맹이의 고사리 손에 크림빵이 들렸더군. 난 내 머리카락 한 올을 뽑아 꼬맹이의 눈높이에 이리저리 흔들면서 빵을 한 입 낼름 베어 먹었지. 하늘이 너무 푸르러서 머리칼에 붙은 먼지까지 더럽게도 크게 보일 정도였어. 이 한 마리가 머리카락에 붙어 외줄타기 서커스를 하고 있더군. 히히, 빵을 한입 베어 먹곤 머리카락을 이리저리로 흔들면서 또 낼름 베어 먹었지. 그쯤에서 만족하고 그만두어야 했는데…. 하얀 크림이 묻은 어린애의 보드라운 손이 문득 너무 예뻐서 쪽쪽 빨고 말았던 거야. 애가 울 때까지도 나는 무엇에 홀린 듯 입을 떼지 않았어. 그 순간 나는 눈을 스르르 감고 있었는데, 눈앞엔 한번 본 적도 없는 울 엄마의 환상이 떠오를 뿐이었지. 마침 그때 순경이 순찰하며 지나가다가 다짜고짜 붙잡아 끌고 왔잖아. 아 띠바, 난 엄마를 생각했을 뿐인데…."

'엄마'라는 흐릿한 말에 용운의 표정이 일순 변화했다. 눈썹이 옴찔하더니 머루처럼 검은 눈동자에서 맑은 눈물 한 방울이 떨어져 내렸다. 그동안 지그시 참고 있었던 감정이 터져 버린 모양이었다. 눈물에 씻긴 더러운 볼 위로 한 줄기의 하얀 선이 그려졌다.

피에로가 무슨 말인가 붙여 보았으나 용운은 고개를 슬쩍 돌리곤 다시 바다를 바라보았다.

"야, 어차피 이리 된 것, 걱정하면 뭘 하겠어. 까짓 것, 흘러가는 대로 한번 가보는 거지 뭐. 히히히… 애, 이것 한번 들어 봐. 정글북이란 영화 앞부분에 나오는 거야."

피에로 소년은 눈을 지그시 감더니 제물에 기꺼운지 속삭이듯 읊조렸다.

만일 주위 사람들이 모두 제정신을 잃고
네 탓이라 비난해도 여전히 냉정할 수 있다면
그리고 사람들이 모두 너를 의심해도
자신을 믿고 그 의심마저 감싸 안을 수 있다면
만일 기다리면서도 기다림에 지치지 않고
거짓에 속더라도 되갚지 않는다면…

네가 꿈을 꾸되 꿈의 노예가 되지 않고
생각하되 생각 자체에 얽매이지 않고
승리를 만나도 불행을 만나도 똑같이 의연할 수 있다면
무지한 자들이 네 뜻을 왜곡해도 참아낼 수 있다면
네가 성취한 모든 것을 올바른 모험에 걸었다가
다 잃고도 처음부터 새로이 시작할 수 있다면…

만일 네가 왕들과 나란히 걸으면서도
본래의 네 자신을 잃지 않는다면
있는 그대로의 너를 받아들이고 이해할 수 있다면
이 세상의 모든 것은 네 것이 되고
그때 너는 비로소 하나의 어른이 되리라…

피에로 소년은 눈을 찡긋하며 희극배우 같은 표정을 지었다.

갈매기들이 하늘과 바다의 경계선을 넘나들며 끼룩거렸다. 용운은 애써 미소를 지으며 수평선을 바라보았다. 미소는 곧 사라지고 미간을 찌푸리며 스르르 눈을 감았다. 자기만의 은밀한 어떤 추억 속으로 빠져 들어가는 듯한 표정이었다. 그는 소년답지 않게 한이 어린 한숨을 쉬었다.

푸른 소나무가 봄바람에 꽃가루를 날리고 있었다.

거리로 나왔으나 엄마는 딱히 갈 만한 곳이 없는 모양이었다. 이따금 한숨을 내쉬며 이리저리 걸어다닐 뿐이었다. 용운은 엄마의 치맛자락을 꼭 붙잡곤 마치 송아지처럼 뒤따랐다. 엄마는 말없이 터덜터덜 남대문을 거쳐 남산으로 올라갔다.

엄마는 무척 지쳤는지 돌계단 위에 털썩 주저앉았다. 시가지를 내려다보며 또 한숨을 폭 내쉬었다. 그럴 때마다 용운은 어쩐지 겁이 나는 듯 입술을 깨물었다.

"엄마, 엄마, 저기 거미 좀 봐. 나비를 잡아먹고 있어."

용운의 입술이 파르르 떨렸다. 생기 띤 소나무 잎새와 가지들 사이에 정교한 거미줄이 쳐져 나방의 날갯짓 따라 햇빛을 반사하며 흔들렸다.

엄마는 용운의 핼쑥한 낯을 바라보더니 소나무 우듬지 쪽의 물오른 가지를 꺾어 겉껍질을 벗겨내고 건네었다. 용운은 그것을 받아 하얀 속껍질을 허겁지겁 벗겨 먹었다. 송기^{松肌}는 씁쓸하고 텁텁한 맛이었다.

"아아, 어쩌야 한단 말인가? 하느님, 가련한 저희를 도와주소서."

엄마는 노을이 진 하늘을 쳐다보며 중얼거렸다. 가족들끼리 소풍을 나왔다가 명랑하게 웃으며 하산하는 시민들을 두 모자는 부러움에 찬 눈으로 멍하니 지켜보곤 했다.

노을도 거의 지고 땅거미가 내릴 무렵에야 엄마는 힘겹게 몸을 일으켜 세웠다. 용운은 엄마의 손을 붙잡고 말했다.

"엄마, 내가 업고 갈게. 어서 업혀, 응?"

엄마는 시름겨운 웃음을 겨우 짓고 나서 산을 내려가기 시작했다.

뱃고동이 부우 하고 울었다.

용운은 그 소리를 듣고 추억에서 현실로 돌아왔다. 머루 같은 검은 눈에 눈물 한 방울이 맺혀 떨어질 듯 떨어지지 않았다.

섬이 점점 가까워 오고 있었다. 배가 물결에 흔들리면서 섬도 흔들리는 듯한 착시현상을 느끼게 했다.

멀리서는 전체적으로 초록색으로 보이던 섬은 가까이 다가갈수록 황토색이 보이고 회색도 보였다. 산 아래쪽으로 구불구불한 길과 흙담 그리고 초가지붕 따위가 서서히 분간되었다. 그것은 몇 가호 안 되는 작은 어촌 마을처럼 보였다.

그런데 산중턱에는 전혀 이질적으로 느껴지는 건물들이 여기저기 띄엄띄엄 늘어서 있었다. 회색 슬레이트 지붕에 시멘트 담으로 이루어져 삭막하고 을씨년스러워 보이는 일종의 바라크였다. 그 이상한 건물들과 어촌 민가는 상당한 거리를 두고 멀리 떨어져 있었다.

호기심을 보이는 아이들도 없지 않았으나 용운은 어쩐지 무섭증이 어린 눈으로 산속의 그 잿빛 건물들을 가만히 지켜보았다.

시퍼런 바닷물이 넘실대면서 불안과 공포의 무게를 부랑아들의 가슴속에 가중시켜 주고 있는 성싶었다. 모두들 아무런 말없이 눈앞에 다가온 섬과 주위의 풍경에 시선을 모았다. 갈매기들이 끼룩끼룩 울며 날아다녔다.

이윽고 행운호는 속도를 줄이더니 서서히 맴을 돌아 선감도의 나루터에 닻을 내리고 정박했다. 손바닥만 한 그 간이 선착장 아래쪽엔 작은 발동선 두 척이 선 채 파도에 흔들리고 있었다.

선착장엔 머리를 스포츠형으로 반듯하게 깎고 얼굴이 사각형으로 각진 남자 한 명과 스무 살 안팎의 새파란 사내애 다섯 명이 어깨에 잔뜩 힘을 넣은 채 서 있었다. 새파란 사내애들은 모두 **빡빡** 백고 친 알머리에 교복처럼 생긴 검정색 옷을 입고 검정 고무신을 신고 있었다. 그들은 선감학원의 담당 선생과 고참 원생들로서, 새로 들어오는 부랑아들을 마중하기 위해 나온 것이었다.

도청 직원과 경찰들이 먼저 하선하여 선생과 악수를 나누었다. 그런 후 선생은 신입생들을 향해 단조로운 어조로 말했다.

"모두들 어서 와라. 우리는 너희들을 아무런 차별 없이 환영하는 바이다."

그러고는 검은 옷을 입은 사내애들에게 눈짓을 했다. 그러자 눈매가 매섭고 우락부락하게 생긴 사내 하나가 '신입생'들을 향해 냉랭하게 소리쳤다.

"모두 질서정연하게 내려서 이 앞에 삼열종대로 선다! 실시!"

신입들은 줄을 지어 느릿느릿 움직였다.

"동작 봐라? 신상이 걱정된다면 빨랑빨랑 움직이는 게 좋을 거다."

그 고참 원생은 눈을 가늘게 뜨며 목소리를 내리깔았다. 소리를 칠 때보다 한층 더 위협적으로 들렸다.

신입생들은 미운털이 박히지 않기 위해 모두 다급히 움직였다. 순식간에 육지로 내려선 그들은 일사불란하게 줄을 지어 섰다. 고참은 입가에 음침한 미소를 흘리고는 다시 명령을 내렸다.

"앉아 번호 시작!"

"하낫! 둘! 셋! 넷! 다섯!…"

번호가 끝나자 고참 원생은 선생에게 차렷 자세로 보고했다.

"총 35명입니다, 선생님!"

"좋아, 인솔해."

고참은 신입들을 향해 돌아서서 엄격히 명령했다.

"전체 주목! 지금부터 운동장으로 이동한다. 도중에 대열을 이탈하거나 잡담을 해서는 즉결처분감이다. 선두 앞으로 갓!"

그것은 향긋하던 봄날의 공기를 찢어발기고 훼손시키는 사악한 목소리였다.

대열은 왼쪽으로 야산을 끼고 울퉁불퉁한 흙길을 따라 섬의 중심 쪽으로 이동했다.

지옥문

오른쪽으로 저만큼 염전과 저수지가 보였고 작지만 논밭도 펼쳐져 있었다. 밭엔 보리가 파랗게 자라고 있었다. 초로의 아낙네가 보리밭을 매다가 호미 든 손을 이마께에 올리곤 대열을 멀거니 건너다보았다. 적막한 섬에 아마 민간인들도 사는 모양이었다.

한동안 가니 산 중턱에 삭막해 보이는 회색 건물들이 나타나기 시작했다. 흙과 시멘트를 섞어 지은 1백여 평쯤 되는 길쭉한 건물이었다. 그런 건물이 헐벗은 산 여기저기에 띄엄띄엄 흩어진 채 늘어서 있었다.

대열이 지나가자 그 건물들에서 수많은 수용자들이 나와 서서 구경하며 서로 뭐라고 지껄이기도 하고 희희덕거리기도 했다. 그러나 누구도 큰 소리를 지르거나 하진 못했다. 그들이라고 해서 감정을 예사롭게 드러낼 만큼 자유롭거나 신수가 훤한 건 아니었다. 아니 오히려 전체적으로 그들의 모습은 신입들보다 더 경직되고 초췌한 몰골이었다.

"걸음 똑바로 맞춰! 하낫 둘 하낫 둘… 야, 거기 앞줄에 툭 튀어나온 대가리는 뭐야? 너 개새끼, 줄 안 맞출래, 웅?"

인솔하던 고참이 험상궂게 인상을 쓰며 으르렁거렸다.

"선두 좌측으로!"

대열은 즉각 방향을 바꿔 걸어갔다. 마침내 다른 건물보다 다소 크고 운동장까지 갖춘 곳에 이르자 인솔자는 대열을 정문 안으로 이끌었다. 사무실 등이 자리 잡은 본관이었다. 정문 기둥엔 '선감학원仙甘學院'이란 명패가 붙어 있었다.

"모두 정지!"

인솔자가 빽 고함을 내질렀다. 대열은 주춤 하고 멈추었다.

"지금부터 너희들의 더러운 과거를 정리하는 삭발식을 거행하겠다! 각자 두 눈을 감고 자숙하길 바란다."

운동장에 늘어선 신입들은 우선 지저분한 봉두난발부터 알머리로 빡빡 깎였다. 선 채로 고개만 숙이게 해놓고 바리깡을 든 두 명의 고참이 달려들어 마구 밀어 나가기 시작했다. 그러다가 짓궂은 웃음을 띠면서 바리깡을 슬쩍 들어 올리면 비명이 흘러나왔다. 어찌나 잽싼지 35명의 머리는 30분도 채 안 되어 모조리 서늘한 알머리로 변해 버렸다. 무엇이 서러운지 긴 머리털과 함께 눈물을 뚝뚝 떨어뜨리는 아이도 있었다.

좀 전의 인솔자가 다시 신입생들을 운동장 한가운데에 정렬시켰다. 그리고 동물을 다루듯 명령했다.

"이제부터 몸뚱이에 걸친 것을 싸그리 벗어 족발 앞에 놓는데, 5초를 초과하는 짐승은 여물통이 죽사발 될 테니 각오해라. 실시!"

신입들은 고참을 멀뚱멀뚱 쳐다보며 엉거주춤 서 있었다.

"어쭈? 이 새끼들이 여기 유람하러 온 줄 아나?"

고참은 맨 앞줄에 선 신입들의 알머리를 우악스런 손바닥으로 찰싹찰싹 내리갈겼다.

"그럼 실시한다. 시작! 일 초, 이 초, 삼 초…."

그제야 신입들은 다급스런 동작으로 저마다 몸에 걸친 누더기를 벗어내기 시작했다. 정신 차릴 틈이 없이 허둥지둥 옷을 벗는 동안 여기저기서 둔탁한 매타작 소리와 비명이 살벌하게 들려왔다. 동작이 굼뜬 사람을 고참들이 뒤에서 사정없이 족치는 것이었다.

"이 새낀 살결이 계집애처럼 보드랍군."

누군가 이죽거리며 용운의 등짝을 후려갈겼다. 붉은 손바닥 자국이 선명히 찍혔다. 용운은 상대방을 노려보며 욕을 하는 대신 자신의 입술을 꽉 깨물었다.

곧 모두는 아랫도리까지 드러낸 알몸의 부동자세로 서서 매서운 바닷바람을 맞고 있었다.

"다들 벗었어? 좋아, 그럼 이제 그 걸레쪽엔 미련을 버리고 저쪽 창고 앞으로 이동한다. 정렬, 앞으로 갓!"

용운은 몇 걸음 걷다가 힐끗 돌아보았다. 아무리 더러운 누더기지만 그동안 자신의 몸을 감싸 준 것이었다. 왠지 무엇인가 소중한 것이 그 속에 들어 있을 것만 같았다. 자루를 든 세 명이 벗어 놓은 옷들을 바삐 뒤지고 있었다. 담배나 기타 쓸 만한 물건이 나오면 재빨리 품속에 감추고 나머지 옷은 자루에 쓸어 담는 것이었다.

"이 쥐뿔만 한 새끼가 어디로 대갈빡을 돌려."

날래게 다가온 인솔자가 손날로 용운의 뒷덜미를 내리쳤다. 숨이 콱 막힐 만큼 강한 타격이었다. 용운은 심호흡을 하며 그를 가만히 바라보았다. 별 인상을 짓지 않은 무표정한 얼굴이었는데도 상대방은 왠지 제물에 미안해하는 기색이었다. 가엾은 짐승 새끼나 자신의 어린 동생을 친 느낌이라도 든 것일까?

창고 앞에는 또 다른 선생 하나가 기다리고 있었다. 알몸 행렬이 도착하자 선생은 신입들의 체격을 대충 가늠하면서 빠르게 상하의를 골라 던져 주었다. 내의와 검정 고무신도 주었다. 용운의 옷은 다소 큰 편이어서 소매와 바짓부리를 접어 올려야만 했다.

복장을 갖추고 다시 줄을 지어 운동장으로 돌아오니까 선착장에서 보았던 그 선생이 책상을 앞에 놓고 앉아 서류를 뒤적이고 있다가 명령을 내렸다.

"한 사람씩 앞으로 나와!"

그는 이름과 나이, 부랑아가 된 사유, 부모의 이름과 생존 여부, 살던 동네의 주소 따위를 물으며 개인 기록 카드를 작성했다. 작성이 끝나면 '일심사 2반' '충심사 3반' '정심사 5반' 하고 숙사를 지정해 주었다. 그러면 옆에 선 고참 원생이 담요, 수건, 비누, 칫솔, 식기, 숟가락 따위의 개인 용품을 차례차례 지급했다.

얼마 후 용운의 차례가 되었다. 선생은 흘끗 한 번 용운을 흘겨보더니 물었다.

"이름은?"

"윤용운입니다."

"나이는?"

"잘 모르겠어요."

"뭐라구? 임마, 너 멍청이야, 응?"

선생은 눈을 부라렸다.

"정말 생각이 잘 안 나요. 열두 살인지 열셋인지 가물가물하거든요."

용운은 슬픈 표정으로 대답했다. 여덟 살에 엄마로부터 버림받은 용운은 거친 세파에 부대끼며 작은 조약돌처럼 살아왔다. 생일을 챙겨 주는 사람도 없었거니와 나이 따위를 헤아릴 겨를도 없었다. 어떤 고생을 하더라도 엄마를 찾을 생각만 했다. 언젠가 엄마를 만나면 나이는 엄마가 기억하고 있다가 가르쳐 주리라고 믿었다.

"바보 같은 자식."

선생은 한 마디 중얼거리고는 서류에다 '12세'라고 써 넣었다. 그 외에 대답이 분명치 않은 사항들은 모조리 '기억불명'이라고 속필로 써 갈기고 나더니 말했다.

"넌 나이로 보나 생긴 걸로 보나 좀 덜떨어진 놈이구나. 우리 충심사로 와서 제대로 교육을 받아야겠어."

그렇게 해서 용운은 충심사 줄에 가서 서게 되었다. 그 줄엔 피에로가 먼저 와서 대기하고 있었다. 기록 절차가 모두 끝나자 선생은 서류뭉치를 탁탁 추슬러 놓고 단 위로 올라섰다.

갯내음이 듬뿍 밴 바닷바람이 운동장을 휩쓸고 지나갔다. 선생은 카랑카랑한 목소리로 말을 시작했다.

"전원 주목하라! 이곳에 들어온 여러분을 정녕 환영한다. 여긴 너희들에게 자립과 새 삶의 길을 열어 주기 위하여 국가에서 운영하는 선감학원이란 곳이다. 흠, 나로 말할 것 같으면, 이곳의 지도교관인 동시에 사감이기도 한 사람이다. 다른 말은 안 해도 차차 알게 될 것이니 생략하고, 딱 두 가지만 얘기하겠다."

그는 헛기침을 한 번 하고 나서 말을 이었다.

"첫째, 너희들은 이제부터 거렁뱅이나 시정잡배가 아니라 이곳 선감학원의 원생임을 명심해야 한다. 그러니만큼 과거의 헛되고 나태한 부랑아 근성은 이 순간부터 깨끗하게 청산하고 하루속히 이곳 생활에 적응해야 한다는 것이다! 여기서는 너희들이 먹고 자는 데 아무런 불편이 없도록 배려해 줄 뿐만 아니라, 희망자에 한해서는 기술까지도 가르쳐 준다. 또한 진정한 새 삶의 의지가 보인다 싶으면 18세가 되었을 때 사회로 복귀시켜 자립하게 해줄 수도 있다. 이 점을 유념하고 각자 새사람이 되겠다는 마음의 각오를 단단히 하기 바란다. 생각만 옳게 바꾸면 누구든지 행복해질 수 있다!"

용운은 귀가 번쩍 뜨이는 모양이었다. 18세가 되면 사회로 내보내 줄 수도 있다니! 그렇다면 이곳이 부랑자들의 영원한 유배지는 아니란 말인가? 배에서 들은 소문처럼 지옥은 아니란 말인가? 그건 아득한 절망으로 타들어 가던 어린 가슴엔 한 줄기 햇빛이 아닐 수 없었다.

하지만 다음 순간 용운은 도리질을 하기 시작했다. '해줄 수도 있다'는 애매모호한 여운은 희망이 흐릿함을 암시하고 있기 때문이었다. 더구나 눈앞에 늘어선 고참들은 나이가 이미 20세쯤은 됐을 법하지 않은가. 그것만 봐도 출소의 가능성이 얼마나 희박한지를 쉽게 짐작할 수 있었다. 또한 신상 카드에 기록된 용운 자신의 나이는 12세이니 설령 18세에 내보내 준다고 해도 까마득히 먼 6년 후에나 가능한 일이 아닌가. 어디서 무엇을 하는지도 모를 어머니를 찾으려면 당장 일각이 안타까운데 6년이란 그 얼마나 터무니없는 세월인가?

사감 선생의 얘기는 계속되고 있었다. 목소리에 한층 강한 악센트가 들어갔다.

"그리고 둘째, 이제 여기 들어온 이상 절대로 엉뚱한 생각은 품지 말라는 거다. 모든 헛된 상념을 버리고 무조건 이곳의 규율과 통제에 따라야 한다. 그래야 너희들도 편하고 우리 직원들도 편해진다. 그리고 신상에도 이롭다. 가끔 이 충고를 무시하고 바닷속의 물고기에게 좋은 일 시키는 멍청이들이 있다. 분명히 얘기한다! 이 서해안의 물고기들은 아무리 인간의 살을 실컷 먹여줘 봐야 묵묵부답이시다. 다시 한번 경고한다! 혹시라도 엉뚱한 맘을 먹어서 서로 피곤하게 만드는 일이 없도록 하라. 이상이다!"

선생이 냉엄하게 말을 맺고 내려가자 고참들이 각 사솔별로 신입들을 인솔하기 시작했다. 용운이 속한 충심사忠心솔의 사장솔톳은 선착장에서부터 인솔해 왔던 바로 그 원생이었다. 그는 소년원 출신의 폭력 전과자로 별명이 왕거미였다.

"모두 앞으로 갓!"

왕거미 사장이 소리쳤다.

알 수 없는 앞날… 눈앞이 캄캄했겠지만 신입들은 코뚜레 꿰인 송아지처럼 끄는 대로 따라갈 수밖에 없었다.

어느덧 수평선 저쪽으로 석양이 기울고 있었다.

그들이 5분 정도 걸어서 도착한 곳은 사무실로부터 세 번째에 있는 숙사였다. 한 옆에 복도를 두고 왼쪽으로 1반부터 5반까지 다섯 개의 방이 일자로 배열되어 있었다. 사장 왕거미는 편성표를 보며 방마다 한두 명씩 들여보냈다.

"김순식! 윤용운!"

3반 앞에 이르자 사장은 크게 호명을 하고 방문을 열었다. 피에로의 이름은 김순식인 모양이었다.

"어이, 신입 받아라."

한껏 위축되어 방에 첫발을 들여놓은 순간, 용운은 먹이를 발견한 수많은 맹수들의 눈빛을 보았다.

피뽑기

적막이 감도는 방 안에서 번들거리는 50여 개의 눈동자가 문을 들어서는 두 신입의 일거일동을 뚫어지게 주시하고 있었다. 그 살벌한 공기는 퀴퀴한 마룻바닥 냄새와 더불어 당장이라도 둘을 질식시켜 버릴 것만 같았다.

피에로가 기진한 듯 소리 없이 무릎을 꿇고 앉았다. 자석에 이끌리듯 용운도 따라 꿇어앉았다.

"오, 들어들 왔니?"

한쪽 벽에 비스듬히 기대 있던 땅딸한 체구의 사내가 느릿느릿 입을 열었다. 거드름이 잔뜩 스민 음성이었다.

"예."

"오느라구 수고했다. 괴롭지?"

"괜찮습니다!"

"뭘, 피곤할 텐데 다리 뻗구 편이들 앉아라."

"괜찮습니다!"

"그러지 말고 다리 뻗구 편히 앉으라니까 자꾸 그러네."

"아닙니다!"

"어허! 그냥 편히 앉으라니까. 괜히 우리가 미안시럽구먼."

더 이상 사양하는 것도 상대방의 신경을 자극하는 일이라 싶었는지 피에로가 조심스럽게 다리를 움직였다. 바로 그 순간이었다. 가까이에 있던 스라소니 눈매의 원생 하나가 한쪽 다리를 번쩍 날리더니 피에로의 턱을 사정없이 차버렸다.

"으악!"

채이고 퉁긴 피에로는 벽에 또 한 번 머리를 찧곤 구석으로 처박혔다. 용운은 마른침을 삼켰다.

"이 잡새끼가 황천 갈라구 환장했나. 반장님이 편히 앉으랬다구 겁도 없이! 니네덜 외가집 사랑방에 놀러 왔냐, 응?"

피에로가 황급히 상체를 바로 세웠다.

"죄, 죄송합니다. 잘못했습니다!"

"죄송은 죄인을 찌르는 송곳이냐, 쌍놈아?"

스라소니 눈이 또다시 그의 옆구리를 우악스럽게 내질렀다. 좀 전의 땅딸보가 신입들을 향해 손가락을 까딱거리자 스라소니가 말했다.

"얘들아, 반장이신 백곰님이시다. 짜식덜아, 어서 인사드려."

시키는 대로 다가가서 정중하게 머리를 숙이자 반장은 손짓으로 앉으라는 신호를 보냈다. 그러고는 먼저 피에로에게 물었다.

"문패는?"

"예?"

"니 이름도 모르나, 짜슥아!"

스라소니가 윽박질렀다.

"아, 예, 김순식입니다!"

"각설이였나?"

"아닙니다. 고아원에 있었습니다!"

"고아원에 있던 놈이 여긴 어떻게 걸려 왔나?"

"저… 채플린처럼 아기의 아이스케키를 훔쳐 먹다가 그렇게 됐습니다!"

"뭐? 니가 채플린이냐? 사람 웃기려 하는군."

반장은 비스듬히 기댄 채로 피에로의 면상을 발로 힘껏 걷어찼다.

"같잖은 새끼 같으니."

"으악!"

비명과 함께 얼굴을 싸쥐는 피에로의 두 손 사이로 금세 코피가 주룩 흘러내렸다. 그래도 반장의 표정엔 털끝만 한 동요조차 일지 않았다. 그런 그가 이번엔 용운에게로 시선을 돌렸다.

"넌 문패가 뭐야?"

"윤용운입니다. 콜록!"

긴장으로 입 안에 잔뜩 고인 침을 삼킴과 동시에 말을 하다가 그만 사레에 들리고 말았다.

"거지였냐?"

"콜록, 예!"

"걸달던 무대는?"

"예?"

"빌어먹던 데가 어디냐구, 새꺄."

"그냥 여기저기 도, 돌아댕겼습니다. 콜록….."

"시꺼러, 개새꺄!"

눈앞에 번개가 번쩍했는가 싶은 순간 용운은 백곰의 발길에 이마빼기를 된통 채이곤 뒤로 나뒹굴었다.

백곰은 문득 음성을 착 깔더니 은근스럽게 말했다.

"에~ 그건 그렇고, 잘 들어둬. 우리들은 시방 국가발전의 백년대계를 위하야 에~ 돼먹잖은 소싯적 악습을 몽땅 털어 버리구 여기 서해안 무인도에서 참선을 하시는 중이라 말씀이여. 알아들겠는감?"

"예!"

"그런데 참선의 경지가 석가모니 큰형님하구 동등해지려는 찰나에 두 분께서 또 바깥세상의 타락한 먼지들을 묻혀 갖구 들어왔단 말씀이야. 그러니 이 노릇을 어째야 되겠는가?"

두 신입은 묵묵부답인 채 반장의 눈치만 살폈다.

"먼지를 털어야 되겠지? 우리들이 오염되기 전에 말여."

말할 여지가 없었다. 어느새 스라소니 눈을 가진 원생이 부러진 삽자루를 가지고 와서 문 앞에 버티고 서 있었다.

"이건 아주 엄숙한 의식이니, 마음가짐을 경건히 해야 될 것이야."

반장이 팔을 괴고 방바닥에 편하게 누우며 말했다. 이어 스라소니가 명령했다.

"두 놈 일어서! 지금부터 엄살 까거나 방정떠는 새끼는 죽는 줄 알아라. 이쪽으로!"

둘은 시키는 대로 관물대에 손을 짚고 엎드렸다. 이른바 신입 빳따였는데, 한 사람이 한 대씩 갈기고 삽자루를 인계하는 것이었다. 혹독한 매질을 다섯 대까지 견디던 용운은 그만 나뒹굴고 말았다. 피에로는 입술을 앙다문 채 견디고 있었으나 곧 푹 쓰러져 버렸다.

"이 새끼들, 안 일어나?"

좀 어리다고 특별히 봐주지 않았다. 울어도 빌어도 그들은 마구 차고 밟았다. 맞고 뒹굴고 애걸하면서 기어이 매를 다 맞아야 했다. 하지만 그것으로 모든 절차가 다 끝난 건 아니었다.

반장이 말했다.

"어때? 한바탕 먼지를 털고 나니 몸과 맴이 한결 홀가분하지 않은감?"

"흐흑…."

용운은 저도 모르게 진저리를 쳤다.

"어허! 아직도 찜찜한 데가 남았는가, 어째?"

"아, 아니, 기분 짱입니다!"

"흠, 흐흐…."

반장은 고개를 끄덕거리고 나서 말했다.

"다행이구먼. 그럼 좋은 기분으로 노래나 한 곡조 들어 볼까. 흠, 너가 각설이 타령이나 한번 해봐."

그는 턱짓으로 용운을 가리켰다.

용운은 주춤거리다간 또 매질이 닥칠까 봐 곧장 목청을 뽑았다.

얼씨구 씨구 들어간다

절씨구 씨구 들어간다

작년에 왔던 각설이가 죽지도 않고 또 왔네

아하 품바가 잘도 한다 어허 품바가 잘도 헌다

일자나 한 자나 들고나 보니

일백 년도 못 살 인생 사람답게 살고파라

이자나 한 자 들고나 보니

이놈의 세상 유전무죄 무전유죄

삼자나 한 자나 들고나 보니

삼천리에 붉은 단풍 들고 우리네 가슴에는 피멍 든다

사자나 한 자나 들고나 보니

사시사철 변함없이 행복하게 한번 살아보세…

갑자기 백곰이 소리쳤다.

"스톱! 개새끼, 뭐가 사시사철 행복이야? 유치해서 더 못 듣겠군. 이번엔 너가 한번 재주를 부려 봐. 노래는 재수 없으니까 더 이상 하지 마."

그는 피에로에게 지시했다. 피에로는 한 손을 올려 마치 버스 손잡이를 잡은 듯이 하고 짐짓 상체를 흔들면서 입을 열었다.

"에~ 지금 하려는 것은 '앵벌이'라는 것으로서 차 안에서 물건을 파는 일이죠. 우선 신문이나 볼펜, 껌, 칫솔 따위를 사서 가방에 담아들고 버스에 오른답니다. 그러고는 앞에 서서 한바탕 청승을 떠는 것이죠, 헤헤…."

"잔소리 말고 본방송부터 해."

"예, 예…. 에~ 복잡한 차중에 잠시 소란을 떨게 되어 대단히 죄송합니다~ 본인은 병든 할머니와 어린 두 동생을 책임지고 있는 한 가족의 가장입니다. 일찍이 열 살의 나이로 조실부모하고 험한 세파 속에 가랑잎처럼 떨어져야 했던 저는, 삶이 너무나도 힘겨워 그동안 수차례 죽어 볼까도 생각했었습니다. 그러나 그때마다 골방에서 반신불수로 쿨럭이는 할머니와 허기진 배를 물로 채우고 병든 닭처럼 꾸벅거리는 동생들의 모습이 떠올라 차마 그럴 수도 없었습니다. 산다는 것이 이리도 힘든 것일까요?

하지만 손님 여러분, 저는 믿습니다. 아직도 이 사회가 그리 냉정하지만은 않다는 것과 올바른 양심으로 꿋꿋하게 살다 보면 언젠가는 반드시 행복의 웃음이 찾아오리라는 것을 말입니다. 그래서 오늘도 저는 수많은 죄악의 유혹을 물리치고, 가난하게는 살아도 추악하게 살아서는 안 된다는 일념으로 볼펜 몇 자루에 여러분의 동정을 구하고자 이렇게 버스에 뛰어오른 것입니다. 물론 시중에 나가시면 몇십 원에 구입할 수 있는 것입니다만, 부득이 이 자리에서는 일금 백 원에 모실까 합니다. 부디 외면하지 마시고 지나는 길에 한 자루씩 구입해 주십시오. 그러면 저는 용기 있게 살라는 채찍질로 알고 더욱 열심히 노력하겠습니다. 감사합니다…"

"목청을 좀 더 구성지게 뽑아 봐. 아니, 이제 그만둬. 미친 놈…."

백곰은 콧방귀를 한번 뀌곤 중얼거렸다.

"그럼 아리랑 고개나 한번 넘어볼까나."

두 명의 원생이 기다렸다는 듯 긴 고무줄을 준비해 양쪽에서 팽팽히 잡아당겼다. 고무줄은 용운의 허벅지 높이를 가로지르고 있었다.

스라소니 눈이 말했다.

"니네덜 아리랑은 다 부를 줄 알겠지?"

"예!"

"속세의 먼지를 털었으니 이제부터 성스러운 구도에 동참할 자세가 갖춰졌는지 시험하겠다. 눈 감고 아리랑을 흥얼대면서 이 고무줄을 정중히 넘어댕긴다. 만약 쪼끔이라도 고무줄을 건드릴 시엔 큰 곡소리가 나게 된다는 걸 명심해라. 실눈을 떠도 마찬가지다."

피에로가 바지를 한껏 추켜올리며 가랑이 사이에 공간을 재고 있었다. 용운은 눈을 부릅뜨고 고무줄의 높이와 위치 등을 살펴보았다. 저것에 닿지 않고 넘으려면 다리를 최대한 높이 들어올려야 하고, 될 수 있는 한 고무줄과 가까운 거리에 발을 내려놔야 다시 이쪽으로 넘어올 때 유리하리라.

"자, 준비됐으면 눈 감고 실시한다!"

반장의 말에 두 신입은 노래를 부르기 시작했다.

"아리~랑, 아리~랑, 아라리~요. 아리랑 고개로 넘어간다~"

용운은 오른발부터 최대한 높이 들어 조심조심 보이지 않는 고무줄을 넘었다. 눈을 감은 탓에 한 발을 들 때마다 몸이 중심을 잃고 자꾸 비틀거렸다. 노래에 신경 쓰랴, 고무줄에 신경 쓰랴, 여간 까다로운 노릇이 아니었다. 어렵사리 단 한 차례 왕복했을 때였다.

"스톱!"

스라소니가 동작을 제지시켰다.

"눈깔 떠고 봐, 이 새끼들아!"

용운은 눈을 떴다. 우려했던 대로 고무줄이 허벅지를 스치고 있었다.

"정신을 어따 팔아!"

스라소니가 달려들어 주먹을 날렸다. 용운은 가슴께를 설맞았지만, 피에로는 복부를 제대로 강타당한 모양인지 그대로 쪼그려 앉으며 몹시 괴로운 표정을 지었다.

"요 새끼 엄살 부리는 거 봐. 너 뒈질래?"

스라소니가 발로 피에로의 이마를 떠밀었다. 벌렁 나자빠지자 다가가 가슴을 밟았다.

"어때, 누우니까 삼삼하냐? 이대로 계속 쉬게 해줘?"

"아니, 잘 하겠습니다!"

"또 다시 실수하면 죽여 줄 테니까 알아서 해라."

스라소니가 윽박질렀다.

두 사람은 다시 고무줄 앞에 섰지만 떨고 있었다. 눈 감고 하는 일에 실수도 실수겠지만, 마음만 먹으면 그들 쪽에서 고의로 고무줄을 갖다 댈 수도 있는 일 아닌가.

"자, 눈 감고, 시작!"

"아리랑 아리랑 아라리요~ 아리랑 고개를 넘어간다~"

이마에 진땀이 흘렀다. 스라소니가 좀체 제지시키지 않는 걸로 보아 아직은 고무줄에 걸리지 않은 모양이었다. 그런데 이상한 일이었다. 사방에서 뜻 모를 웃음이 일기 시작한 건 그때부터였다. 처음에는 약간 킬킬대는 정도였는데, 시간이 갈수록 박장대소로 변하고 있었다. 요란한 웃음소리 틈새에서 스라소니의 목소리가 들려온 것은 그로부터 한참이 지나서였다.

"스톱! 이제 눈깔들 떠라."

용운이 눈을 떠 보니 원생들은 히죽거리며 눈물을 닦아내고 있었다. 대체 무엇이 그리 우스웠을까? 힐끗 피에로를 바라보니 그도 모르기는 마찬가지인 듯 어리벙벙한 표정이었다.

반장이 말했다.

"그래, 그렇게만 하면 합격이다. 그럼 이번엔 3·8선 통과다."

말이 떨어지기 무섭게 양편의 원생들이 고무줄의 높이를 쓱 낮추었다.

"그대로 뒷짐 지고 엎드려!"

신입은 바닥에 배를 깔고 엎드렸다. 등과 고무줄 사이는 반 뼘 정도의 여유밖에 없었다.

"즉시 아리랑을 부르면서 그 밑을 반복 통과하는데, 등짝에 고무줄이 안 닿게 해라. 알았으면 눈을 감고 아리랑 시작!"

두 신입은 방바닥에 배를 밀착시키곤 조심조심 고무줄 밑을 기었다.

아리랑 아리랑 아라리요~
삼팔선 고개를 넘어간다
북녘에 남겨둔 아리따운 해당화 아가씨가 그리워
총칼을 가슴속에 품고 철조망을 넘어간다
아리 아리랑~ 쓰리 쓰리랑~ 아라리가 났네~

피에로가 크게 선창을 부르고 용운은 슬쩍 후렴을 따라하는 꼴이었다.

이번에는 원생들의 폭소가 아까보다도 빨리 시작되었다. 훨씬 큰 웃음소리였다. 아마도 배를 움켜쥐고 마룻바닥을 구르는 사람까지 있는 듯싶었다.

"좋아! 지랄 그만!"

반장이 입을 열었다. 그의 말 속에도 웃음이 들어 있었다.

용운은 눈을 떴다. 그런데 어쩐 일인가! 등 위에 있어야 할 고무줄이 보이지 않았다. 두 신입의 어리둥절한 표정에 또 한 차례 폭소가 방 안에 와자했다.

용운은 비로소 모든 것을 깨달았다. 고무줄 같은 건 이미 걷어치운 지 오래였던 것이다. 그런 줄도 모르고 혹시라도 고무줄에 닿을세라 뱀새끼처럼 방바닥을 이리저리 비비적거렸으니 얼마나 우스웠을까.

잠시 후, 스라소니가 목소리를 착 가라앉히더니 음흉스럽게 말했다.

"지금부터는 피뽑기를 하겠다. 잘 알겠지만 우리들은 이곳에서 너무 먹지를 못해 영양실조에 걸려 있는 상태이다. 그래서 육지에서 잘 먹고 살았던 신참이 들어오면 그 싱싱한 피를 뽑아 가끔은 영양 보충을 해야 하는 것이다. 무슨 말인지 이해할 수 있지?"

"예."

용운과 피에로는 기어들어가는 소리로 겨우 대답을 했다.

"그럼 가위 바위 보를 해서 순서를 정해라."

두 신입은 구령에 따라 손을 떨면서 내밀었다. 용운이 이겼다.

스라소니는 피에로를 바닥에 눕게 했다. 그리고 부하에게 밥 그릇과 유리 조각을 가져오게 하여 그 옆에 놓았다. 그것을 흘끔 본 피에로는 몸을 덜덜 떨었다. 스라소니는 수건으로 그의 눈을 가려 버렸다. 몇 명의 원생들이 바짝 다가앉아 피에로의 팔과 다리를 잡아 눌렀다.

"시작해라!"

스라소니가 지시했다. 백곰 반장은 입가에 드라큘라처럼 음흉한 미소를 띠고 있었다. 원생 하나가 유리 조각을 들어 피에로의 손목 동맥을 그었다.

"으악!"

피에로가 비명을 내질렀다. 누가 급히 그의 입을 막았다. 그 순간 다른 누군가 주전자를 들어 물을 조금씩 손목에다 부었다. 물은 손목을 타고 내려 밑에 받친 밥그릇으로 똑똑 소리를 내며 떨어졌다. 아마 피에로는 지금 자신의 손목 동맥이 끊겨 붉은 피가 흘러나오고 있다고 생각할 것이었다. 그러나 손목에는 상처가 조금 났을 뿐 피는 흘러나오지 않았다. 그런데도 피에로는 사실이라고 생각하며 온몸을 덜덜 떨고 있었다.

용운은 더 이상 볼 수가 없어 눈을 돌려 버렸다. 여기저기서 낄낄거리는 웃음소리가 터져 나왔다.

일말의 소동이 끝난 후에 반장이 용운을 향해 말했다.

"얌마, 너는 오늘부터 내 안마 담당이다. 니 쫄따구가 들어올 때까지 매일 저녁 내 다리를 주무른다. 알았냐?"

"예."

"그리고 너."

피에로를 지목했다.

"예!"

피에로는 겨우 정신을 차리고 일어나 대답했다.

"너는 복도 담당이다. 매일 아침 기상하는 즉시 복도부터 점검한다. 어떤 새끼가 고구마 쪄놨으면 책임지고 깨끗이 치워. 만일 눈꼽만큼이라도 흔적을 남겼다가 곡소리 날 줄 알아라. 알았냐?"

"예? 예…."

"다른 반 앞은 신경 쓸 거 없고 우리 반 앞만 해. 그리고 범인을 잡는 날엔 일계급 특진이다."

"예."

피에로가 멍하니 서 있으니까 스라소니가 말했다.

"고구마란 똥을 뜻한다."

괴이한 노릇이었다. 대체 밤사이 복도에 누가 감히 대변을 본다는 말인가. 또 그게 사실이라면 무엇 때문에 위험을 감수하면서까지 그래야만 한단 말인가? 아무리 생각해도 이해가 안 되는 일이었다.

비로소 반장의 입에서 '휴식!' 소리가 떨어졌다.

"니들 자리는 저쪽 문 옆이니 즉시 찌그러져."

용운은 움직였다. 지정해 주는 곳으로 가서 앉으려니까 아까 맞은 엉덩이가 욱신거렸다. 용운은 쪼그려 앉은 채로 지급받은 일용품들을 챙기다가 주위를 살펴보았다. 원생들의 허리에 스푼과 칫솔이 매달려 있었다. 비누에 구멍을 뚫고 끈을 꿰어 목걸이처럼 걸고 있는 놈도 있었다. 도난이 심하고 한 번 분실하면 되찾기도 어렵다는 사실을 짐작할 수 있었다. 용운은 식기와 담요 같은 것만 관물대에 넣고 나머지는 허리에 꿰찼다.

그때 문이 열리면서 충심사 사장 왕거미가 고개를 들이밀었다.

"야, 곧장 식사 집합 안 해, 이 잡새끼들아?"

"어, 미안. 지금 나간다."

반장은 반원들에게 식기를 들고 집합하라고 명령했다. 말투로 보아 그들은 서로 트고 지내는 듯싶었다.

식당은 산등성이 밑에 있었다. 모든 원생을 동시에 수용할 만큼 커다란 건물이었다. 밥 한 끼 얻어먹는 것도 쉬운 일은 아니었다. 모두가 출입구 앞에 줄을 맞추고 부동자세로 서서 노란 완장을 찬 주번 원생의 마음에 들 때까지 기다려야 했다.

"야, 저쪽 줄 끝에서 세 번째 놈! 너 이 새끼 어디로 눈깔 돌려.

밥 처먹기 싫어? 그 줄 각심사 1반 맞지?"

그러자 나지막한 불만의 소리가 곳곳에서 새어나왔다.

"니기미, 배고파 죽겠는데, 저 새끼 땜에 또 늦네. 개새끼."

"야, 짱구 움직이지 말그라, 자슥아. 또 우릴 쳐다보잖나."

우선 착실한 줄부터 입장시키다 보니 용운의 반이 들어갈 때쯤에는 벌써 식사를 마치고 나오는 반도 많았다.

순서대로 용운이 배식구에 식기를 들이밀자 거친 보리밥과 시래깃국이 담겨 나왔다. 양도 형편없이 적었다.

"차렷! 식사 개시!"

"감사히 먹겠습니다."

누군가의 구령에 따라 모두 크게 외치고 밥그릇을 끌어당겼다. 용운도 바삐 숟가락을 움직였다. 잠시 후였다.

"야, 여기야 여기…."

앞줄의 한 원생이 자신의 식기를 가볍게 두드리며 좌우를 향해 소곤댔다. 그러자 주위의 대여섯 원생이 밥 한 숟가락씩을 크게 떠서 재빨리 그의 식기에 몰아주었다. 그건 밥 계契라는 것이었다. 기왕에 먹으나마나 한 양이니만큼 순번을 정해 놓고 어느 한 사람에게 몰아 주어 한 끼나마 가끔씩 배불리 먹어 보자는 생각일 터였다. 그 원생의 얼굴에 동물적인 미소가 번지는 것을 곁눈질하며 용운은 급히 숟가락을 들고 밥을 퍼먹었다.

밥은 뜸도 제대로 안 들었는지 설 퍼진 보리알들이 씹히기 싫다는 듯 고무 조각처럼 입안을 맴돌았다. 반찬이라곤 거무튀튀한 소금이 어석어석 씹히는 짜디짠 곤쟁이젓 하나뿐이었다. 너무도 짜서 머릿속이 띵할 정도였다. 차라리 구걸해서 먹을 때보다도 더 못한 것만 같았다.

불현듯 벌컥 욕설이 튀어나온 건 그때였다.

"야! 거기 쥐뿔만 한 새끼, 너 이리 나와!"

그건 안으로 들어서던 주번이 용운이 또래의 어느 소년 원생에게 하는 소리였다.

"이 쌍놈 새끼야! 너만 아가리냐, 엉?"

주번은 성큼성큼 다가가더니 따귀부터 오지게 올려붙였다. 밥을 다 먹은 그 소년이 밖으로 나가는 척하다가 배식 중인 다른 사舍의 줄 뒤에 다시 슬쩍 붙어섰던 모양이었다.

"이 개같은 새끼, 너 어느 사야?"

"잘못했어요. 제발 한 번만 용서해 주세요."

"일루 와, 새꺄. 여기가 니네 집 안방인 줄 알어?"

주번은 소년을 구석으로 몰아붙이면서 마구 두드려 패기 시작했다. 둔탁한 손놀림으로 이리저리 치는 품이 체벌을 가하는 건지 자신의 주먹을 과시하는 건지 분간하기 어려웠다. 한참 후에 주번은 코피가 흐르는 소년을 다시 출입구 앞에 끌어다 세워놓았다. 벌겋게 달아오른 소년의 얼굴에 두려움이 역력했다.

"물구나무!"

소년은 주번의 명령에 따라 양손으로 바닥을 짚고 무릎을 구부려 물구나무 설 자세를 취했다.

"실시!"

소년은 겨우 물구나무를 섰다. 문제는 그 다음이었다.

"걸어!"

소년은 명령에 따라 손바닥으로 걷다가 벌건 얼굴로 다리를 달달 떨었다. 저런 자세로 과연 얼마나 버틸까? 아마 팔과 허리가 끊어질 듯 아플 게 뻔했지만 주번은 한 술 더 떠 소년의 발바닥 위에 그의 밥그릇까지 위태스럽게 올려놓았다. 얼마 안 돼 소년의 온몸은 바들거리기 시작했고 표정도 처참하게 일그러졌다….

밖은 어느덧 저녁 어스름에 젖어들고 있었다. 붉게 타오르던 노을도 거의 다 스러졌다. 군데군데 원생들이 무리를 이루고 서 있었다. 갈 때도 숙사별로 모여서 움직이는 모양이었다.

식당에서 조금 떨어진 곳에 우물이 있었다. 남들이 하는 것처럼 용운도 따라가 식기를 닦은 다음 충심사 줄을 찾아 섰다.

"다 모였지? 자, 출발한다. 앞으로 갓!"

스라소니가 나와서 인솔을 했다. 그의 쥐어짜는 듯한 구령 소리가 차츰 드세어지고 있었다.

저 사람은 누구일까? 어떤 별자리에서 태어났기에 여기서 만나 적대적으로 살지 않으면 안 되는 것일까? 전쟁고아… 누구처럼 부모의 손에 의해 고의적으로 팽개쳐진 운명일까? 하지만 아무러면 어떠랴! 이제 다 똑같은 신세인 것을. 앞날에 어떤 일이 벌어지고 운명이 어떤 식으로 변하게 될지 아무도 모르는 것을….

용운은 가슴속이 황량해지면서 눈물이 치밀어 오르는 것을 참아 삼켰다. 울음이 또 무슨 화근이 될지 모르기 때문이었다.

봄날을 아쉬워하는 듯 점점 사라지는 노을 위로 어둠이 덮이기 시작했다. 수용소의 첫날이 저물어가고 있었다.

버려진 영혼

캄캄한 방안에서 용운은 눈을 말똥말똥 뜨고 있었다.

지친 원생들은 자리에 눕자마자 이내 잠이 들어 코를 골기도 하고 꿈속에서 뭣에 쫓기는지 신음과 비명을 지르기도 했다.

산속 어디선가 두견새가 서럽게 울었다.

용운은 자신이 누워 있는 그 컴컴한 공간이 꿈속인지 현실인지 구분이 안 되어 괴로운 듯 이따금 긴 한숨을 쉬었다.

'왜 이런 신세가 되었을까? 엄마는 어디 있을까?'

용운은 한숨소리 사이로 작게 흐느꼈다.

5년여 전 그날도 화창한 봄날이었다.

어린 용운은 엄마의 손을 잡은 채 타박타박 걷고 있었다. 천왕산天王山엔 연분홍빛 진달래꽃이 흐드러지게 피어 있었다. 뻐꾸기가 멀리서 울었다. 고갯길을 올라가다 눈을 돌리면 산중턱에 상여집이 보였다. 야심한 밤이면 백여우가 나와 돌을 던진다는 얘기가 도는 곳이었다. 술에 취한 사람이 도깨비와 밤새도록 씨름을 하다가 술이 깨어 보면 피 묻은 빗자루만 보인다는 풍문도 들렸다. 그러나 엄마가 곁에 있었으므로 용운은 조금도 무섭지 않았다.

엄마는 평소에 입던 낡은 몸뻬가 아닌 흰 옥양목 적삼과 검정 통치마 차림이었다. 풀꽃처럼 향긋한 냄새가 났다. 등엔 세 살짜리 동생이 업혀 콜콜 자고 있었다.

고갯마루를 넘어 황톳길을 지나서 신작로로 나서자 엄마는 발걸음을 좀 더 빨리해 담뱃가게 집으로 들어섰다. 그리고 들고 온 보따리에서 새물내가 나는 옷을 꺼내 용운에게 급히 갈아입혔다. 옷이래야 회색 물을 들인 광목 상의에 검정색 핫바지였다. 검정 고무신도 한 켤레 꺼내 놓았다. 용운은 어쩐지 엄마가 뭣에 쫓기는 듯싶어 제풀에 서두르다가 도리어 발을 헛꿰곤 했다.

"오동댁, 워디 가려구?"

가겟집 할머니가 물었다.

"저희 사정이 어려우니 어쩌나요? 인천에 사는 애 작은아버지라도 찾아가서 당분간 애를 좀 맡길까 해서요."

엄마는 눈을 내리깐 채 대답했다.

"참, 용운이 작은아배가 세관에 기시다매?"

"예."

"에구, 잘 생각했구먼. 보릿고개에 한 입이 황소처럼 무섭다구…. 그래, 어서 댕겨오구랴. 시방 용운네 형편이 이것저것 눈치 가릴 때여?"

엄마는 목례를 하고 밖으로 나섰다.

털털거리는 버스를 타고 읍내로 나가서 서울행 기차에 몸을 실었다. 차창 밖으로 휙휙 스쳐가는 보리밭을 바라보던 용운이 입을 열었다.

"엄마, 나 거기 가기 싫어."

"그래도 어쩌니? 너도 집안 사정을 잘 알잖니, 응?"

엄마는 치맛자락으로 눈물을 훔쳤다.

하지만 그날 오후 모자가 도착한 곳은 인천의 작은아버지 댁이 아니라 서울역 앞에 자리잡은 한 고아원이었다. 아직 한글을 채 다 깨우치지 못했던 용운은 팻말을 보면서도 그곳이 뭘 하는 곳인지 알지 못했다. 하긴 글자를 알았어도 뜻은 몰랐으리라.

정문을 들어서자 삐삐 마른데다가 버짐과 기계충 투성이의 아이들이 음울한 눈길로 용운을 쳐다보았다.

엄마는 용운을 복도에 기다리게 해놓곤 사무실 안으로 들어갔다. 곧 문이 닫혔다. 용운은 불현듯 두려움을 느꼈다.

한번 들어간 엄마는 좀처럼 나올 줄을 몰랐다. 한참 기다리다가 지친 용운은 문 앞으로 다가서서 안쪽의 동정을 살피려고 문틈에 귀를 바싹 댔다. 그 순간 웬일인지 엄마의 애원하는 소리가 희미하게 새어나왔다.

"좀 부탁드립니다. 염치없지만 사정이 너무 어려워 그러니 제발 일 년만 좀 거두어 주세요. 제가 식당에서 일을 해 일 년 후엔 꼭 와서 데리고 가겠습니다. 선생님, 제발 좀 도와주세요."

그러자 굵은 남자의 음성이 들려왔다.

"그 아줌마 참 끈질기네. 글쎄 몇 번을 말해야 돼요? 아, 전쟁고아만 해도 다 수용하지 못해 쩔쩔매는 판국인데, 부모가 버젓이 살아 있는 애를 대체 어떻게 받으라고 자꾸 떼를 쓰는 겁니까, 네?"

"제가 이렇게 빌겠습니다."

"백번을 말해도 소용없으니 일찌감치 그냥 돌아가세요. 우리도 지금 무척 바쁘단 말예요. 아니, 식당에 데리고 들어가면 될 텐데 왜 그래요?"

"그럴 형편이 안 되어서요."

용운의 눈에 눈물이 핑글 돌았다. 세상천지가 별안간 뒤흔들리는 듯싶었다. 그토록 자애로운 엄마가 어린 자식을 고아원에 버리려 한다니 믿을 수가 없었다. 이 어린 나이에 엄마와 생이별을 해야 한다니! 용운은 다리가 마구 후들거려 몸을 제대로 가누지 못했다.

어머니가 고개를 푹 숙인 채 사무실을 나왔다. 용운은 다짜고짜 눈앞의 검정 치마폭에 얼굴을 파묻고 매달려 서러운 울음을 터뜨렸다.

"엄마, 나 다 알어. 날 여기 떼놓고 가려는 거지? 왜 그래, 엄마? 나 엄마 말 잘 들을게, 우리 같이 살아, 응?"

엄마는 아무 대꾸 없이 아들의 물기 어린 눈동자만 내려다보았다. 엄마의 눈을 올려다보던 용운은 다시 울음을 터뜨렸다. 눈물이 치마를 다 적시는 줄도 모르고 서럽게 울어댔다. 엄마도 눈물을 흘리며 용운의 손을 잡아 이끌었다.

얼마 후 모자는 다시 서울역에 도착했다. 엄마는 매표소로 가서 잠시 기웃거리다가 오더니 용운을 의자 위에 앉히곤 말했다.

"아직 차시간이 좀 남았구나. 너 배고플 테니 뭣 좀 먹어야겠다. 여기서 잠시만 기다리거라."

"나 배 안 고파. 정말이야."

용운은 이상스런 기분이 들었는지 팔딱 일어서며 말했다.

"저기 가서 찹쌀떡하고 사이다라도 사올 테니 가만히 앉아 있거라. 알았지?"

"어, 엄마, 나도 같이 갈 거야."

"자꾸 그러면 서울 사람들이 촌아이라고 흉본단다. 아까 엄마 말 잘 듣는다고 해놓구선."

그 말에 용운은 저도 모르게 붙들고 있던 엄마의 치맛자락을 놓곤 대합실 의자에 걸터앉았다.

"그래, 착하지, 우리 애기. 엄마 금방 갔다 올게."

용운은 고개를 끄덕였다. 그러자 엄마는 용운의 등을 한번 어루만지고 나서 인파 속으로 사라져 갔다.

주위가 점점 어두워지는데도 엄마는 돌아오지 않았다.

용운은 의자에서 일어나 매표구 쪽으로 갔다가 매점으로도 가보았다. 엄마는 아무데도 없었다.

용운은 볼을 씰룩거리며 출입문 쪽으로 걸어가서 유리문에 코를 대고 밖을 내다보았다. 가로등이 하나 둘 켜지고 역 앞의 대로를 달리는 차량들도 헤드라이트를 환히 밝히고 있었다. 건너다보이는 상점들에도 불빛이 휘황찬란했다.

대합실은 점점 한산해졌다. 얼마 전까지 북적거리던 사람들도 저마다 제 갈 길로 떠나고 밤열차를 기다리는 사람들만 그림자처럼 조용히 앉아 있었다.

용운은 금방이라도 울음이 터질 듯한 얼굴로 사방을 두리번거렸다. 아무리 찾아도 엄마는 보이지 않았다. 용운은 출입문을 밀고 밖으로 나섰다가 불안한 기색으로 곧 제자리로 돌아갔다. 언제 엄마가 올지 모르기 때문이리라. 이제 겨우 여덟 살밖에 안 된 아이에게 엄마는 포근한 보호막이었던 것이다.

봄이라지만 밤 날씨는 아직 쌀쌀했다. 용운은 구석진 자리에 웅크려 앉아 훌쩍거렸다. 그때 누군가가 그의 옆에 앉더니 손수건을 꺼내 눈물을 닦아 주었다.

"얘야, 집이 어디니?"

부드러운 목소리였다. 용운은 대답 대신 눈을 들었다. 어떤 여자가 미소를 짓고 있었다. 고불고불 파마를 한 긴 머리카락 아래 달걀형의 흰 얼굴이 용운을 유심히 지켜보며 웃음을 지었다. 눈은 웃지 않고 진홍색 연지를 짙게 칠한 입술만 웃었다.

"몰라요, 집을⋯."

대답을 맺지 못하고 용운은 그만 흐느꼈다. 여자가 몇 가지를 더 물었으나 용운은 도리질만 했다. 하루 종일 황당한 일을 당한 데다 피곤까지 겹쳐 정신이 멍해져 버린 모양이었다.

"그럼 너 아줌마랑 같이 갈래? 맛있는 밥하구 과자도 주고 따뜻한 방에서 재워 줄게, 응?"

용운은 낯선 여인을 경계하면서도 한편으론 그 따스한 친절에 취해 마음의 갈피를 잡지 못하는 듯 눈빛이 흔들렸다. 그 여인은 엄마와는 전혀 딴판으로 다른 인상이었으나, 자신을 버리고 떠난 무정한 친엄마를 증오하며 낯모르는 여자를 따라 먼 곳으로 떠나 버림으로써 내심 엄마에게 복수라도 하고 싶은지 몰랐다. 상처 받은 어린 마음은 그토록 설움과 절망에 차 있었다.

"자, 가자꾸나. 조금만 가면 따뜻하고 아늑한 방이 있단다."

여인은 용운의 팔을 잡아 일으키려 했다. 하지만 용운은 일어나지 않고 버텼다. 그는 결정하기 전에 마지막 확신이라도 얻으려는 양 여인의 눈을 똑바로 쏘아보았다. 여인은 역시 입으로만

상냥스레 미소를 지었다. 그녀의 눈은 전혀 표정이 없었으며 차가운 빛을 안쪽에 감추고 있었다. 여인의 미소는 점점 요염해졌다. 그러면서 가늘고 흰 손으로 용운의 팔을 잡아 이끌었다.

"아, 안 돼요! 난 안 가요! 여기서 울 엄마를 기다려야만 해요!"

"엄만 안 온단다. 애야, 어서 가자꾸나."

"거짓말 마요! 엄마는 꼭 온댔어요! 아줌마는 백여우 같아요. 난 절대로 따라가지 않아요. 그러니 어서 저리 가세요!"

"호호, 내가 백여우라구? 호호호, 넌 미친 녀석이로군. 그 자리서 굶어 뒈져 버려."

여인은 용운의 눈빛을 보곤 아무래도 안 되겠다고 생각했는지 악담을 뱉곤 슬그머니 대합실 밖으로 나가 버렸다.

대합실은 적막에 잠겨 갔다. 밤차를 기다리는 사람들은 꾸벅꾸벅 졸고 있었다.

용운은 쓰레기장에서 신문지를 주워 와 깔곤 누워 옹크렸다. 엄마 잃은 어린 소년은 쉽게 잠들지 못했다. 간간이 흐느끼는 한편 차가운 냉기가 몸속으로 스며드는지 이를 부딪치며 달달 떨었다. 밤은 깊어갈수록 점점 추워지고 밖에서는 바람이 빈 깡통을 굴리는 소리가 스산하게 들려왔다.

…마당가의 허물어진 화단엔 꽃보다 잡초가 더 무성하다. 거무죽죽하게 말라 구겨져 버린 지 오랜 장미 아래에 맨드라미와

봉숭아가 피어 있다.

아이는 봉숭아의 푸른 열매를 톡톡 건드려 터뜨리다가 한숨을 쉬고 입맛을 다신다. 다섯 살이 될까말까한 어린 아이의 눈에 무료감이 어린다. 아침나절 내내 혼자 놀았던 기억들이 중첩되어 어린 넋에 시간을 인식케 하는 걸까.

아이는 하늘을 쳐다보고 주위를 둘러본다. 바람 한 점 없이 괴괴하다. 아이는 다시 화단 쪽으로 눈길을 돌리고 쌀눈만큼이나 작은 풀꽃을 찾아 한참 들여다보다가 발작적으로 봉숭아 꽃잎을 훑어 따서 마당에다 흩뿌린다.

한여름의 태양이 중천에 이글거리며 따가운 빛을 내리쏘고 있다. 울 듯한 표정으로 자기가 버린 꽃잎을 물끄러미 바라보던 아이의 눈에 빛이 돈다. 멀찍이 날아 떨어진 분홍 꽃잎이 움직인다. 다른 것은 가만있는데 한 잎만 옴직거린다. 아이는 새끼 고양이처럼 기어 다가간다.

꽃잎 밑에서 통통한 구더기가 불쑥 기어 나온다. 구더기가 꼬물꼬물 전진하자 아이는 검지 끝으로 강아지의 등을 쓰다듬듯이 살살 어루만진다. 구더기는 기겁을 하고 옆으로 나뒹군다. 구더기가 줄행랑을 놓자 아이는 작은 손바닥을 앞에 세워서 거대한 벽을 만들고는 웃는다. 구더기는 이물질에 닿자 방향을 돌리지 않은 채 바로 꽁무니를 머리로 변전시켜 달아난다. 아이의 손가락 끝이 추적자가 되어 말발굽 소리를 내며 뒤따른다.

엎드린 아이의 몸은 곰이나 거인 같다. 도망자는 발굽에 짓이겨진다. 아이의 입술 사이로 웃음이 비어져 나온다.

노르스름한 구더기들이 몇 마리나 줄을 지어 다가온다. 맞은 쪽 구석에 붙은 재래식 변소가 그것들의 고향이다. 아이의 머리엔 그 작은 생물들이 더럽거나 징그럽다는 생각이 전혀 없는 듯싶다. 그의 눈엔 귀엽고 재미있는 모습으로 비치는지 모른다. 아이는 구더기를 집어 손바닥에 올려놓곤 가지고 논다. 윤기 흐르던 구더기의 몸은 먼지를 타서 꾀죄죄해지고 차츰 홀쭉해진다. 활발하던 움직임도 조금씩 둔해지더니 이윽고는 멈추고 만다.

아이는 울적히 내려다보더니 그 중의 한 마리를 집어 들어 입 속에 넣고 씹어 본다. 한 마리를 더 입으로 가져가는 순간 날카로운 폭음이 하늘을 가르며 울려 퍼진다. 아이는 움찔 놀란다. 폭음은 증폭되어 천지를 진동시킨다. 아이는 해쓱해진 얼굴로 하늘을 쳐다본다. 일단의 전투기 편대가 염천을 찢고 지나가며 길고 허연 생채기를 남기고 있다. 전투기는 태양보다 더 높이 떠가는 것 같다. 그 가운데 한 대의 기체로부터 은빛 광채 눈부신 폭탄 두 발이 투하된다. 그것들은 수리보다 빠르게 지상으로 하강하여 엄청난 폭발음을 일으킨다.

아이는 두려움을 견디지 못하고 끝내 울음을 터뜨린다. 외부의 어떤 다른 소리도 듣지 않겠다는 듯이 고집 센 울음이다. 아이의 크게 벌어진 입 속엔 허연 구더기의 찢긴 살점들이 진물과 함께 흩어져 있다.

아이의 울음소리가 잦아든다. 갑자기 눈꺼풀이 파르르 떨린다. 멎었다가 다시 저절로 떨린다. 아이는 손을 가져가서 비빈다. 떨림은 멎는다. 그는 한곳을 쳐다본다. 큰 거미 한 마리가 구석에 웅크려 있다가 빠르게 허공으로 기어 나온다. 똥파리가 줄에 걸려 맹렬히 파닥거린다. 거미는 발빠르게 움직이며 파리를 옭아맬 기회를 노린다. 유심히 살펴보는 아이의 눈이 깜박깜박한다. 동공이 점점 커져 가고, 머루처럼 검은 눈동자엔 공포감이 어린다….

용운은 부르르 떨며 눈을 떴다. 꿈인지 생시인지 아리송했다. 그는 일어서서 이리저리 거닐었다.

서울역 대합실에서 용운은 사흘을 기다렸다. 누군가 가엾게 여겨 던져 준 동전 몇 푼으로 풀빵을 사먹으며 견뎠다.

그러나 엄마는 아무래도 오지 않았다. 무작정 기다리는 것이 부질없는 짓임을 깨달은 용운은 그 자리를 떠났다. 엄마가 어딘가로 사라져 버린 이상 마냥 기다리기보다는 직접 돌아다니며 찾는 수밖에 없다는 생각에서였다.

용운은 현기증과 싸우며 남산으로 올라갔다. 계단을 오를 때는 눈앞이 가물가물해져 엎어질 것만 같았다. 용운은 이를 악물고 걸어 올라 겨우 한 계단 위에 주저앉았다. 지난번에 엄마와 함께 앉아 소나무 껍질을 깎아 먹었던 곳이었다.

"엄마…."

용운은 중얼거리며 일어서서 다시 계단을 올랐다. 저 위쪽, 하얀 탑과도 같은 건물이 우뚝 솟아 있는 그곳에는 엄마가 있을지도 몰랐다. 어쩌면 엄마가 자기를 데리고 이곳에 올라왔던 이유는, 저 탑을 표지로 삼아 언젠가 다시 만나자는 무언의 약속이었는지도 모른다는 생각이 들었다.

"그래, 엄만 꼭 오실 거야. 아니, 이미 저 위에 와서 나를 기다리고 있는지도 몰라. 엄만 나를 내버린 게 아니고, 어떤 비밀스런 중요한 일이 있어 잠시 다녀오실 거야."

용운은 힘을 내어 남산 정상으로 뛰어 올라갔다. 눈앞이 탁 트인 넓은 광장을 바라보며 용운은 불안한 눈빛으로 두리번거렸다. 흰 적삼에 검정 무명치마를 입었던 엄마는 어디에도 없었고, 또 그 넓기만 하고 무정한 곳에서 언제 어떻게 엄마를 찾아야 할지 막막하기만 했다. 혹시 엄마에게 무슨 나쁜 일이 생기지 않았는지 걱정스럽기도 했다.

분수대 앞에서는 엄마 아빠 손을 잡은 어린 아이 둘이 사진을 찍고 있었다. 고운 옷을 차려 입은 그들은 해맑은 미소를 지으며 비둘기에게 과자를 던져 주었다.

저쪽에서는 어떤 남자가 백발의 할머니를 등에 업고 둥개둥개를 하면서 노래하듯 중얼거리고 있었다.

"장난삼아 엄마를 등에 업었는데… 너무 가벼워서 눈물이 나 세 걸음도 못 가고…."

용운은 울컥 울음을 터뜨릴 것만 같았다. 그는 힘없는 모습으로 남산을 자꾸 뒤돌아보며 내려갔다.

기슭을 돌아 큰 길을 건너 내려가자 시장 초입이었다. 허름한 주막의 좌판 앞에 늙수그레한 서너 사람이 앉아 떠들고 있었다. 좌판 위엔 소주병과 막걸리 그리고 그릇에 담긴 달걀 따위가 놓여 있었다. 지켜보던 용운의 뱃속에서 꼬르륵 소리가 났다.

한 노인네가 소주를 한 잔 마시고 나서 달걀을 들고 까기 시작했다. 용운은 예전에 엄마가 삶아서 까주던 하얗고 매끄러운 달걀을 상상하곤 군침을 꼴깍 삼켰다. 그런데 노인의 손에 들린 달걀 껍데기 속에서는 전혀 다른 것이 나오고 있었다. 노르스름한 털뿐만 아니라 감은 눈과 분홍색 부리까지 달린 병아리였다.

노인은 무슨 말 끝에 실없이 허허 웃으며 그 죽은 병아리를 슬슬 뜯어먹었다. 알껍데기를 깨고 나와 날개를 펴고 울어 보지도 못한 채 삶겨 버린 그것은 '곤달걀'이라고 하여 보양식으로 많이 먹었다.

용운의 머릿속엔 옛날에 폐병을 앓던 아버지가 뱀이나 지네 따위를 고아 약이라며 먹던 모습이 떠올랐다. 심지어 아버지는 쥐도 잡아먹었다. 약탕기 속에 들어가지 않으려고 꿈틀거리던 뱀의 눈을 보며 용운은 몸서리를 쳤었다.

병아리 살은 뜯어먹고 털은 뱉어 버리는 노인을 바라보면서 용운은 또 몸을 떨었지만 빈 뱃속에서는 다시 꼬르륵 하는 소리가 났다. 입을 다시는 용운을 바라보던 어떤 아저씨가 그릇에서 곤달걀 한 개를 집더니 휙 던져 주었다.

"옛다, 배고픈 중생에 보시하누먼, 하하."

용운은 땅에 떨어져 병아리의 모습이 반쯤 드러난 곤달걀을 보며 망설이고 있었다. 마침 좌판 밑에 웅크리고 있던 발바리가 기어 나와 달걀 냄새를 맡으려 했다. 용운이 저도 모르게 몸을 숙여 달걀을 집으려는 순간 발바리 놈이 낼름 물곤 좌판 밑으로 들어가 버렸다.

용운은 침을 찍 뱉곤 남대문 시장 안으로 걸음을 옮겼다. 멀리 서울역 쪽에서 기적 소리가 들려왔다.

남대문 시장 안은 북새통이었다. 떡 목판을 앞에 놓고 앉은 아줌마를 비롯하여 풀빵 장수, 팥죽과 수제비 장수, 김밥 장수 등이 쭉 늘어서 있었다. 인절미를 사러 간다던 엄마 생각이 났다.

왼편으로 국수를 삶아 파는 노점들이 줄지어 있었다. 손님 대부분이 그 주변의 짐꾼들로 여기저기 지게가 세워져 있었다. 주인아줌마가 솥뚜껑을 열자 안개 같은 김과 함께 구수한 멸치 국물 냄새가 물씬 피어올랐다. 용운은 정신이 혼미해진 채 저도 모르게 침을 꿀꺽 삼켰다.

한 짐꾼에게서 돈을 받던 아줌마가 넋을 놓고 서 있는 용운을 힐끗 바라보더니 대번에 눈초리가 샐쭉해졌다.

"야, 니 뭐꼬?"

용운이 멈칫거리자 여자는 냉큼 물바가지를 움켜잡았다.

"저 문디 같은 자슥아, 물벼락 맞기 싫거덩 빨랑 꺼지라카이!"

문득 용운은 양푼에 비친 자신의 모습을 보았다. 그는 그제야 며칠 동안을 흙바닥에서 뒹군데다 먼지와 눈물로 범벅된 얼굴에 물 한 방울 찍어 바르지 못했다는 사실을 깨달았다. 더구나 구겨질 대로 구겨지고 더러워진 옷에 검정 고무신… 그야말로 거지나 다름없었다.

비척거리며 그곳을 빠져나가려는데 누군가 용운을 불렀다.

"애, 꼬마야."

돌아보니 풀빵 장수였다. 아까부터 눈여겨보고 있었던 모양으로 그는 풀빵을 하나 집어 주었다. 용운은 황급히 받아들고 그곳을 빠져나와 허겁지겁 먹었다. 꿀맛이 따로 없었다. 간에 기별도 안 갔지만 그나마 먹고 나니 살 것 같았다.

이젠 엄마를 찾아봐야 할 일이었다. 서울 시내를 쉬지 않고 헤매며 행인들의 얼굴을 살폈다. 검정 치마를 입었거나 뒷머리 모습이 엄마와 흡사하다 싶으면 급히 앞질러 가서 얼굴을 확인했다. 마치 넓은 풀밭에서 좁쌀을 찾는 것만큼이나 막연했지만 그것 말곤 다른 방법이 없었다. 그나마 서울역에서 헤어졌으니 그 주변 어딘가에 틀림없이 엄마가 있으리라는 생각이었다.

어린 소년의 머릿속에 부산, 대전, 제주도… 하는 식의 광범위한 지역은 안개 속 같았고, 따라서 어머니가 멀리 떠났을 수도 있다는 가능성엔 상상이 미치지도 않았다.

그는 뱃속이 찰랑거리도록 물배를 채워가며 거리를 헤맸다. 번화가나 주택가는 물론 정류장도 빠짐없이 뒤졌으나 허사였다. 어쩌다 엄마와 닮은 여인이 얼굴도 미처 확인하기 전에 전차에 올라타 사라지기라도 하면 그 미련이란 두고두고 떨쳐버릴 수 없었다.

귀신 소문

신새벽이었다. 모두들 세상모르게 잠 들어 있을 때였다.

감각을 잊은 고막을 강제로 마구 헤집고 들려오는 소리가 있었다.

"기상!"

복도가 온통 우렁우렁 울렸다. 새벽잠을 깬 군상들이 희미한 어둠 속에서 이리저리 꿈틀거렸다. 눈을 겨우 뜬 용운은 천장을 멍하니 쳐다보았다. 순간 그는 잠자리가 예전과는 다르다는 사실을 깨달았다. 쓰레기 하치장이나 다리 밑, 혹은 처마 밑에서 잔뜩 웅크린 서글픔도 없었고, 노숙자의 스산함도 느낄 수 없었던 것이다.

'아 참, 여긴 수용소지. 그래, 난 지금 언제 나갈지도 모르는

감옥섬에 잡혀 와 있는 거야.'

용운은 현실을 떠올리듯 중얼거렸다.

"사장 오기 전에 빨리빨리 움직여! 찍혀서 얻어맞지 말고 모포 정돈들 잘해!"

반장 백곰이 소리 질렀다.

용운은 급히 일어나 다른 원생들이 하는 것을 보며 담요를 개었다. 반장의 지시를 기다릴 것도 없이 옥사 안팎의 청소가 시작되었다. 호롱불 빛이 희미한 실내는 사물이 겨우 보일 만큼 어두웠지만 밖은 좀 나은 편이었다.

바다의 새벽은 육지와 달라 어떤 신선감마저 느끼게 했다. 밤새 내린 보슬비 탓에 땅의 감촉이 촉촉하게 느껴졌다.

아직 잠이 덜 깬 혼미한 기분 때문인지 원생들은 서로 얼굴을 쳐다보지도 않고 묵묵히 청소만 했다. 1개 사동에 5개 반이 바글대는 가운데 제각기 습관적으로 담당구역을 쓸고 닦을 뿐이었다. 마침내 청소 검사를 했다. 마루는 얼마나 닦아댔던지 티끌 하나 없이 얼굴이 비칠 정도였다.

청소를 끝내고 세면장으로 향할 때쯤엔 아침 햇살이 환히 내려 비치고 있었다. 세면장은 숙사에서 열댓 발짝 떨어진 곳에 있었는데 그건 커다란 우물이었다.

용운이 뒤늦게 갔을 때 그곳은 이미 만원이었다. 바글대는 원생들 틈에서 빈 세숫대야 하나를 발견하고 집으려는 순간이었다.

"어라? 요 쥐만 한 새끼가 겁도 없이 어디다 손을 대?"

뒤에서 누가 용운의 엉덩이를 세게 걷어찼다. 깜짝 놀라 돌아보니 콧구멍이 돼지 코처럼 큰 원생이 칫솔을 입에 문 채 눈알을 부라리고 있었다. 손잡이가 부러져 나뭇가지를 대고 고무줄로 동여맨 허접스런 칫솔이었다.

"새끼, 보아하니 초짜로구만. 너 몇 반이야?"

"3반입니다."

"쥐새끼 놈아, 그럼 니네 반 걸 써야지 아무거나 손대면 어떡해!"

그는 강퍅한 소리로 말하고 나서 칫솔질을 계속했다. 팔이 움직일 때마다 목걸이처럼 매달린 비눗덩이가 이리저리 흔들렸다.

용운은 이리저리 두리번거렸다. 세숫대야는 반별로 두 개씩뿐이고, 그것은 고참 서열대로 사용 중이었다. 용운은 이만 닦고 세수는 수건에 물을 축여 대충 문지르는 것으로 끝냈다.

잠시 후 충심사에 대한 인원 파악과 어제와 똑같은 식사가 쳇바퀴 돌 듯 진행되었다.

식사를 마치자마자 사장 왕거미가 또 전원을 집합시켰다. 점호 시간이 됐다는 것이었다. 신입이라 더욱 그렇게 느껴졌겠지만 용운은 그 분주함에 숨 돌릴 틈이 없을 지경이었다. 원생들은 다시 본관 앞 운동장으로 향했다. 머리를 **빡빡** 깎이고 숙사를 배정받던 그곳이었다.

이윽고 모든 원생이 도착하여 질서 정연한 대열을 갖추자 주임 선생이 외쳤다.

"차렷!"

그 소리와 함께 선감학원 원장이 연단 위로 올라섰다. 그는 칼날처럼 날카롭게 줄이 선 군복을 차려입고 군모를 눌러쓰고 있었는데, 거기엔 대령 계급장이 붙은 채 햇빛을 받아 되튕겼다.

먼저 인원보고가 시작되었다. 충심사 차례가 되자 왕거미 사장이 거수경례를 척 올리고 나서 우렁차게 외쳤다.

"총원 115명, 사고 무, 현재 인원 115명. 이상 점호 집합 끝!"

각 사의 보고가 끝날 때마다 원장은 머리를 약간 끄덕여 보였다. 마지막 사까지 보고가 끝나자, 다시 주임 선생의 구령에 따라 애국가 제창이 있었고 곧 원장의 훈시가 이어졌다.

"친애하는 원생 여러분! 선감도에 또다시 보람찬 하루의 태양이 밝았습니다. 오늘 하루도 열심히 노력하면서 지난날을 반성하고, 나아가 여러분에게 쏟는 조국의 성의와 관심에 감사하는 마음을 가져야 할 것입니다…."

그는 헛기침을 한번 뱉었다.

"하느님은 왜 우리를 이런 운명으로 만들었습니까? 여러분이 속으로 항의할 수도 있겠지. 허나 여긴 하느님의 뜻이 있는 겁니다.

되새겨 보면, 우리는 이조 5백 년 동안 허송세월을 보낸 민족입니다. 원래 조선 엽전들의 상징은 게으르고 자립심이 부족하고 남한테 한탄하고… 그래서 너희들은 고난과 시련이 필요하다시며 하느님은 일본에게 우리나라를 잃게끔 만들어 버리셨지요. 그것도 지금 와서 보면 저는 하느님의 뜻이라고 생각합니다. 우리는 과거를 돌아봄으로써 하느님의 뜻을 발견할 수 있습니다. 과거에서 지금까지 지내온 상황으로 보면 그분의 뜻이 이런 것인가를 어렴풋이나마 깨달을 수 있습니다. 하느님은 과연 대한민국에 무슨 뜻을 갖고 있는가? 저 나름대로 그 뜻을 찾아보고자 이 자리에 섰습니다.

과거의 엽전들의 게으르고 자립심이 부족하고 남한테 한탄하는 습성! 이게 여러분의 피 속에 남아 있었던 겁니다! 하느님이 여러분에게 고난을 주신 것도 여러분을 단련시키기 위해서 주신 것입니다. 하느님은 중요한 고비마다 길을 열어 주셨으니, 여러분이 고난 속에서 단련되고 난 다음에야 비로소 새 삶을 허용할 것입니다…."

원장은 제 입에서 나오는 대로 마구 씨부리고 있었다.

용운이 나중에야 안 사실이지만, 선감도는 먼 옛날 고려 때부터 선감미도仙甘彌島로 불리어 왔는데, 배를 만든 곳이라 하여 선감사 또는 선감도船監島라고 했다는 설도 전해지는 섬이었다. 옛날에 속세를 떠나 선경에서 살던 신선이 이 섬의 높은 산 위에 솟은 바위 밑 계곡에 내려와 맑은 물로 목욕했다고 하여 선감도라는 이름이 붙었다는 전설도 있었다. 그런 신비스런 섬에 이런 지옥 같은 강제수용소가 들어서 있다니 놀랄 노릇이었다.

원래 선감원은 일제 식민지 시대인 1943년에 조선총독부가 부랑 청소년 감화시설로 세웠다. 하지만, 실제로는 독립군의 자손을 수 감하고 또한 부모가 없는 아이들을 데려다가 교련시켜 가미가제 등 전쟁터의 총알받이로 쓰거나 또는 군수공장에 보냈던 곳이었다.

해방 이후 '선감학원'으로 개칭하고 전쟁고아들을 수용하는 사회복지 시설로 그 역할이 바뀌었는데, 말이 학원이지 사실은 강제노동수용소와 마찬가지였다.

수용소는 다섯 개의 사동과 여러 개의 부속 건물로 되어 있었 다. 충심사를 비롯하여 각심사, 세심사, 일심사, 정심사 등의 숙 사와 사무실, 양호실, 식당, 창고, 축사, 목공실 따위였다.

총 원생 수는 1천여 명에 가까웠다. 전쟁고아 출신의 부랑아 가 많았지만, 그중에는 가난하나마 단란하고 따스한 가족이 있 는 아이들도 섞인 상태였다. 그들은 경찰의 실적 올리기 식 일제 단속에 붙잡혀 억울하게 끌려온 피해자였다. 또한 소년원 등에 서 이감시킨 범법자도 얼마쯤 섞여 있었다.

원장의 훈시가 끝나자 부원장이 올라서서 작업 지시를 내렸 다. 작업 분담, 목표량, 주의사항 따위였다. 염전 작업에 나가는 인원을 제외한 원생들에게 내려진 임무는 나무 심기와 영농장 의 똥오줌 뿌리기 작업이었다. 어제 들어오면서 본 그 염전은 수용소가 운영하는 것인 모양이었다. 작업 지시가 끝나자 주임 선생의 구령에 따라 선감원의 원가院歌를 불렀다.

신선이 노닐던 선감도 청산 기슭에
새 삶의 학원이 자리잡았네
푸른 물결에 해맑게 씻긴
바닷가 조약돌 같은 우리 선감 형제들
푸른 하늘 별들도 우리하고 놀지요
아~ 선감학원~
참된 갱생의 요람이 되리

원가를 부른 다음 그 길로 모두 작업장으로 향했다.

충심사는 영농장 쪽이었다. 변소에서 인분을 퍼서 넓은 채소밭에 날라다 뿌리는 일이었다. 사장의 통솔로 작업이 개시되었다.

생전 처음 져보는 똥지게가 용운에겐 벅차기만 했다. 옥사의 변소에서부터 채소밭에 이르는 수백 미터는 곧 분뇨통을 짊어진 원생들의 행렬로 메워졌다. 길 여기저기에는 반장들이 몽둥이를 들고 서서 오가는 원생들을 다그쳐댔다.

"너희들의 똥이니 더럽다고 생각마라. 야, 빨랑빨랑 움직여!"

정신없이 닦달을 받으며 울퉁불퉁한 길을 한참 왕복하자 휴식 명령이 내렸다. 용운은 기진맥진하여 밭둑 위에 아무렇게나 퍼질러 앉았다. 때마침 시원한 한 줄기 바닷바람이 불어와 땀

밴 이마를 훔치고 지나갔다.

눈앞에 펼쳐진 짙푸른 해면에 투명한 햇살이 내려 비치고 있었다. 그것은 물결을 타고 수천 수백 마리의 은빛 고기떼처럼 눈부시게 파닥거리고 있었다.

오른쪽으로 고개를 돌려보니 바다 멀리 육지의 꼬리인 마산포가 아슴푸레 눈에 들어왔다. 용운은 저도 모르게 눈초리가 붉어졌다.

"아아! 언제쯤 저 바다를 건너 다시 저 땅을 밟게 될까? 과연 살아생전에 밟게 될 날이 오기나 할 것인가?"

불현듯 멀리 바라보이는 마산포에서 어머니의 모시 적삼과 젖가슴 냄새 같은 게 맡아진다고 느껴졌다. 그렇게 찾아 헤매어도 만날 수 없던 엄마가 왠지 저기 마산포 어귀에 와 있을 것만 같은 느낌이었다. 그대로 마산포를 향해 목청껏 불러 보고 싶은 충동을 느꼈다. 가슴이 싸하게 시려 오면서 눈물이 핑 돌았다. 용운은 생각했다. 이곳에서 내 편이 돼 줄 사람은 그 누구도 없다는 것을, 나를 지킬 사람은 오직 나 자신뿐이며, 그러기 위해서는 눈물부터 조심해야 할 필요가 있다는 것을.

용운은 애써 마산포를 외면하며 힘껏 입술을 깨물었다. 그러나 그건 어디까지나 형식적인 동작일 뿐 솟아나는 눈물을 참는 데는 역부족이었다.

"엄마…."

용운은 입속으로 살며시 불러보았다.

급히 옷소매로 눈물을 찍어내는데 누군가가 슬그머니 다가와 붙어 앉았다. 피에로였다.

"형!"

힘든 곳에서 만난 유일하게 친한 사람이어서 반가웠다. 그는 용운보다 세 살 위였다.

"구름아, 정말 힘들구나."

그가 낮은 목소리로 중얼거렸다. 그는 언제부턴가 용운을 '구름'이라고 불렀다. 용운龍雲의 뜻을 풀면 '구름을 헤치고 승천하는 용'이라면서 씩 웃었다. 그러면서 "용처럼 잘났다고 나서지 말고 구름 속에 숨어서 때를 기다려야 해." 하고 도사 같은 표정으로 일러 주었다.

"형, 힘들지?"

"신세 망쳤다. 고아원이라도 감사하며 그냥 있어야 하는 건데, 괜히 채플린 흉내나 내다가…."

피에로는 후회 막급한 듯 한숨을 토해냈다.

"형, 우린 언제까지 이러고 살아야 되는 거야? 언제고 내보내주기는 할까?"

"아무래도 희망이 절벽 같다. 그러나 절벽엔 희망이 있지. 그러니까 탈출을 하다 죽고 그러지."

"탈출?… 아니, 무슨 수로 탈출을 해?"

"몰라. 하여간 저쪽 너머에 민간인 마을이 있는데, 거기서 조금만 더 올라가면 공동묘지가 있대더라."

"공동묘지?"

"응. 꺾인 소망의 잔해가 묻혀 있겠지."

피에로가 멀리 마산포로 눈길을 옮기며 중얼거렸다.

"아…."

"저렇게 빤히 보이는데도 갈 수가 없으니…."

"형, 저기까지 거리가 얼마나 될까?"

"왜? 헤엄이라도 쳐서 건너게?"

"누가 그런댔어?"

"하긴 뭐, 중요한 건 해골이니까…."

피에로가 뜻 모를 소리를 중얼거렸다.

"뭐?"

표정이 다소 굳어 있던 피에로가 한참 만에 입을 열었다.

"너가 좋아하는 사람의 해골을 한번쯤 생각해 봐. 난 이따금 채플린의 해골을 생각한단다. 그나저나 참, 복도 담당도 못할 노릇이야."

"형, 참 이상하지? 복도에다 누가 똥을 싸놓는다는 게 정말일까?"

"그렇잖아도 누가 얘기해 주더라. 지금은 별로지만 얼마 전까지만 해도 그런 일이 많았대."

"아니 왜?"

"귀신 소문 때문이래."

"뭐, 귀신?"

"얼마 전부터 이 섬에 귀신이 나온다는 소문이 돌기 시작했다는 거야. 그래서 밤에 변소 가기 무서워서 그냥 복도에다 싸고 토끼는 거래. 히히…."

"무서워. 어, 어떤 얘긴데?"

"석 달 전, 바람이 무척 심한 날이었댄다. 마을 사람 박씨가 잠이 안 와서 방파제로 나갔는데 말이지, 가까운 데서 애끓는 여자의 울음소리가 바람에 섞여 들려오더란다. 이상하다 싶어 사방을 둘러봤더니 흰 소복을 걸친 여자 하나가 방파제 위에서 고개를 파묻고 슬피 울더래지 뭐야."

"동화 같애."

"아냐, 직접 겪었대. 생각해 봐. 으스스한 늦가을 밤에 소복 차림으로 찬바람을 맞으면서 울고 있으니 좀 기분 나쁘겠냐? 그런데 미련한 박씨는 작은 섬이라 분명 아는 사람일 거라 생각하고 다가갔댄다."

"응?"

"다가가서 누구냐고 몇 번을 물었나 봐. 그런데 아무리 불러도 여자는 계속 울기만 하면서 무릎 새에 파묻은 얼굴을 들지 않더랜다. 할 수 없이 바짝 다가가서 어깨를 흔들자 여자가 울음을 뚝 그치고 천천히 고개를 들더래. 근데 어쨌는지 아냐?"

"응?"

"혼비백산한 박씨는 그대로 기절해 버렸는데, 그 뒤로도 헛소리만 하면서 송장처럼 앓아누워 있었대더라. 죽지 않은 게 다행이래."

용운은 모골이 송연해졌다. 사실인지 거짓인지 판단할 수 없을 것 같았다.

"형, 그런데 요새는 어째서 그런 애들이 뜸하다는 거야?"

"지금은 불침번들이 수시로 감시한다는데 쉽겠냐? 또 시작할래나 보다."

그의 말에 맞춰 큰 소리가 들려왔다.

"휴식 끝!"

피에로가 일어서며 재빨리 말했다.

"몸조심해야 해. 여러 번 찍히면 감화원으로 보낸다잖어."

전라도 목포에서 멀리 떨어진 고하도高下島라는 외딴 섬에 지독한 악종들만 끌어 모아 수용하는 무시무시한 감화원이 있다고 했다.

박꽃 누나

이틀째 비가 내렸다. 작업도 없어서 비교적 시간 여유가 많았다.

틈날 때마다 시커멓게 때에 전 수첩을 꺼내 보며 손가락셈을 하던 반장 백곰이 열 시쯤 되자 용운을 불렀다.

"너, 오늘이 무슨 날인지 아냐?"

"잘 모르겠는데요."

"임마, 오늘이 바로 이장네 옆집 잔치 있는 날 아니냐?"

백곰이 둥근 얼굴에 박힌 작은 갈색 눈으로 노려보며 수첩을 펴서 손가락 끝으로 톡톡 두드려 보였다. 그곳에는 마을 사람들의 애경사 날짜로 보이는 숫자들이 빼곡히 기록되어 있었다.

"그러니까 가서 목구멍 청소할 것 좀 얻어 와라. 너 사회에서 각설이 노릇 했으니 물론 잘 하겠지?"

그러더니 백곰 반장은 시선을 돌렸다.

"야, 채플린, 너 같이 갔다 와. 괜히 지랄 떨지 말고 잘해."

반장이 천장을 보고 누운 채로 지시했다.

명령을 등 뒤로 들으며 용운은 밖으로 나섰다. 그때 백곰 반장이 일어나 슬며시 따라 나오더니 용운의 손에 뭔가 쥐어 주며 속삭였다.

"야, 내가 얘기하던 년 알지? 잘 찾아가서 제대로 전하라구."

그는 빙긋 웃었다. 뭉툭한 코 밑의 입이 검붉었다.

용운이 안마 담당을 맡아 해줄 때 백곰은 조용한 틈을 타서 홍홍거리며 어떤 여자에 대한 얘기를 들려 주곤 했다. 마을의 어느 골목에 살며, 웃으면 보조개와 덧니가 예쁘다는 것이었다. 함부로 부락에 들어가는 것은 물론이고 선감학원의 구역권을 벗어나는 그 자체부터가 위법이었다. 그럼에도 모험을 하면서까지 보내는 것은 그만큼 음식물에 대한 강렬한 욕망을 억제할 수 없기 때문인 것이었다.

숙사를 나온 용운은 손바닥을 펴 보았다. 그건 파르스름한 빛깔이 도는 옥반지였다.

"그게 뭐야?"

피에로가 물었다.

"응, 반장 심부름."

"흠, 그러니까 큐피드가 되어 사랑의 배달을 한다는 얘기로군.

호호⋯."

둘은 길을 버리고 해발 1백여 미터의 뒤쪽 당산을 탔다. 산허리를 타고 상삿골相思谷까지 돈 다음 논두렁을 가로질러 언덕에 올랐다. 직선거리로 얼마 되지 않는 마을은 바로 언덕 너머에 있었다. 별로 크진 않았으나 20여 채의 가옥들이 방파제를 한쪽에 끼고 옹기종기 모여 있었다. 초입의 남새밭은 상추와 쑥갓의 싱그러움이 한창이었다.

잔칫집 앞에는 벌써 열 명도 넘는 원생들이 서성대고 있었다. 안에서 진행 중인 예식이 끝나기만을 기다리고 있는 셈이었다. 모두가 자기 반 고참들의 특명을 띠고 모여들었을 것이었다.

섬에서 한 집의 경사는 부락 전체의 경사인 모양이었다. 바다에서 굴이나 바지락을 캐고 손바닥만 한 농사로 생계를 꾸려가던 부락민들이 모처럼 틈을 내어 삼삼오오 모여들었다. 모두가 밝은 표정들이었다.

안에서 상을 치우는 북적임이 들려왔다. 모든 절차가 끝난 모양이었다. 염치 불구하고 슬금슬금 몰려 들어가는 원생들의 뒤를 따라 용운도 안으로 들어갔다. 부엌 쪽에서 잔칫집 특유의 구수한 냄새가 물씬 날아들었다. 뱃속에서 꼬르륵 처절한 신음 소리가 새어나왔다. 떡이며 과일이며 교자상 위에 풍성하게 차려진 기름진 음식들로 눈이 어지러울 지경이었지만, 우선은 그런 데까지 신경 쓸 처지가 아니었다. 여기 온 목적을 해결하는 것부터가 급선무였기 때문이었다.

용운은 슬쩍 잔치마당을 벗어나와 좁은 골목길로 뛰어갔다. 탱자나무 울타리 옆을 스쳐 대밭을 지나 돌아들자 허름한 집 한 채가 나타났다. 참새가 짹짹거리는 소리뿐 집 안은 적막했다.

퇴락한 초가집 안엔 아무도 없는 것 같았다. 초가집은 금방이라도 무너져 내릴 것만 같았다. 지붕은 삭을 대로 삭아 노인네의 머리카락처럼 잿빛이었고 기둥이나 마룻장도 거무튀튀하게 변색한 채 기울어지고 있었다. 그나마 마당가의 화단에 심은 채송화나 봉숭아꽃이 피어 황폐한 느낌을 좀 덜어 주었으나, 질척한 마당 구석으로 지렁이나 두꺼비가 슬금슬금 기어 다녀 기분이 나빴다.

"앗!"

살구꽃나무 가지 위에 또아리를 틀고 있는 구렁이를 본 용운이 짧은 비명을 질렀다. 구렁이는 도망가지도 않고 붉은 혀를 날름거렸다. 용운이 돌아서 나오려 할 순간 창호지를 바른 방문이 살짝 열렸다.

"누구세요?"

맑으면서도 좀 쉰 듯한 목소리가 들려왔다. 용운은 주춤주춤 게걸음을 걸으며 그쪽으로 다가갔다. 만일의 경우에 도망치기 위해서였다.

"어떻게 여길 왔죠?"

말소리가 여운을 끌며 사라지는가 싶더니 낡고 어스레한 방에서 소복 차림의 한 여자가 나왔다.

"저…."

용운은 말을 못하고 멍하니 서 있었다. 칠흑같이 검은 머리가 그녀의 핼쑥한 얼굴을 반쯤 가렸으나 그 크고 이상야릇한 빛을 띤 보석 같은 검은 눈을 용운은 볼 수가 있었다.

'혹시 방파제 바위 위에 나왔다던 귀신이 저 여자가 아닐까?'

문득 그런 생각이 들었다.

여자가 웃자 백곰이 말했듯이 보조개와 덧니가 살짝 드러났다. 좁은 툇마루 위에서 살그머니 걷는 두세 발짝 걸음이었지만, 용운은 그녀가 절름거리고 있음을 알았다. 마루턱에 걸터앉을 때 살짝 드러난 한쪽 다리가 핏기 하나 없이 희디희고 어린애 팔목처럼 가늘었다. 아마 소아마비 때문인 것 같았다.

"이쪽으로 와서 좀 앉으렴. 그래, 무슨 일이니?"

용운은 댓돌이 놓인 축담으로 쭈뼛거리며 올라가 주머니에서 옥반지를 꺼내 내밀었다. 여자의 눈에 호기심의 빛이 조금 반짝였다.

"이게 뭐지? 왜 내게 주는 거야?"

"백곰 반장님이 보냈어요. 그러면 아신다던 데요."

여자는 희미하게 미소를 떠올리더니 말했다.

"그 아저씨, 정말 웃기는 사람이야. 자꾸 이러면 내가 받을 거라 생각하나 봐. 난 그런 것 필요 없으니 가져가서 돌려줘. 그리고 마음 수양이나 잘 해서 어서 육지로 돌아가길 칠성님 전에 빈다고 전해줘."

"안 돼요. 도로 가져갔다간 반장님한테 맞아죽는단 말예요. 그러니 그냥 받아 주세요, 네? 누나 제발…."

용운은 저도 모르게 울상을 지었다. 반지를 다시 가져가면 백곰은 분명 여자에게 거절당한 울화통까지 더해서 욕설을 퍼붓고 폭행을 가할 것이었다.

여자는 긴 속눈썹이 그늘을 드리운 큰 눈으로 용운을 물끄러미 바라보고 있더니 말없이 반지를 받았다. 그러고는 용운의 팔을 끌어당겨 까까머리를 쓰다듬더니 품속에다 살포시 껴안아 주었다. 그녀의 눈망울에 저절로 눈물이 어리고 있었다.

용운은 마치 엄마 품에 안긴 아이처럼 가만히 있었다. 하지만 계속 그러고 있을 수는 없었다. 자신은 어디까지나 수용소의 원생이었다. 만일 그런 꼴이 발각당한다면 뼈도 못 추리게 매타작을 당할 터였다.

용운은 몸을 일으켜 여자에게 손을 흔들고는 싸리문 밖으로 뛰어나갔다. 한 순간 몸을 돌린 그가 모깃소리처럼 기어들어가는 소리로 말했다.

"누나, 미안해요. 내가 자꾸 떼를 써서… 싫은 걸 억지로 받게 해서요…."

검은 머리카락에 노란 나비 같은 리본을 단 여자는 창백한 얼굴에 미소를 지으며 살짝 손을 흔들었다.

용운이 다시 잔칫집으로 가 보니 동료들은 볼일을 다 봤는지 슬슬 떠나려는 참이었다. 예전부터 거지들은 대개 낚싯줄에 낚시를 매달아 가지고 다녔다. 그걸 슬쩍 댓돌 위에 놓인 신발 코에 꿰어 끌고 나오는 것이었다. 그러면 신발이 저절로 움직이는 것을 본 상갓집 사람들은 망자의 혼이 왔다 가는 줄 알고 눈이 휘둥그레지기도 했다.

그런데 문제가 일어났다. 짱돌이란 아이가 대문을 나서면서 급히 찹쌀떡을 두어 개 꺼내 입에 집어넣었던 것이다. 일단 실속부터 차리고 보자는 생각이었겠지만, 같은 반 부엉이가 그것을 놓치지 않고 본 것이다. 그 집을 나와 한적한 고갯마루에 이르렀을 때 부엉이가 짱돌을 불러 세웠다.

"야 임마, 너 일루 좀 와!"

"왜?"

"이 간나새끼는 간뗑이가 부었나."

부엉이가 달려들면서 짱돌의 옆구리를 힘껏 찼다.

"이 새끼야, 누군 입이 없어서 못 먹는 줄 알어? 선배도 가만있는데 쫄따구 새끼가 어디서 겁도 없이…."

그러면서 옆구리를 움켜쥔 짱돌의 따귀를 다시 세게 올려붙였다.

"어디 더 잡쉬 보시지, 응?"

부엉이가 좀체 손찌검을 멈추려 하지 않자 짱돌도 드디어 울화가 치민 모양이었다. 또다시 날아오는 부엉이의 팔을 짱돌이 척 잡았다.

"야, 쓰벌. 이거 너무하는 거 아니냐?"

예기치 않은 짱돌의 반격에 부엉이가 눈을 동그랗게 떴다.

"어쭈, 이 새끼가 꼬장 죽이는 거 봐."

"야, 여기서는 니가 선밴지 모르지만 밖에 나가면 내가 더 선배야, 알어? 한두 대 때렸으면 됐지 이렇게 끝없이 잡치는 이유가 뭐냐? 쓰벌, 나중에 딴소리 없기로 하고 여기서 깨끗이 한번 붙어 볼까?"

"뭐라구? 하하, 이 자식이….."

부엉이가 어이없다는 듯이 웃었다. 그것도 그럴 게, 비유하자면 둘은 마치 좁쌀과 콩알이나 지렁이와 뱀처럼 덩치가 무척 차이 났기 때문이었다.

부엉이가 휙 몸을 날려 짱돌의 가슴을 사정없이 찼다. 짱돌은 피하지도 않은 채로 맞곤 길바닥에 굴렀다. 부엉이는 곧장 달려가서 발로 지근지근 밟았다. 그런데 짱돌은 재빠르게 요리조리 몸을 굴려 피하고 있었다. 그러다가 기회를 보아 부엉이의 엉덩이를 걷어차고는 발딱 일어섰다.

화가 난 부엉이가 인상을 구기며 휙 주먹을 날렸다. 짱돌은 재빠르게 피했다. 부엉이는 주먹과 발길을 연속해 날렸다. 짱돌은 마치 사나운 범의 맹타를 무화시키는 담비처럼 재빠르게 피하다가 번개 주먹을 날렸다. 부엉이가 휘청했다.

그러나 그것도 잠시였을 뿐 곧 반격이 시작되었다. 성난 부엉이의 바윗돌 같은 주먹이 강타하자 짱돌의 코에서 피가 튀고 이빨이 빠져 공중을 날았다. 연이은 타격으로 짱돌의 눈두덩이 시퍼렇게 부어올랐다. 하지만 짱돌은 끈질기게 달라붙었다. 시간이 얼마나 흘렀는지 혹은 전혀 흐르지 않았는지 모를 지경이었다. 짱돌은 맞을수록 기진맥진하면서도 눈엔 독이 올라 죽기 살기로 달라붙었다. 너 죽고 나 죽자 하는 식이었다.

얼마나 지났을까, 결국엔 때리던 놈이 먼저 지쳐 손을 들고 항복을 선언했다.

"야, 제발 이제 그만하자."

"개소리 집어치워! 때린 새끼가 먼저 그만두자구? 어디 끝까지 가보자구."

"자식아, 그렇다고 사람을 죽일 순 없잖아?"

"죽이든지 말든지… 끝에 누가 나가떨어지나 보자구, 흥!"

"그건 반칙이야, 임마!"

"겁나는가 보군. 흐흥, 육지라면 기차놀이라도 한번 해볼 텐데 섭섭하군."

짱돌은 웃음을 흘리며 말했다.

기차놀이라는 것은 생명을 건 게임이었다. 서울 거리를 떠돌 때 용운은 직접 목격한 적이 있었다. 두 놈이 서열을 놓고 다투다가 기차놀이로 결정키로 했던 것이다.

어느 날 다리 밑 거지들은 교외의 한적한 철길로 나갔다. 누군가 만약의 사태에 대비해 거적을 두 개 준비해 왔다. 생명을 건 대결을 그들은 호기심 어린 눈으로 지켜보았다. 두 사람은 자신만만해 보였다. 말없이 서로 씩 웃어 보였다.

멀리서 망을 보고 있던 아이가 소리쳤다.

"기차가 역에서 떠난다!"

두 놈은 나란히 철길 가운데 엎드렸다. 기차가 저만치서 시커먼 연기를 내뿜으며 사나운 짐승처럼 돌진해 오고 있었다. 두 놈이 전혀 움직일 생각을 않자 구경꾼들이 더 초조해졌다.

"잘못하면 죽어!"

담도 어지간히 센 것 같았다. 기차가 열 발자국 안으로 들어서자 꽁치 놈이 먼저 철길 바깥으로 튀어나갔다.

"너 죽어 새끼야!"

철로 변에 있던 누가 고함을 질렀다. 올챙이 놈은 그래도 가만히 있었다. 기차가 그를 깔아뭉개며 지나갔다. 비명 소리는 기차 바퀴 소리 때문에 들리지 않았다.

아이들이 거적을 들고 몰려들었다. 분명히 산산조각이 났을 거라고 생각했는데, 올챙이 놈은 상처 하나 없이 말끔한 몸으로 누워 있었다.

그날 꽁치 놈은 고참의 임무를 인계했다. 패자는 군말 없이 승자의 휘하에 들어가야 했다. 그렇지 않을 때는 거지 사회에서의 추방이라는 벌칙만 남게 되었다. 다음날 꽁치는 어디론가 사라져 버렸다. 아마 다른 지방으로 떠난 것 같았다.

사실 올챙이 놈은 지난밤에 철로를 답사하러 역으로 몰래 숨어 들어갔던 것이었다. 기관차 밑에 엎드려 보았는데, 고개만 들지 않으면 걸리지 않을 것 같았다며 능글맞게 웃었다. 덩치가 큰 놈과 작은 놈의 대결이라 해도 쉬이 예측할 수는 없다고 용운은 생각했다. 회상에 잠겼던 용운은 다시 현실로 돌아왔다.

"사람을 살인자로 만들려 하다니, 치사하다 자식아. 그렇게 억울하면 니가 차라리 나를 쳐라!"

부엉이가 먼저 지쳐 손을 들고 항복을 선언했다. 짱돌의 악바리 같은 싸움은 그렇게 해서 끝이 났다.

숙사로 돌아가자 스라소니 눈이 인상부터 썼다.

"이 자식들, 너희들 왜 이제 와?"

"오다가 2반 애들끼리 싸움이 붙었는데, 완전히 결투 영화의 한 장면 같았어요."

피에로가 손짓 발짓을 섞어 넣으며 말했다.

"새끼, 채플린 아니랄까봐 영화 얘기냐."

스라소니가 피에로의 뒤통수를 손바닥으로 후려쳤다.

"2반 새끼들 맛이 간 모양이군. 그건 그렇고 얼마나 얻어 왔냐?"

피에로가 용운의 것까지 합쳐서 건네었다.

"에게, 겨우 요거야? 너네들 몰래 처먹고 오리발 내미는 것 아냐?"

스라소니가 눈을 부라렸다.

말은 그러면서도 그는 반장 앞으로 다가앉으며 뭉치를 풀었다. 여러 개의 눈이 침을 삼키며 바라보았다. 스라소니는 반장 앞으로 음식물을 공손히 밀어 놓았다.

"많이 드십시오, 백곰 형님."

"흐흐흐, 그래. 모처럼 이런 날도 있어야 살지."

백곰은 인절미를 하나 집어 입속에 넣고 오물거리며 말했다. 그는 의외로 욕심 없이 손가락에 묻은 콩고물을 털더니 말했다.

"야, 너희들도 맛을 좀 봐."

동시에 여러 개의 손이 갈고리처럼 뻗어 나와 음식을 집었다. 그 소동을 못 본 척 백곰은 용운을 슬쩍 밖으로 불러내더니 물었다.

"그건 잘 전달했냐?"

"예."

"그래, 뭐라고 하던?"

"급해서 금방 뛰어나왔어요."

용운은 그 누나가 한 말은 가슴속에 넣어 숨겼다.

"짜식아, 답장을 받아와야지. 다음부턴 제대로 하라구. 흠, 그 절뚝발이 천사가 반지를 받긴 받았단 말이지? 흐흐, 그럼 일단 됐어."

백곰은 둔중한 몸집과는 달리 재빠른 동작으로 건물 뒤쪽으로 사라져 버렸다. 유쾌한 휘파람 소리가 흘러왔다.

거지 아이

고적한 밤이면 먼 바다 쪽에서 아스
라이 해조음이 들려오고, 뒷산에서는 두견새가 애끊는 소리
로 울곤 했다. 그 소리를 들으면 불현듯 가슴이 막막하고
구슬퍼졌다.

용운은 자리에 누웠으나 쉬 잠들지 못했다. 낮에 벌어졌던
이런저런 일들, 특히 잔칫집에서 음식을 얻어먹던 원생들의
모습이 용운을 과거로 이끌어 갔다. 살아온 인생은 짧지만
지난날의 여러 가지 체험들이 주마등처럼 그의 작은 머릿속
을 맴돌다가 스쳐갔다.

지금 이곳엔 왜 와 있는 것인가? 하루빨리 엄마를 찾아나
서야 할 때 여기서 무엇하는 것인가? 자꾸만 엄마가 마산포
어귀에 와서 부르는 것 같은 환청을 듣다가 입을 틀어막고

소리 죽여 운 것이 한두 번이 아니었다.

'아! 엄마… 왜 저를 버리셨지요? 제가 그렇게도 미웠던가요?'

용운은 속으로 외치며 탄식했다. 눈물 한 방울이 돋아 볼을 타고 흘러내렸다. 물밀듯이 덮쳐 오는 엄마 생각에 젖은 용운은 옛 추억의 세계로 빠져 들어갔다.

갈 곳 없는 어린 떠돌이에게 밤은 유난히 빨리 찾아왔다. 시간이 흐를수록 점차 행인들의 왕래도 뜸해져 갔다. 무작정 밤거리를 헤매던 끝에 용운이 우연히 찾아든 곳은 청계천 다리 밑이었다.

다리 아래에 누추한 오두막이 하나 보였다. 안에서 시시껄렁한 두런거림이 새어나오고 있었다.

용운은 마치 도둑고양이처럼 첫 번째 교각 아래로 내려갔다. 숨어서 밤을 보내기에 적당했고 가까이에 누군가 있어 덜 무서우리란 생각에서였다. 둑의 경사가 심했다. 용운은 겨우 앉아 교각 하나를 등받이로 삼았다. 무척 추웠지만 어쩔 수 없는 노릇이었다.

좀 앉았으니 다시금 고독과 서러움이 파도처럼 밀려들었다. 음울하면서도 순정스러워 보이는 검은 눈동자에 눈물 한 방울이 맺혀 떨렸다. 엄마는 지금 어디 있는 것일까? 앞으로 이런 괴로운 날들이 언제까지 계속될 것인가. 대체 어떻게 해서 내가 이 지경이 돼야 했던 것일까?

희미하나마 몇 가지 떠오르는 게 없지 않았다. 어느 이름 모를 개천과 산 언덕배기를 해 떨어지는 줄 모르고 쏘다니며 뛰놀던 추억이었다. 강물은 시리도록 맑았고 천왕산엔 유독 진달래꽃이 화려했다. 하지만 그런 추억은 아스라한 느낌일 뿐 뚜렷하게 가닥이 잡히는 것은 아니었다. 그리고 또 하나, 누군가가 끈으로 자신을 목 졸라 죽이려 했던 것도 같은데, 그 또한 모호하고 희미해 긴가민가하긴 마찬가지였다. 기이하게도 겪은 지 얼마 안 되는 그런 일들이 마치 수십 년 전의 일이라도 되는 듯 까마득하고 아슴아슴했다.

제풀에 코끝이 찡해진 용운은 훌쩍훌쩍 소리 죽여 울기 시작했다.

"게 누구여?"

용운은 정신이 번쩍 들었다. 고개를 돌려보니 두 번째 교각 옆에 웬 거지 하나가 누워서 고개를 빼들고 있었다. 교각에 가려져 머리만 보였는데 자세히 보니 늙은이였다.

용운은 맥없이 대꾸했다.

"저는 엄마를 잃어버렸어요."

"엄마가 뭐여?"

"엄마요. 엄마가 빵 사온다고 해놓고 가더니 안 와요."

"너 사는 디는 워딘데?"

"푸른 산이랑 강이 있는 데요."

"산이랑 강은 어디에나 있지. 그래 그게 어디여?"

용운은 도리질을 했다.

"몰러?"

또다시 도리질을 했다.

"고것밖에 아는 게 없단 말이여?"

"예."

노인은 알 만하다는 듯 혀를 끌끌 차며 도로 머리를 뉘었다.

용운은 밤하늘에 반짝이는 별을 쳐다보았다. 이제 사람이 옆에 있는 걸 안 이상 마음 놓고 흐느낄 형편도 못 되었다. 뱃속에서 연방 꼬르륵 소리가 나고 있었다. 온몸에 맥이 빠져 그냥 자고 싶은 마음이 간절했지만, 다리 밑을 스치는 찬바람 때문에 그러기도 쉽지 않았다.

"너 언제까장 그러고 있을겨, 이놈아."

굼벵이처럼 가만히 움츠리고 있으려니까 노인이 다시 말을 걸어왔다. 용운은 말없이 그냥 있었다.

"어여 이리로 와."

노인이 지나가는 바람소리처럼 말했다. 용운이 쭈뼛거리며 그 교각 뒤로 가 보니 뜻밖에 그곳엔 바람막이 거적까지 쳐져 있었다.

"애, 이걸로 깔구 덮거라."

노인은 둘둘 말아 베고 있던 포대자루를 **빼**내 용운에게 주고는 대신 옆에 있던 군용 반합을 끌어다 목침으로 괴었다. 포대자루는 껄끄러웠지만 두 겹이었던 탓에 추위를 견딜 만했다.

용운이 자리를 잡고 눕자 노인은 지혜로운 예언자나 도인처럼 굴면서 여러 가지를 에둘러 물었다. 용운은 혹시 도움이 될까 싶어 엄마의 모습과 헤어진 경위 등을 가능한 한 자세히 얘기해 주었다. 하지만 그 설명에는 한계가 있었다. 이것저것 주절거리다가 누가 자기를 목 졸라 죽이려고 했었다는 둥 쓸데없는 얘기만 내뱉었을 뿐이었다.

눈을 동그랗게 뜬 영감이 그 부분을 집중적으로 파고들었다. 크게 흥미를 느낀 모양이었다. 그러나 용운에겐 전후 내막을 제대로 설명할 재간이 없었다.

그때 중심부 교각의 오두막에서 한 사내가 거적문을 들치고 나왔다. 수염이 텁수룩한 그 중년 사내는 밤인데도 다 해져 너덜거리는 벙거지를 덮어쓰고 있었다.

"영감, 그 꼬맹이는 뭐요?"

용운을 발견한 그가 물었다.

"으응, 에미를 잃었다는구먼. 하기사 뭐 뻔한 짓이지만."

"뭐요?"

"아, 에미가 **빵** 사온다고 해놓구 그대로 함흥차사라니 알

쪼가 아니겠남?"

"흐음… 오늘 그랬대요?"

"며칠 안 됐나 보네. 그런디 들어 보니 뭔가 사연이 있는가 보구먼 그려."

"왜요?"

"사실인지 모르겠지만, 누가 끄나풀로 저를 목 졸라 죽일라구 했었다나."

"뭐요?"

"뭔가 있긴 있는 모양인디 그것 말곤 아무 기억을 못하는구먼 그려."

그러자 사내가 직접 용운에게 물었다.

"꼬마야, 그게 진짜냐?"

용운은 고개를 끄덕였다.

"누가 그랬는데?"

"음… 잘 몰라요."

"아니, 널 죽이려 했는데도 누군지 모른단 말이냐?"

"예…."

"그럼 집 주소는?"

"몰라요."

"그럼 니가 아는 건 없냐?"

용운은 또 고개를 끄덕거렸다. 그러자 다시 노인이 나섰다.

"글쎄 이렇다니께."

"보아하니 머리가 좀 돈 모양이네요. 누가 죽이려고 했다는 것도 어느 밤에 꿈꾼 걸 가지고 사실로 착각하는 모양이로군."

"응?"

"뻔하잖수. 그렇지 않구야 떠돈 지 얼마 안 됐다는 놈이 그거 하나만 달랑 기억한다는 게 우습지."

"흠, 듣고 보니 그렇구먼 그랴. 그나저나 워짠댜? 내일 경찰서에라도 데려다줘야 되는 거 아닐까?"

"그래 봐야 고아원 신세니 놔둬요. 팔자대로 돌아다니다가 경찰서에 끌려가도 제풀에 끌려가게."

사내는 시큰둥하게 말하곤 일어섰다.

아침이 되어 용운은 시끌벅적한 소란에 눈을 떴다. 오두막에서 한 떼의 거지들이 몰려나오고 있었다. 구걸을 나가는 모양이었다.

"항시 얘기하지만 거지는 몰려다니면 우습다. 따로따로 다녀야 실속이 있다는 걸 명심해라."

거지 왕초가 점잖게 한마디 던지고는 다시 안으로 들어갔다. 어젯밤의 그 사나이였다.

노인이 용운에게 말했다.

"너 깡통 없냐? 안 굶어 죽을라문 동냥을 나가야 할 텐디."

"나는 엄마 찾으러 갈 거예요."

"뭐? 어디루?"

"멀리 남산으로요."

막연한 대답이었다. 영감은 잠시 생각하더니 말했다.

"뭐 너 좋을 대루 하거라. 안됐긴 하다만 니가 그라겠다는디 뭘 어쩌겠냐? 돌아댕기다가 잘 데 없걸랑 또 오거라."

노인은 지팡이를 질질 끌며 둑 위로 사라져 갔다. 어린 소년이 딱하게는 생각됐겠지만 그 역시 막막한 거지 입장으로 감상에 빠질 수만은 없었던 모양이었다.

용운은 자리를 털고 일어섰다. 순간 눈앞이 핑 돌며 다리가 휘청거렸다. 정신을 가다듬고 발걸음을 옮겨 보려니 자꾸 헛디뎌졌다. 기다시피 간신히 둑 위까지 올라갔다. 더 이상 기운도 없는데다 다리가 몹시 후들거리는 바람에 그 자리에 털썩 주저앉고 말았다. 진땀이 솟고 손까지 떨렸다. 하늘도 온통 노랗게 보였다. 혹시 이러다가 엄마도 만나기 전에 죽는 게 아닐까?

용운은 이를 악물고 다시 일어섰다. 느릿느릿 걸어도 숨이 찰 지경이었지만, 쓰러져도 사람 사는 동네로 들어가서 쓰러져야 안심이 될 것 같았다. 한 걸음 걷다 쉬고 두 걸음 걷다 쉬고 하면서 거의 반나절이나 걸려 어떤 동네 앞에

다다를 수 있었다.

　용운은 양지바른 어느 집 대문 앞에 퍼질러 앉아 버렸다. 온몸이 물에 젖은 솜처럼 풀어지면서 의식이 까무러지기 시작했다. 얼마 후 인기척과 함께 등 뒤의 대문이 열렸다.

　"너 누군데 여기 있니?"

　"배가… 너무 고파서요."

　"쯧쯧, 하늘도 무심하지."

　잠시 후 여자가 밥그릇을 들고 나왔는데, 양푼 속에 밥과 김치가 아무렇게나 쏟아져 있었고 녹때가 퍼런 숟가락이 한 개 꽂혀 있었다. 용운은 살아야 한다는 본능으로 허겁지겁 퍼먹었다. 목이 메고 손이 떨려 밥알이 자꾸만 땅 위로 떨어졌다.

　허기를 채운 용운은 문설주에 기대 잠이 들어 버렸다. 비루먹은 개 한 마리가 비척비척 다가서더니 흙 묻은 밥알을 주워 먹고 어린 사람의 볼에 붙은 것까지 핥아 먹었다. 용운은 잠결에 이빨을 빠득빠득 갈면서 '엄마…' 하고 중얼거렸다.

　얼마나 잤을까? 다시 눈을 떴을 때는 사방이 어둑해져 있었다. 자리에서 일어난 용운은 하늘에 뜬 별을 바라보며 걸었다.

　하루 종일 헤매다 지친 용운은 다시 노인에게로 향했다. 노인은 구걸해 온 저녁을 먹고 있었다.

"왔냐? 그래, 많이 댕겨 봤구?"

"조금요."

"밥은 어떡했냐?"

"어떤 아줌마가 줘서 먹었어요."

"그랴? 그럼 고단하걸랑 저것 깔고 눕거라."

노인은 더러운 옷자락으로 숟가락을 닦아내며 말했다.

식사를 마친 노인은 찌그러진 반합을 치우고 접힌 포대자루 틈에서 작은 종이상자 하나를 꺼내 뚜껑을 열었다. 그 안에는 꽤 많은 담뱃가루가 들어 있었다. 영감은 그것을 조금 꺼내 찢은 신문지 위에 놓고 침을 발라 말며 중얼거렸다.

"토끼나 개가 제 새끼를 잡아먹는 것도 서로가 한 몸이라고 생각해서 그런다는데… 쯧쯧, 애당초 까지르지나 말 일이지…."

누구를 두고 하는 소린지는 알 수 있었다. 노인은 혼자 구시렁대다간 혀를 찼다. 담배 한 대를 구수하게 피우고 난 영감이 꽁초를 개천으로 던지며 가래침을 뱉었다.

"이제 그만 자자. 얻어먹는 사람한테는 잠 많이 자두는 것도 한 밑천이니."

그때 건너편에서 텁석부리 사내가 또 모습을 나타냈다.

"영감, 출출한데 술이나 한잔 합시다."

포대자루를 깔려던 영감의 눈에서 빛이 났다.

"잉? 아니 어쩐 술이랴?"

"저 건너 가고실에 오늘 누구 혼례 날인가 봅디다. 우리 촉새 놈이 가서 얻어왔는데 부잣집인지 제법 걸지게 달렸수."

텁석부리 사내 뒤에는 열댓 살쯤 되는 아이가 따르고 있었는데, 한 손엔 막걸리 또 한 손엔 음식 담긴 깡통이 들려 있었다.

"가고실 쪽은 왈패들 구역인데 용케 얻어왔구만."

"우리 촉새 놈이 어떤 놈이요? 이놈 눈치라면 아마 지옥에서 잔치를 벌인대두 기어 들어가 얻어올 거요."

거지 아이가 신문지를 깔고 깡통을 엎었다. 부침개와 밥을 비롯한 갖가지 나물이 뒤섞여 쏟아져 나왔다. 허연 돼지비계가 때마침 산 위로 떠오르는 달빛을 받아 번들거렸다.

"아이구, 맨날 시어빠진 김치 부스러기더니만 오늘은 덕분에 포식하겠구먼."

노인이 입맛을 다시며 헤벌쭉 웃었다. 이빨이 빠져나간 불그죽죽한 잇몸이 다 드러났다. 노인의 반합뚜껑에 막걸리를 따르던 텁석부리 사내가 곁눈질로 용운을 힐끗 바라보았다.

"그러고 보니 이 꼬맹이 또 왔구만."

"아침에 에미 찾겠다구 나가더니 이슬 피할 데가 없으니 또 왔구먼 그려. 그나저나 당췌 맘이 편치 않구먼. 저것도 산 목숨인데 말여."

"그럴 거요. 어린 거지 애들이 때로 사람 마음을 여간 심란하게 만드는 게 아닙디다. 대부분 전쟁고아들이라 그런지 눈만 한번 부릅떠도 먼 산 보고 질질 짜질 않나, 꿈속에서 지 어매를 찾으며 헛소리를 하지 않나….."

그는 문득 빈 깡통을 챙기는 아이에게 명령을 했다.

"야, 떡 남은 거 좀 있냐? 저놈 조금 갖다 줘라."

"깡수 형 줄라고 냉긴 백설기 한 개밖에 없는디요."

"아, 잔칫집서 실컷 먹었을 거 아니냐? 잔소리 말고 얼른 갖다 줘."

"야, 알았어유."

재빨리 개천을 건너간 아이가 잠시 후 식은 떡 한 덩이를 가져와 건네었다. 천덕스런 거지들에게도 인정은 있는 모양이었다.

턱석부리 사내가 큼직한 비계 한 점을 김치에 싸서 입속으로 우겨넣었다. 그러고는 입가를 쓱 문지르며 화제를 돌렸다.

"그건 그렇구 저 꼬맹이는 어떻게 할 거요? 저렇게 또 찾아오는 걸 보니 앞으로도 계속 올 것 같은데 말요."

"그러게 말여. 잠이야 재워 준다고 했으니께 오는 거야 상관없지만…."

"꼬마야, 너 어디 살았는지 정말 기억이 안 나냐?"

"예…."

"그럼 말이다, 네 발로 가까운 경찰서엘 한번 찾아가 봐라. 그래서 어디 고아원이라도 들어가야지, 무작정 이러면 어떡할 거야, 웅?"

용운이 묵묵히 듣기만 하자 한참을 더 타이르던 텁석부리 사내는 피곤한지 하품을 늘어지게 하며 자리를 털고 일어섰다.

텁석부리 사내가 돌아간 뒤 자리를 깔고 눕기 무섭게 노인이 주절주절 얘기를 시작했다.

"나는 니가 어쩌다 이렇키 됐는지 자세히 모르겄다. 밑도 끝도 없는 니 말을 어디까지 믿어야지도 모르겄구 말이여. 하지만 어차피 이렇게 된 거… 고아원에 가기 싫거들랑 털보 왕초네 식구라도 되는 게 어떠냐? 험한 시상 죽지 않고 버틸라문 그렇키래두 해야지, 무작정 에미만 찾을라는 니가 안되어서 하는 소리여."

"괜… 찮아요."

"괜찮다니? 배를 곯는데도 괜찮어?"

"예….."

"거지들은 안 가는 데가 없단다. 그러니 그들과 함께 지내다 보면 에미를 찾을 수도 있을 거야."

"정말인가요? 그럼 할아버지 말씀대로 하겠어요."

용운은 재빨리 말했다.

노인은 한숨을 쉬며 언제까지고 용운을 멀뚱멀뚱 내려다

보기만 할 뿐이었다. 머릿속이 혼란스러운 모양이었다.

멀리서 야경꾼의 딱딱이 소리가 바람을 타고 들려왔다. 똑바로 누워 있던 용운이 고개를 돌리고 바라보자 노인은 한숨을 푹 쉬더니 알아듣지 못할 소리를 늘어놓기 시작했다.

"거지들에게도 엄한 법이 있어서 남의 구역을 침범해서는 안 되고 도둑질은 더욱 금물이니라. 동냥을 할 때는 끼니때가 조금 지난 뒤에 가는 게 예의고, 어려움에 처한 사람은 도와주는 것이 도리니라. 알겠느냐?"

"예."

"먹고 사는 게 중요하냐? 살기 위해 먹느냐? 구걸할 때마다 이 문제를 항상 명심하거라. 비천한 신세이지만 거지에게도 좋은 점은 있단다. 모든 걸 다 놓아 버리고 아무 욕심도 없이 자유롭게 한 세상 떠돌다 가는 것도 한 가락 낭만은 있지 않겠냐. 부귀영화도 좋지만 욕망과 소유의 괴로움을 벗어나는 것이 곧 천당이니라."

"예."

노인은 도사처럼 허연 수염을 쓰다듬었다.

"네 이름이 용운이라 했겠다? 음, 구름을 뚫고 승천하는 용의 운수로구나. 그걸 네 운명이라 생각하고, 어려움이 있더라도 지그시 참으며 헤쳐 나가야만 운이 펴인단다. 부모에게 버림받은 가출이 아니라, 큰 도를 찾는 출가라 생각하고 나아가면 그 또한 사나이의 한 멋이 아니겠냐? 모든 것엔 좋고 나쁜 양면이 함께 섞여 있다고 생각하면 한 단계씩 먹구름을 뚫고 승천하는 데 도움이 되리로다."

"예."

노인의 근엄해진 표정이 좀 우습기도 했지만 용운은 순순히 대답을 했다.

미리내가 은은히 흐르는 밤하늘에 별똥별 하나가 길게 꼬리를 끌며 어둠 속으로 사그라지고 있었다. 수많은 별들 중에서 어둠 속으로 사라지는 그 별이 서울역 인파 속으로 사라지던 어머니의 마지막 모습 같다고 용운은 생각했다. 용운은 다시 솟구치려는 눈물을 손등으로 찍어 눌렀다.

청계천 다리 밑 텁석부리 왕초의 식구가 된 용운은 거지 세계에 정식으로 입문했다.

용운의 일과는 아침 일찍 구걸하러 나가는 노인의 꽁무니를 졸졸 따라가는 것으로 시작되었다. 노인은 구걸을 할 때면 언제나 용운을 앞세워 동정심을 유발했다.

"늙은이야 상관없소만 이 어린 게 사흘이나 굶어서…."

그런 작전은 때로 효과가 있어서 동냥질은 비교적 순조로운 편이었다. 그러면 노인은 불그스레한 잇몸이 드러나도록 히벌쭉 웃으며 부근의 헛간으로 가서 쪽박을 놓았다.

노인은 날씨가 좋을 때면 밖으로 나가 옷을 벗고 이를 잡았다. 노인의 이 잡는 방법은 재미있었다. 이란 놈은 항상 옷의 솔기 속에 많이 숨어 있게 마련이었다. 노인은 솔기 부분을 양손에 길게 늘려잡고 이쪽부터 저쪽까지 어금니로 잘근잘근 씹어가는 것이었다. "타닥, 톡, 툭, 틱…" 하는 그 소리 또한 들을 만했다.

일단 기습 작전이 끝나면 다음엔 평평한 돌 위에 옷을 펼쳐 놓는다. 그러면 곧 죽지 않은 이들이 사방에서 스멀스멀 기어 나왔다. 영감은 반들반들한 돌멩이로 그것들을 따라가며 콩콩 찍어 죽였다. 어쩌다 피를 잔뜩 빨아먹어 통통한 놈이라도 몇 마리 나오면 즉각 죽이지 않고 싸움을 시키며 가지고 놀았다. 잔뜩 처먹은 시뻘건 놈들이 성을 내며 싸우는 꼴은 볼만 하면서도 징그러웠다. 그러다가 노인은 싫증이 나면 손톱으로 탁 터뜨려 죽이고는 히히 하고 웃는 것이었다.

아침에 구걸을 나가다 보면 동네 어귀에 옹기종기 모여 아침밥 짓는 굴뚝의 연기가 멎기를 기다리는 아이들과 마주쳤다. 어느 때는 쇠죽통 속에 손을 파묻고 있는 아이들과 만나기도 했는데, 그럴 때면 더러운 손을 흔들며 부르곤 했다. 손의 때를 벗기고 가라는 것이었다. 농부가 쇠죽을 쑤어 여물통에 내놓으면 슬쩍 다가가서 손을 푹 파묻었다. 묵은 때를 닦는 데는 그처럼 좋은 것이 없었다. 겨울철엔 더욱더 그럴 터였다. 뜨끈한 수분과 열기로 때도 잘 불지만, 볏짚과 콩깍지에서 우러나온 기름기가 비누가 되고 또 때수건 역할까지 해서 손은 신기하리만큼 잘 닦였다.

거지 세계가 모두 그렇게 화기애애한 건 아니었다. 청계천 식구들이야 텁석부리 왕초가 통솔을 잘 하니까 그렇지 물 건너 남대문 패들이나 명동 패들의 짓거리는 구역질이 날 정도였다. 남의 집 앞에 쭈그리고 앉아 씨부렁대며 이를 잡는 것은 예사였고, 빈집에 넘어 들어가 맘대로 뒤져 먹곤 정원에 드러누워 코를 고는 축들도 있었다. 그러다가 주인이 돌아와 악다구니를 쓰면 적반하장으로 트집을 부리기도 했다.

"배가 워낙 고파 실례 좀 했기로서니 너무 그러지 마쇼. 같이 먹고 살아야 할 것 아니요."

"아니, 뭐 이따위가 다 있어. 저게 사람이야 짐승이야?"

"호호, 짐승이래도 먹은 밥을 이제 어쩌란 거요? 거지도 사람인데 너무 괄시하지 말란 말요."

그러면 집주인은 세상이 무너진 것보다 더 팔팔 뛰었다.

"그래, 거기 그대로 있어. 경찰을 부를 테니."

"우리 같은 신세야 여기 있으나 유치장에 있으나 마찬가지요. 호호….."

그런 이판사판인 거지들인지라 깡패나 건달들과 패싸움이라도 하게 되면 누구도 감히 손을 쓰지 못했다. 거지들의 동류

의식은 무서운 것이어서 그땐 평소에 구역 다툼을 하던 이웃 거지들까지 달려와 합세를 했다. 그러고는 돌이며 몽둥이며 닥치는 대로 집어 들고 달려들어 상대방의 머리통을 깨부쉈다. 제 머리가 깨지는 것도 상관하지 않았다. 어차피 버려진 몸, 천 갈래 만 갈래로 찢겨도 억울할 게 없다는 투였다.

그런 거지패였지만 한편으로 나름의 풍류와 낭만도 없지 않았다. 가끔 동네에 길흉사라도 있는 날이면 깡통을 두드리며 한바탕 신명을 떨어댔다.

얼씨구씨구~ 들어간다

절씨구씨구~ 들어간다

작년에 왔던 각설이가 죽지도 않고 또 왔네

어화 이놈이 이래봬도 정승판서의 자제로서

부귀영화 마다하고 돈 한푼에 팔려서 각설이로 나섰네

얼씨구씨구 들어간다 절씨구씨구 들어간다

네 선생이 누구신지 나보다도 잘 돈다

일자나 한 장 들고 보니

일락서산 해가 지니 엄마 찾는 송아지 울음소리 애절쿠나

이자 한 장 들고 보니

이슬 맞은 수선화야 네 모습이 청초롭다

삼자나 한 자 들고나 보니

삼월이라 삼짓날에 제비 한쌍이 날아든다

품파바 품파바 들어간다

품품파바 품품파바 들어간다

씨구씨구씨구 들어간다

고마운 분… 한푼 줍쇼~ 예에~

어느덧 용운도 처음 구걸을 할 때 느꼈던 알량한 부끄러움
은 사라지고 없었다. 노인의 뒤를 몇 달 동안 따라다니는
동안 서울 지리를 손바닥 보듯 환하게 익히게 되었고 나름
대로 독립심도 생겨 혼자 시내를 슬슬 다니게끔 되었다. 허
름한 바지의 한쪽 가랑이를 걷어 올리고 다리를 드러낸 채
다녔다. 사람들로 하여금 측은한 감정을 유발시키려는 것이
었지만 한편으론 걷는 데 편리한 점도 있었다.

게다가 어느새 자기 나름대로 구걸 방법도 개발했다. 그
방법은 끈기 하나면 되었다. 굶을 때까지 굶다가 정 참기
힘들 때 인정 있어 뵈는 가겟집 앞에 끈질기게 죽치고 서
있었다. 침울한 표정으로 그 가게만 뚫어지게 바라보고 있
으면, 어린 거지 애가 부끄러워 달라는 소리를 못하는구나

싶어선지 **빵** 한 개쯤 집어 주었다.

그 방법이 매번 성공하는 건 아니었다. 때로는 재수 없다며 빗자루를 들고 뛰어나오는 주인도 있었다. 그렇게 허탕을 쳤을 때는 쓰레기통을 뒤졌다. 쉬어빠진 보리밥이며 곰팡이 슨 떡조각 따위를 주워 먹고 물배를 채운 다음 이곳저곳 거닐었다.

한번은 주택가에서 각설이 타령을 하자 꼬마아이들이 몰려들어 구경을 했다. 얼마 후 어떤 젊은 아주머니가 뛰어오더니 아이의 팔목을 잡아끌며 소리쳤다.

"이 녀석아! 저게 뭔 볼거리라고 정신없이 쳐다보고 있니, 응? 어서 가서 밥이나 먹고 공부해! 알았어?"

아이가 버티자 아줌마는 아이의 등짝을 사정없이 철썩철썩 갈기며 집으로 끌고 갔다. 저렇게 야단을 맞더라도 엄마의 손은 얼마나 따스할까? 용운은 너무나 부러워서 가슴속이 싸하게 쓰려 오는 표정이었다. 그러더니 문득 눈물 한 방울이 돋아났다.

하루는 용산역 앞을 지나가는데 길 건너편에서 엄마의 모습과 흡사한 여자가 눈에 띄었다. 장바구니를 들고 골목으로 꺾어 들어가는 그 뒷모습은 머리 모양으로 보나 걸음걸이로 보나 분명히 어머니였다. 소리 내어 불러 보려 했으나, 행인들이 너무 많은데다 그 여인은 이미 골목 안으로 사라진 뒤였다. 양쪽에서 빠르게 좁혀 오는 전차를 무시한 채 용운은 도로를 뛰어 달렸다. 그리고 여러 갈래로 뻗은 골목 길을 이리저리 뒤지던 끝에, 아차 하면 놓칠 뻔했던 그 뒷모습을 잡을 수가 있었다.

"어, 엄마!"

여인이 뒤돌아보았다. 용운은 멈칫했다. 비슷하지만 엄마는 아니었다. 여인은 무심코 고개를 돌리다가 눈앞의 꾀죄죄한 용운을 이상스럽다는 표정으로 바라보았다.

"애, 왜 그러니?"

"아, 아녜요. 우리 엄만 줄 알고….”

말도 채 끝내기 전에 서러움이 솟아올랐다. 용운은 울먹거렸다.

"엄만 줄 알았다구?"

여인이 물었다.

"예….”

"애, 이리 좀 와봐."

여인은 용운을 이끌어 갈월동 쪽으로 데리고 갔다.

"너 엄마를 잃은 모양이구나?"

그녀가 얼굴을 가까이 대고 들여다보았다.

"언제 그랬니?"

복받치는 울음 탓에 용운은 대답 대신 도리질을 했다.

"그럼 너 혼자 여기저기 돌아다니면서 사는 거니?"

"아니요. 청계천 다리 밑에서 어떤 할아부지랑 살아요."

"할아버지?"

"예….."

여인은 측은한 얼굴로 용운을 뚫어지게 바라보았다. 어떤 감상感傷 탓인지 여인의 눈동자에도 이슬이 맺히는 것 같았다.

"얘, 너 무섭지 않니?"

용운은 대답 없이 훌쩍이기만 했다.

"얘야, 그러지 말고 나하구 함께 살자꾸나."

여인이 입술을 용운의 귀에다 대고 한껏 부드러운 목소리로 속삭였다. 따스하고도 간지러운 느낌 속에서 용운은 저도 모르게 고개를 끄덕였다.

그리하여 문득 야릇하면서도 새로운 생활이 시작되었다.

2부

뱀딸기

피 묻은 종이꽃

진달래, 개나리, 철쭉 등 봄의 산야^{山野}를 화려하게 수놓았던 꽃들이 지면서 산은 초록빛이 점점 더 무성해져 갔다. 어느덧 봄날이 저물면서 여름이 시작되고 있었다.

선감학원의 하루는 늘 철저한 점호로 시작해서 점호로 막을 내렸다. 철두철미한 인원점검이었다. 그곳은 말이 학원이지 사실은 노동 수용소와 마찬가지였다.

수용소 내에는 기술을 가르치는 직업보도부도 있었는데 분야는 축산부, 목공부, 이용부, 양잠부, 체육부 등이었다. 나름대로 심사숙고한 끝에 용운은 목공부에 들었다. 뭔가 기술을 하나쯤 익혀두어야 될 것 같았다.

제약된 틀 속에서 고된 작업도 작업이지만, 신입이기에 따라붙는 고충 또한 보통이 아니었다. 논밭일 등 힘겨운 일과를 마치고 옥사로 돌아오면 이번엔 반장을 비롯한 여러 고참들이 부려먹기에 바빴다. 수건을 빨아 와라, 팔다리를 주물러라, 식수를 떠 와라, 한시도 봐 주려 하지 않는 것이었다. 게다가 조금이라도 신경에 거슬리는 일이 있으면 서슴없는 주먹질이나 기합이 뒤따랐다.

정말 견디기 어려운 것은 배고픔이었다. 거친 보리밥이나 밀밥 한 덩이에 짜디짠 곤쟁이젓과 멀건 시래깃국뿐인 식사, 그리고 작업 중간에 던져 주는 밀빵 한 개….

일은 고된 데다 먹는 건 고아원에 있을 때보다도 부실하다 보니 가뜩이나 풀기 없는 뱃속엔 갈수록 허기만 축적되었다. 너나없이 둑에 앉기만 하면 습관처럼 풀줄기를 뽑아 질겅거렸고, 냉이나 달래 뿌리를 찾기 위해 쉬지 않고 눈알들을 굴렸다. 개구리를 잡아 뒷다리를 찢어서 날로 씹어 삼키는 일쯤은 예사였다. 쥐나 뱀도 마찬가지였다. 독버섯을 잘못 뽑아 먹고 죽은 아이도 있었다.

한동안 지난 뒤부터는 용운도 불침번에 들게 되었다. 초짜로서의 기간이 끝난 것이다.

불침번 교대는 복도 중앙에 걸려 있는 괘종시계에 의해서 이뤄지는데, 교대 시마다 앞 근무자는 항상 같은 소리를 읊조렸다. 화장실에 간 사람이 30분 이상 돌아오지 않을 때는 즉시 반장을 깨울 것, 수시로 복도를 내다볼 것 등이었다. 취침한 지가 얼마 안 되는 시간상의 이유 때문인지 복도에 대변을 보는 사람도 없었고 화장실에 가서 시간을 넘기는 사람도 없었다. 그보다 문제는 근무 시간마다 엄습하는 비애감이었다. 고요한 밤 가물 거리는 호롱불 밑에 홀로 서 있노라면 괜스레 신세가 처량해지면서 눈시울이 뜨거워지는 것이었다.

선감원의 하루하루는 수용된 모든 원생들에게 어슷비슷한 시간과 공간으로서 주어져 있었다. 그러나 그 시공간에서 원생 개개인이 느끼고 생각하는 건 저마다 다를 수밖에 없었다. 똑같은 기상나팔 소리를 듣고도 공포의 전주곡으로 느끼기도 하고 감미로운 미련으로 감촉하기도 하는 것이다. 또한 바다에서 규칙적으로 일어나는 파도를 보고도 당사자의 사고방식에 따라 절망과 희망의 극단적인 쌍곡선을 마음속에 그리기도 하는 것이었다.

그곳에서는 여러 종류의 인간형이 섞여 부대끼며 살고 있었다. 순응형은, 좀 괴이하게 변화된 환경이지만 그곳 또한 이 세상에 존재하는 하나의 사회라고 여기며 가능한 대로 적응하려고 애썼다. 그곳의 엄혹한 상황 속에서 스스로 나약한 존재라고 인정한 사람뿐만 아니라 강하다고 자부하는 자도 설령 속으로는 이빨을 으득으득 갈지언정 겉으로는 잘 훈련된 개와 같은 순종을 그곳의 주인들에게 보여 주었다.

사장^{舍長}들이 그런 존재였다. 그들은 똑같은 원생 신분이면서도 원장이나 사감^{舍監} 선생에게 선택되어 그분들의 지시대로 다른 원생들 위에 군림하며 막강한 권력을 휘둘렀다. 그들의 가슴 속에 억눌린 분노가 힘없는 수하 원생들에게 쏟아졌다.

그들에게는 '사장실'이라는 방이 따로 주어졌다. 작긴 해도 여러 명의 몸뚱이가 한 방에서 마치 지옥처럼 부대끼는 일반실에 비하면 그곳은 천국이라고 할 수도 있을 정도였다. 그들은 원장을 비롯한 관리자들을 대신해 그곳을 통치해 나간다는 사명감을 주입받고 있었다.

"너 이 개새끼, 어디서 감히 내 눈을 쳐다봐. 난 위대한 오일륙 혁명정신을 지금 이곳에서 실행하고 있단 말야!"

그들은 선생이 짐짓 보지 않는 곳에서는 이런 소리를 지껄이며 원생들의 왕처럼 굴었다. 그들은 일명 '저승사자'라고 불리기도 했는데, 실제로 질서유지를 명분 삼아 조금이라도 제 눈에 그슬리면 마구 폭행을 휘둘러 반병신으로 짓이겨 놓거나 심지어 싸늘한 시체로 만들어 버리기도 했다. 그 시체는 원래 살아 있을 때도 쓰레기로 취급되었으므로 죽어서도 쓰레기처럼 지저분한 가마니에 말려 뒷산 기슭에 아무렇게나 버려졌다.

사실상 사회에서 강도, 강간, 도둑질, 금품 갈취, 소매치기 등 파렴치한 짓을 저지른 놈들 중에 오히려 순응형이 더 많았다. 그들의 순응은 참회나 반성 때문이 아니라 오로지 그곳에서 조금이라도 편하게 잘 지내고자 하는 방편에 지나지 않았다.

그에 비해 반항형은 선감학원이 양두구육羊頭狗肉의 수작질을 벌인다는 사실을 짐작하고 있었다. 그들은 선감학원이 양대가리를 문 앞에 걸어놓고 개대가리처럼 물어뜯는 곳임을 알고는 세상 또는 적어도 선감도의 하늘 아래 까발리고 싶어 했다.

그들은 사회에서도 억울한 일을 많이 당해 왔으며, 한 순간 참지 못해 울분을 터뜨리고는 잡혀온 경우가 많았다. 그들은 순응형처럼 요령을 잘 피울 줄도 몰랐고 또 편하게 살려고도 하지 않았다. 그곳은 그들에게는 사람이 사는 데가 아니라 괴상야릇한 지옥과 같은 세계였다. 그래서 조금이라도 사람처럼 살아보고픈 갈증에 시달리며 용을 쓰거나 몸부림을 쳐보는 것이었다. 하지만 선감원 측은 애초부터 원생들을 온전한 인간으로 보지 않았기 때문에 반항할수록 더 혹심한 폭력으로 제압하려 했다.

폭행은 고통을 두려워하도록 하기 위해 가해지는 것인데, 어떤 반항아들은 고통 자체를 운명으로라도 여기는 듯 별로 두려워하지 않았으므로 수용소 측으로서는 골치였다.

예비역 대령인 조 원장은 위대한 5·16 혁명 정신을 받들어 자신의 무대인 선감학원에서 숭고하게 꽃피우기를 희망했다. 쓰레기들을 새사람으로 탈바꿈시켜 조국 건설의 역군으로 동참시키려는 혁명 정부의 고귀한 뜻을 그는 잘 알고 있었다. 그리하여 다소 무리가 있더라도 우선 목표를 달성하는 게 더 중요하므로 방해가 되는 잡초나 삐죽 튀어나온 돌멩이 같은 존재는 사정없이 뽑아내 버리라고 아래에다 지시했다.

사장이나 반장들은 상부의 지시를 수행하기 위해 광분했다. 성과가 좋은 사(舍)나 반에는 상이 주어지고 나쁜 반엔 벌이 주어졌으므로 사장들은 눈에 핏발을 세운 채, "하면 된다! 안 되면 되게 하라!" 하고 조 원장의 좌우명을 대신해서 외치며 발악을 했다.

원생들의 생사여탈권을 쥔 사장들 중엔 자기가 혁명 정권의 슬로건을 실행하는 중요한 존재라고 착각하는 자도 있었다. 폭행과 고문이 일상다반사로 자행되어 수많은 청소년이 꽃봉오리를 피우지도 못한 채 스러져 갔다. 하루에도 많을 때는 서너 송이의 어린 목숨이 떨어져서 공동묘지에 내던져졌다.

또 날이 밝았다. 고립된 섬에서의 막막한 하루가 시작되었다.

아침 식사를 마친 원생들은 일렬로 질서정연이 작업장까지 걷기 시작했다. 만일 도중에 좌우를 둘러보거나 앞 사람과 간격이 벌어지면 양 옆으로 늘어서 있던 사장의 주먹이 날아들었다.

선감원에는 염전, 목공소, 세탁소 등의 작업장이 있었지만 초짜들은 대부분 종이꽃을 만드는 곳으로 갔다. 공장으로 들어서면 작업대가 쭉 열을 지어 놓여 있었다.

초짜들은 조화(造花)의 부속품인 꽃잎, 꽃받침, 꽃자루 따위를 만들었는데, 한 사람당 하루의 정량은 50개였다. 하지만 그 50개는 두세 달 정도 숙달된 아이들도 채우기가 힘든 숫자였는데, 처음 작업장에 나온 아이들의 경우에도 어김없이 적용되었다.

정량을 채우지 못하면 저녁마다 모자란 숫자만큼 굵은 회초리로 손바닥을 맞아야 했다. 숙달이 안 된 아이들은 보통 20대씩 얻어터졌고, 손놀림이 제법 빠른 아이들도 매일 몇 대씩은 어김없이 맞곤 했다. 그러다 보니 손바닥이 불그죽죽하게 변해 꼬집어도 느끼지 못하는 아이들도 있었다.

갑자기 용운 옆에서 비명 소리가 들렸다. 꽃받침을 만드는데 온 정신이 팔려 있던 용운은 깜짝 놀라 고개를 돌렸다. 옆의 아이가 어떻게든 매를 모면해 보려고 꽃자루를 대충 빨리빨리 만들었던 모양이었다. 일을 하다보면 쉴 사이 없이 뒤를 오락가락하는 사장이나 반장한테 걸려 느닷없이 몽둥이를 맞는 소리가 여기저기서 들려왔다.

"너희 놈들이 억울하다고 지랄할 건 없어. 게으르고 자립심이 부족하고 남한테 신세 지려 하고, 이게 네놈들의 본성이야! 전생에 얼마나 악독하게 살았으면 지금 이런 곳에서 이런 꼴로 썩고 있겠어, 응?"

사장 놈은 지껄이고 있었지만, 그 말이 자기 자신에게도 해당된다는 사실은 모르는 모양이었다.

모든 아이들이 어떻게 해서든지 정량을 채우려고 심지어는 화장실에 가는 아이도 없었다. 참고 참았다가 작업이 끝나 방으로 돌아온 후에 변소 간으로 달려가는 것이었다. '작업중지'라는 구령이 떨어진 다음에도 원생들은 조금이라도 더 만들려고 작업대 밑에서 손을 꼼지락거리며 안간힘을 쓰다가 얻어터지기 일쑤였다.

점심을 먹고 나면 운동시간이 있었는데 그것마저도 아쉬워 운동을 하는 아이는 한 명도 없었다. 모두 여기저기 맥이 빠져 앉아서는 오직 꽃잎 만드는 걱정만 했다.

그 종이꽃을 가슴에 달거나 집안 응접실 등에 장식해 놓고 바라볼 사람들은 원생들의 피땀과 고통이 새겨진 꽃이라는 사실을 아마 꿈에도 모를 것이었다.

원생들은 아침에 자리에서 일어나 밤에 누울 때까지 완전히 기계 같은 틀 속에서 다리 한번 제대로 펴보지 못했다. 잠시의 틈도 없이 계속 감시하고 몽둥이를 휘둘러대는 극단적인 분위기는 모두를 두려움에 떨게 하고, 매를 들면 엉덩이를 갖다 대는 완전히 수동적인 동물로 만들어 버리고 말았던 것이다. 사정 같은 것은 애초부터 통하지 않는, 철두철미하게 명령과 복종만이 존재하는 거대한 폭력집단이었다. 그것은 육체뿐만 아니라 정신적인 굴복까지도 요구하는 삶이었다.

"아악!"

느닷없는 비명소리에 깜짝 놀라 용운이 쳐다보니 한 아이가 매를 맞다 말고 왼손을 쳐든 채 부들부들 떨고 있었다. 매가 너무 아프니까 엉겁결에 손을 갖다 댔다가 손뼈가 작살났는지 곧 무섭게 부어올랐다.

"이 새끼가, 니네 집 안방인 줄 알어? 어따 대고 소릴 질러!"

사장은 겁먹기는커녕 눈 하나 깜짝하지 않고 그 아이 등짝에다 다시 몽둥이질을 하더니 계속해서 다른 아이들까지 때리는 것이었다.

어느 날 작업을 마치고 돌아가던 중이었다.

"앗! 저게 뭐지?"

한 아이가 놀라서 소리를 질렀다. 모두 돌아보았다.

운동장 가의 큰 나무 가지에 한 아이가 모포를 찢어 만든 줄로 목을 매달고 늘어져 있었다. 튀어나올 듯한 두 눈과 얼굴은 피가 몰려 시뻘겋게 변하고 혓바닥은 쑥 내민 채 흔들거리고 있었다.

또 하루는 식당 쪽이 웅성웅성했다. 알고 보니 어떤 아이 하나가 할복자살을 했던 것이다. 그 아이는 식당이 텅 빈 시간을 노려 몰래 기어들어가 이것저것 잔뜩 훔쳐 먹고는 식칼로 자신의 배를 갈라 버렸던 것이다.

역한 피비린내와 함께 식당 바닥에는 시뻘건 피가 홍건히 고여 흐르고 있었고, 벽에도 온통 피가 튀어 있었다. 그리고 피에 범벅이 된 그 아이의 시체가 뒹굴고 있었다. 굶주려서 빼빼 마른 그 아이의 해쓱한 얼굴은 무엇인가를 노려보고 있는 듯했다.

축사에서 일하던 그 애는 언젠가 이런 말을 중얼거렸었다.

"소 돼지는 죽을 때 죽더라도… 지금은 배불리 먹을 수 있고…

또 폭력의 공포심도 없이 저토록 해맑은 눈망울인데… 우린 오히려 짐승보다 더 굶주리고 징그러운 폭행의 두려움에 떨며 하루하루 견뎌야 하니….”

용운은 몸서리를 쳤다. 그렇게 처절하게 죽었다는 사실 때문이기도 했지만, 그 일이 전혀 남의 일 같지가 않아서이기도 했다. 이 속에서 살다 보면 언젠가는 그렇게 죽을지도 모른다는 사실에 치가 떨렸던 것이다. 원생이 죽어도 외부로 알려지면 골치 아프겠다 싶은 선감원 측에서는 대충 사고사로 처리해 버리는 것이었다.

선감학원이란 그 정도로 고달픈 곳이었다. 아마 자살을 한두 번쯤 생각해 보지 않은 아이는 없을 것이었다. 그런 긴장과 공포 속에서 벗어날 수 있었던 유일한 방법이 그것이었기 때문이다. 용운은 자살을 생각해 본 적은 없지만 줄곧 한 가지 생각에만 매달려 있었다. 언젠가는 이 지옥 같은 곳에서 벗어나야 한다는 것이었다.

‘아무런 자유도 없이 개돼지처럼 목숨을 남의 손에 맡겨 놓고 산다는 것은 얼마나 서글픈 노릇인가. 잘못도 없이 이런 지옥에 갇혀 사는 건 도대체 누구의 뜻에 의한 것인가? 남의 손에 목숨을 맡기느니 차라리 내 스스로 생명을 걸고 귀중한 자유를 찾아야 하지 않을까? 그리고 빨리 이곳을 탈출하여 엄마를 찾아서는 그 은은하고도 정겨운 미소를 보아야만 한다!’

용운은 몸서리를 치는 상황 속에서 입을 꽉 다물고 있었다. 그의 눈은 종이꽃을 태우기라도 할 듯이 활활 타올랐다.

북망산

녹음이 절정을 이루면서 산비탈 밭엔 보리가 익고, 낮엔 뻐꾸기가 아련한 향수鄕愁를 자아올리며 울고, 밤이면 숲속에서 소쩍새가 구슬피 울었다.

그 즈음 마을의 어느 집에 굿이 있었다.

용운은 다시 백곰 반장의 비밀스런 지시를 받고 피에로와 함께 마을로 나갔다. 피에로는 굿 음식 얻어오기, 용운은 하얀 옷을 입은 절름발이 누나에게 쪽지를 전하는 것이 주어진 임무였다.

"얌마, 꼭 희망적인 답장을 받아와야 해. 알았지? 이건 지상명령이다!"

떠나기 전 백곰은 용운을 한 구석으로 불러 지시했던 것이다.

"혹시 안 주면 어떡해요?"

"이 새끼가 정신상태가 글러먹었군. 얌마, 하면 된다! 안 되면 되게 하라! 신성하고 위대한 이 혁명 구호도 몰라? 무슨 수를 쓰든 꼭 답장을 들고 와야만 해. 만약 빈손으로 왔다가는 바다 속에 처넣어 버릴 거야. 알았지?"

"예."

용운은 마지못해 대답을 했다. 그의 위악적이고 징그러운 미소가 보기 싫어 용운은 고개를 숙였다.

"어서 가 봐."

"그 누나가 정말 싫다고 하면 어찌해요?"

"염려 붙들어 매고 된다고 구호를 외치면서 정신무장을 단단히 하란 말이야. 허허, 내가 어젯밤에 상당히 감미로운 꿈을 꾸었으니 걱정을 마. 허허, 처남 빨리 출동하라구! 예쁜 누나한테 말이야."

백곰 반장의 유들유들한 말을 뒤로 하고 용운은 기다리던 피에로를 향해 뛰어갔다.

여름 볕은 따가웠지만 그 속에 따스함도 간직하고 있었다. 수용소의 억압으로부터 벗어나 잠시나마 해방감을 느낄 수 있는 그 순간이 용운은 너무나 소중하다는 듯 살포시 미소를 지었다. 생기를 띠고 자라나는 들판의 벼와 푸른 산 빛을 용운은 눈부신 듯 바라보았다.

"구름아, 반장이 뭐라구 했어?"

피에로의 물음에 용운은 정신이 들었다.

"특급비밀이라면서 아무한테도 말하지 말래."

"그래? 그럼 난 머릿속으로 그게 뭘지 상상해 봐야지. 마치 영화라고 생각하구서 쭉 생각해 보면… 현재뿐만 아니라 구름이 너가 모를 미래까지도 대강 알 수 있거든."

"형아, 어떻게 되는데? 답장을 받을 수 있을까?"

"헤헤, 특급비밀이 뭔지 알았다. 그럼 이제 가만있어 봐. 영화 필름을 한번 돌려 볼게."

피에로는 눈을 슬며시 감은 채로 계속 걸었다. 용운은 그의 얼굴을 유심히 쳐다보았다.

"음… 카사블랑카의 눈에 어린 눈물이 보인다… 잉그리드 버그만은 이럴 수도 저럴 수도 없는 비련의 여인… 험프리 보가트는 떠나라고 말하지만 사실은 자기 품에 남기를 바란다… 에~ 그러나 여기는 할리우드가 아니라 선감도이기 때문에 백곰은 결국 아름다운 인어를 잡게 된다. 아! 슬픈 눈물방울이 진주처럼 두 뺨에 굴러내리네…"

피에로가 변사 흉내를 내어 억양을 이리저리 바꾸며 읊조렸다.

"안 돼. 착하고 고운 누나가, 아니 인어가… 백곰 같은 흉한 놈에게 잡혀서는 안 돼."

용운은 저도 모르게 울상을 지으며 중얼거렸다. 피에로가 눈을 슬금 흡떠서 우스꽝스런 표정을 지었다.

마을이 가까워지자 꽹과리와 피리 소리가 들려왔다. 음률도 제대로 맞지 않고 또 빈약한 소리였지만, 마을 자체가 워낙 작고 고적했던지라 일종의 잔치 기분을 느끼게 했다.

피에로의 뒤를 따라가던 용운은 우선 산기슭의 그 누나 집부터 가 보려 하다가 일단 굿 장단이 들려오는 집으로 들어갔다.

작은 마을에서 그나마 가장 번듯한 그 집의 대문 앞에는 이미 낯익은 다른 사^舎의 원생들이 꽤나 먼저 와서 눈을 번들거리고 있었다.

푸르스름한 하늘 아래 멍석을 깐 마당에서는 한창 굿이 벌어지고 있었다. 굿상 중앙에는 삶은 돼지머리가 놓였고 그 둘레에 생쌀을 수북이 담은 그릇, 시루떡, 인절미, 그리고 배, 사과, 참외 등속이 줄느런했다. 상머리 위에 붉고 희고 노란 삼색 종이꽃이 꽂혔고 향로엔 향연이 피어오르고 있었다.

나지막이 울리던 꽹과리 소리가 점점 고조되었다. 늙은 무당은 비손을 한 채 먼 허공을 우두망찰 올려다보고 있더니 사설을 읊조리기 시작했다.

에헤야~ 해동 조선국 경기도 선감도라

해신님 굿받아 은관자 옥관자 쓰고 오시네

산은 몇 넘으셨나 물은 몇 건느셨나

에~ 오소사 오소사~ 산신님 해신님 오소사

정성 즐겨이 받으시고 잔마다 명과 복을 실어서

자손들이 크게 되고 부자 되게 도와주소사

바람 불던 전날 같고 비 오다 갠 날같이

만사를 다 도와서 요물사귀 소멸하고

많이 받아 잡수시고 극락 가소사 에헤야

늙은 무당은 잠시 멍하니 서 있더니 상 앞에서 방울과 구리칼을 집어 들고 발딱 일어나 번들거리는 눈빛으로 춤을 추기 시작했다. 딴 존재로 변한 듯 펄떡펄떡 뛰고 돌며 팔을 쳐들어 흔들면서 괴성을 질렀다. 한 자락 귀곡성이 흘러 뒷산으로 메아리쳤다.

한 순간, 무당의 눈이 간짓대 아래 놓인 작두로 향했다. 무당은 입술을 모아 긴 휘파람을 불고 나서 간짓대를 잡곤 시퍼런 작두날 위에 한 발을 올려놓았다. 무당의 마른 발이 작두날을 딛고 올라선 순간 구경꾼들의 긴장된 비명이 고요를 찢었다. 작두날이 금방이라도 발꿈치를 썩둑 베고 솟아오를 것만 같았다. 늙은 무당은 다른 사람이 된 표정으로 작두 위에서 춤추며 야릇한 목소리로 공수를 뇌었다. 둘러선 구경꾼들은 두 손을 모으고 비볐다.

방울소리가 절정을 이루다가 잦아들었다. 늙은 무당의 이마와 눈엔 땀과 눈물이 번지레했다.

용운은 슬쩍 한쪽으로 갔다.

박꽃 누나는 감나무 아래 놓인 대나무 평상에 걸터앉아 있었다. 용운은 망설였다. 긴 머리칼 아래로 드러난 백옥 같은 목과 저고리 동정 사이로 언뜻 보이는 하얀 속살에 눈이 부신 듯했다. 그는 눈을 꿈뻑거리며 한숨을 폭 내쉬었다. 손에 쥔 쪽지를 만지 작거렸다. 백곰을 생각하면 전해 주지 말고 찢어 버리고 싶었다. 그러나 그의 은근하면서도 강력한 폭력이 떠올랐다. 그동안 백 곰은 겉으로는 슬슬 웃으면서도 결정적인 폭행을 가해, 자기 휘하의 원생들을 괴롭혀 왔던 것이었다.

그러나 무엇보다도 쪽지를 찢어 버리는 것 역시 도둑질과 비 슷하다는 생각이 들어 용운은 망설였다. 일단은 전달을 해야 했다. 현재로서는 백곰의 속셈뿐만 아니라 누나의 진심도 분명 히 알 수 없는 것이었다. 본인이 읽어 보고 나서 직접 결정을 하면 될 일이었다. 다만 허황된 말에 속지 말고 좋은 선택을 하길 바랄 뿐이었다.

용운은 주춤주춤 감나무 쪽으로 다가갔다. 누나의 흰 이마엔 땀이 송알송알 돋아나 있었다. 좀 전에 늙은 무당이 춤출 때 잠깐 보였던 눈 속의 야릇한 빛은 이제 스러지고 없었다.

"너 왔니? 요즘 어떻게 지내니?"

그녀가 알아보고 용운의 손을 끌어 평상에 앉혔다. 그리고 까 까머리를 쓰다듬어 주었다. 지난번처럼 품에 안아 주진 않았다.

용운은 쭈뼛거리다가 백곰 반장의 쪽지를 살짝 앞으로 내밀 었다. 이어 주위 사람들이 듣지 못하게 속삭였다.

"우리 반장님이 줬어요. 답장을 꼭 받아 오래요."

"안됐지만 지금은 그럴 수가 없구나. 사실대로 그렇게 말하면 아무 일 없을 거야. 그러니 걱정 마. 너 배고프지?"

그녀는 일어서더니 절뚝절뚝 부엌 쪽으로 걸어가더니 종이에 싼 인절미를 한 움큼 들고 나왔다. 그 절뚝이는 걸음걸이를 보고 있자 용운은 마음이 짠해졌다.

'누나는 저런 몸으로도 나를 위해 주고… 사랑해 주는데… 난 뭐야? 멍청이처럼 그저 바라보기만 할 뿐….'

그런 생각이 들었다.

"어서 먹어."

용운은 떡을 두어 개 집어 감나무 뒤편으로 가서는 감꽃을 줍는 척하면서 얼른 씹어 삼켰다. 그의 눈에 물기가 어리더니 한 방울 두 방울 감꽃 위로 떨어져 내렸다. 용운은 옷소매로 눈가를 쓱 문지른 뒤 평상 앞으로 갔다. 그러고는 말없이 종이 위의 떡을 주머니 속에 집어넣은 다음 절을 꾸벅 하곤 누나가 대꾸할 사이도 없이 곧장 집밖으로 뛰어 나갔다. 그의 눈엔 다시 눈물이 맺혔다. 꽹과리와 장구 소리가 아련히 들려왔다.

용운은 들길을 걸으면서 종이에 싼 인절미를 꺼내 음미하듯 씹어 먹었다. 박꽃 누나의 하얀 미소가 떠올랐다. 다 먹은 용운은 종이를 구겨 버리려다가 떡고물까지 핥아 먹었다. 그 낡은 잡지 쪼가리엔 희미하게 바랜 글자들이 가득 차 있었다. 용운은 박꽃 누나가 자기에게 써서 준 편지라면 좋겠다고 공상을 하며 한 자씩 읽어 보았다.

…거센 폭풍과 폭설 속을 그는 사흘 밤낮 동안 걸었다. 영하 40도의 한
파 속에서 산비탈을 걸어 오를 때 그의 손과 무릎과 발은 피투성이로 변
했다. 피와 기력과 의식을 조금씩 잃어 가며 그는 벌레 같은 끈기로 전
진했다. 넘어지면 마지막 남은 기운을 모아 헐떡거리며 일어섰다. 차가
운 백설白雪의 침대에 엎어져 버리면 다시는 고향을 보지 못할 테니까. 추
위는 시시각각 그의 몸뚱이를 얼어붙게 했다. 거의 죽어 버린 근육을 그
는 절망적인 심정으로 계속 움직였다.

눈 속에서 헤매다 보면 생존 본능이 서서히 사라진다. 그냥 엎어져 차갑
지만 깊은 잠 속에 빠지고 싶은 생각이 간절해진다. 하지만 그는 고향의
초원과 그리운 사람들의 이름을 떠올리며 그런 유혹을 견뎌냈다. 얼어
부풀어 오른 발이 움직일 수 있도록 매일 조금씩 휴대용 칼끝으로 구두
를 잘라냈다.

그러다가 한번은 눈비탈에 미끄러져 백설 위에 배를 깔고 엎어진 채 주
르륵 떨어져 내렸다. 희망과 의지력이 모조리 빠져나가는 느낌이었다.
'아! 저 산을 넘어야 하는데… 이젠 더 어쩔 도리가 없어.'

그는 속으로 중얼거렸다. 모든 고난을 잊고 편안해지려면 그냥 눈을 감
기만 하면 되었다. 눈꺼풀이 스르르 감기는 순간 험준한 바위산도, 얼음
도, 살을 짓뭉개는 듯한 동상도, 빈 몸으로 끌고 가야 할 육중한 삶의 무
게도 더 이상 존재하지 않게 되리. 그는 이 거친 세상과는 다른 안락한

천국 속으로 미끄러져 들어가려 했다. 그는 마지막으로 힘을 내어 눈앞을 바라보았다. 도무지 헤쳐 나갈 수 없을 듯한 설산雪山의 무정함···. 문득 그의 귓가에 아주 미묘한 소리가 들려왔다. 그는 실낱같은 소망으로 그 소리의 정체를 찾아보았다.

그것은 그의 손목시계에서 나는 소리였다. 문자판의 붉은 초침이 바야흐로 9자 부근을 지나 시간의 비탈을 숨 가쁘게 올라가고 있었다. 초침의 소리가 점점 커졌다. 그건 외침처럼 들렸다.

'일어나라! 일어나라!'

그는 시체가 일어난다는 기묘한 무의식 속에서 조금씩 몸을 일으켰다. 그리고 초침처럼 한 발짝씩 옮겨놓았다.

'내가 나라는 의식은 더 이상 필요가 없다. 그냥 걸을 뿐이다. 한 발짝씩 내딛는 것···.'

글은 거기서 끊어졌다. 조난당한 어떤 사람의 이야기 같았다. 더 읽고 싶었다. 그런 생각이 든 이유는 물론 용운 자신이 처한 형편도 그에 못하지 않다는 것 때문이었겠지만, 한편으론 그 빛바랜 종이 쪼가리가 누나로부터 주어졌다는 사실 때문이기도 했다.

용운은 독백하듯 중얼거렸다.

"이 종이쪽지가··· 누나가 내게 주는 연애편지라면 얼마나 좋을까? 그 창백한 손으로 내게만 주려고 쓴 것이라면··· 한 글자 한 글자 내 심장에 눈물처럼 새겨 넣을 텐데···."

용운은 스스로 부끄러운지 쓴웃음을 지었다.

서둘러 선감학원으로 가보니 그곳엔 뜻밖의 일이 벌어지고 있었다. 수많은 원생들이 멀찍이 둘러서서 구경하는 가운데 '푸른 하늘의 악마'로 소문난 일심사 사장의 격분한 목소리가 들려왔다.

"이 쌍새끼야! 아무리 꺼벙하기로 할 일과 못할 일을 구별도 못하냐? 이 쌍놈 새끼!"

"선새임, 잘못했떠요! 이제 더, 덩말 안 그럴께요!"

그건 일심사의 바보 판길이였다. 최 사장이 굵직한 몽둥이로 그를 사정없이 후려 패는 중이었다.

"저 녀석 왜 저러냐?"

용운은 한 원생에게 물었다.

"마을 집에 들어가서 굿 지낼 음식을 훔쳐 먹었나 봐."

"뭐?"

용운은 마구 매타작을 당하는 판길이를 바라보며 착잡하게 대꾸했다. 대번에 보통 일이 아님을 느낄 수 있었다.

하기야 판길이 마을 집에 들어가 음식을 훔쳐 먹은 게 어제 오늘의 일은 아니었다. 낮이면 염전이나 농사 일로 거의 비어 있다시피 하는 마을 집을 드나들며 부엌을 뒤지곤 했던 것이다. 몇 번 들키기도 했지만 피해가 크지 않아 그냥 넘어가곤 했는데 이번 만큼은 참을 수 없었던 모양이었다. 다른 것도 아니고 며칠 전부터 어렵게 준비해 온 굿 음식이 아닌가? 마침 굿 준비를 위해 일찍 들어온 주인에 의해 판길은 현장에서 잡혔고, 화가 머리끝까지 난 주인은 이장과 함께 선감원으로 찾아와 항의를 했던 것이었다.

얼마나 고통스럽고 다급했던지 판길은 식당의 배수구 구멍으로 자꾸 머리를 쑤셔 박았다. 매질을 피해 그 속으로라도 들어가려는 듯한 행동이었다. 사장은 매질을 조금도 늦추지 않았다. 그동안 별러 오기나 했던 것처럼 아주 뿌리를 뽑으려 하고 있었다.

판길은 마구 괴성을 지르며 유리창을 들이받았다. 머리에서 피가 흘러내렸다. 그런데도 사장은 팔짱을 낀 채 눈 하나 깜빡 않고 바라보며 빈정대는 것이었다.

"얼씨구! 병신 새끼가 지랄하고 자빠지네."

그는 옆에 붙어선 꼬붕을 향해 느긋하게 말했다.

"얘, 정말 불쌍해서 못 봐주겠지? 하하, 짜식. 약 좀 발라 주게 주방에 가서 소금 한 주먹 집어 와라. 빨리 가서 가져와!"

소금을 가져오자 사장은 한 손으로 판길의 목덜미를 누르고 피가 흐르는 상처 위에 슬슬 뿌리며 말했다.

"어이구, 얼마나 아플꼬? 자, 치료해 줄 테니 조금만 참거라."

판길은 피범벅이 된 머리를 움켜잡고 울부짖으며 땅바닥을 뒹굴기 시작했다.

"쯧! 금방 나을 테니 조금만 참아라, 응?"

한동안 빈정대던 사장은 이윽고 손에 묻은 소금을 털고는 태연하게 본관 건물 쪽으로 사라졌다.

다음날 아침이었다.

간밤에 판길이 운동장에 피를 뚝뚝 흘려 놓은 채 탈출했다는 소문을 용운은 식당에서 들을 수 있었다. 그가 잘 탈출하여 새 삶을 살기를 용운은 마음속으로 바랐다.

하지만 며칠 후, 이슬비가 추적추적 내리던 날 방파제 부근에서 그의 시체를 건져냈다는 소식을 들었다.

탈출은 목숨과 똑같았다. 언젠가 한 탈출자가 시체와 같은 꼴로 바닷물에 떠밀려 왔었다. 인공호흡을 시도한 끝에 미미한 불씨처럼 가물거리던 그의 목숨이 극적으로 회생되었다. 탈출에는 실패했어도 죽음을 체험한 셈이었다.

하긴 성공하는 사람도 간혹 있었다. 탈출의 성공 여부를 확실히 알 수 있는 근거는 누구든 도중에 죽으면 시체가 물에 밀려 어김없이 되돌아온다는 사실이었다. 조수 간만의 변화에 따라 멀리까지 밀려가는 경우도 있지만 어쨌든 시체는 반드시 발견되었다. 따라서 탈출의 성공 여부는 며칠 정도만 지나면 알게 되었다.

판길의 죽음은 원생들 간에 적잖은 동요를 일으켰다. 아무리 개판이더라도 어느 정도 견디게끔 해주는 게 원칙 아니냐는 거였다. 한 시간도 못 가 배가 꺼지는 보리밥에 시래깃국 한 그릇이 말이나 되느냐고 했다. 어린애 배도 채우지 못할 양으로 한참

자라나는 몸이 어떻게 견딜 수 있겠냐며, 이번에 단합하여 처우 개선을 강력히 요구하는 게 어떠냐고 떠들었다.

"쓰벌, 말 나온 김에 한번 엎어 버릴까?"

원생들은 모이기만 하면 그 문제로 쑥덕거렸다.

"글쎄, 그런다고 누가 우리 말에 귀나 기울이려고 할까? 아마도 폭력을 써서 더 쉽게 해결하려 할 걸."

"물론 그럴 수도 있겠지. 명색이 국립 수용소인데 호락호락할 리가 있겠어? 하지만 소문에 의하면 누가 우리 몫을 떼먹는 게 확실하다는 거야. 우리 힘으로 증거를 잡기는 어렵지만, 정부에서 직접 조사해 보면 틀림없이 뭔가 나온다구. 만약 그렇다면 그놈들도 뒤가 구린 이상 우릴 함부로는 못하겠지."

그런 의견들이 한동안 은밀하게 오고 갔다. 그러나 그건 어디까지나 쑥덕공론에 불과할 따름이었다. 쉬쉬하며 말들만 오갔지 구체적으로 어떻게 하자는 계획은 좀처럼 나올 줄 몰랐다. 무엇보다 신분상의 약점도 그렇고 괜히 잘못 나섰다가 어떤 화를 당할지 두려웠을 터였다.

그러던 중 자칫 흐지부지될 뻔했던 그 일에 본격적으로 불을 당기는 사건이 일어났다. 그건 각심사의 어린 원생에 의해서였다. 들어온 지 얼마 안 되는 그 아이가 어느 날 배고픔을 못 이긴 나머지 밭에서 밀을 따 급하게 비벼 먹다가 끈적끈적해진 덩어리와 까끄라기가 목에 걸려 어이없이 급사하고 만 것이다.

판길이에 이어 그 아이가 가마니에 둘둘 말려 공동묘지로 떠나는 걸 보면서 원생들은 하나가 되지 않을 수 없었다. 누군가 슬픈 곡조로 노래를 불렀다.

가네 가네 나는 가네
구름같이 태어나 바람처럼 가누나
북망산이 어드메뇨 건너산이 북망일세
만장 같은 집을 두고 북망산천 찾아 가네
어이 넘차 어허야~ 어허이 어허야~
명사십리 해당화야
꽃 진다고 설워 마라
영영 가는 나도 있다
어이 넘차 어허야…

목소리가 차츰 하나 둘 합쳐지더니 메아리가 되어 울렸다.

노랑머리

모든 건 빠르게 진행되었다. 각 사동 간
에 은밀한 모의가 신속히 오가더니 드디어 실행 날짜까지 잡혔다.

그날 아침 식당에 도착하는 대로 원생들은 각자 밥과 국을
타 들고 원장 관사 앞의 넓은 마당에 모였다. 줄을 맞춰 선 모습
이야 전과 다를 게 없었지만 감도는 분위기는 이전 같지 않았다.
식당 앞에서 위압을 가하는 노란 완장도 보이지 않았지만 대열
을 흩트리거나 잡담을 하는 사람은 아무도 없었다.

"행동 개시!"

앞쪽에 선 누군가가 큰 소리로 외쳤다. 그러자 원생들은 도착한
순서대로 들고 온 식기들을 마당 앞에 쌓기 시작했다. 쿰쿰한 곤
쟁이젓 냄새가 코를 찔렀다. 관사 쪽에서 선생들이 달려 나왔다.

"뭐냐? 너희들 지금 뭣하는 거야?"

주임 선생이 인상을 사납게 구기며 물었지만 누구 하나 대꾸하는 사람이 없었다. 그저 순서대로 식기를 올려놓고 약속이나 한 듯 길바닥에 줄지어 앉을 뿐이었다. 곧 마당엔 수많은 식기들이 쌓이면서 거대한 은회색 구릉을 이루었고, 그 광경은 원생들의 항변에 무게를 더해 주고 있었다. 행동을 끝내고 모두 길바닥에 앉자 주임 선생이 다시 앞으로 나섰다.

"야, 너희들 대체 왜 그래? 말을 해 봐!"

그러나 아직 모두 잠잠했다. 아무도 선뜻 나서지 않는 건 선생들 눈에 첫 표적이 된다는 사실이 두려워서였을까? 그러나 그렇지만은 않은 모습이었다. 분노가 공포감을 떨쳐내는 과정이랄까.

"이거 봐! 너희들이 할 말 있으면 차근차근 지휘 계통을 밟아서 하든지 해야지 무조건 이러면 되겠어?"

그 말이 끝나기도 전에 대열 속에서 누군가가 외쳤다.

"어서 원장이나 나오라구 하슈!"

불의의 사태를 당한 주임 선생은 잠시 입을 벌리고 멍하게 서 있더니, 권위 유지를 해야겠다 싶었는지 악을 썼다.

"네놈 누구야, 엉? 그건 어디서 배운 말버릇이야. 너희들 모두 각자의 신분을 잊었나? 너희들은 각종 범법을 저질러 민심을 어지럽히고, 나아가 국가의 발전을 저해하며 인간의 존엄한 권위까지 실추시킨 부랑아들이다. 따라서 국법에 의해 보호조치에 처해진 신세들이야. 요구사항이니 뭐니 따질 신분도 위치도 아니란 말이다! 그런데 자숙은 못할망정 지금 혁명정부의 법 앞에 감히 도전하겠다는 거냐?"

권력이 막강하다 해도 1천여 명의 원생들 앞에서 그렇게 호통을 친다는 건 보통 배짱이 아닐 수 없었다.

그러자 대열 앞쪽에서 원생 하나가 일어섰다. 아까 소리를 지른 그 원생 같았다. 키가 훌쩍한 게 스무 살이 가까워 보였다.

용운은 그를 자세히 살펴보았다. 그는 바로 선감도로 오는 배 위에서 소란을 피운 그 노랑머리였다.

"예, 수감 중이라는 건 저희들도 압니다. 그러나…."

"소속부터 대라!"

"예, 각심사 3반 박호근입니다."

"말해 봐!"

"보호조치 중이라는 건 이미 잘 알고 있기 때문에 저희들이 뭘 어떻게 하겠다는 것이 아닙니다. 다만 우리는 원장님의 확실한 해명을 들었으면 하는 것뿐입니다."

"뭘?"

주임 선생은 음침한 미소를 지었다.

"예. 아시겠습니다만, 얼마 전 한 원생이 지독하게 매를 얻어 맞은 나머지 탈출하다 죽었습니다. 이 문제를 어떻게 생각하시는지 알고 싶습니다."

"그럼 우리가 탈출하라고 시켰단 말이냐?"

"그게 아니라 사장님의 매질이 너무 가혹했다고 생각하지 않습니까?"

"하지만 그 원생은 그만한 죄를 범했어. 신성한 남의 집 음식을 훔치고 우리 선감학원의 얼굴에 먹칠을 했단 말야. 더구나 그 원생은 아주 상습적이어서 주의와 경고를 받은 게 한두 번이 아니었어. 체벌이 가혹하니 어떠니 따지기 전에 먼저 규율을 어기지 않으면 될 일 아닌가? 규율을 잘 따르는데도 손찌검하는 선생이 있거든 어디 말해 봐!"

"저희들도 답답합니다. 과연 그 원생은 왜 혹독한 체벌을 받으면서까지 남의 부엌을 뒤졌겠습니까? 그리고 며칠 전에는 각심사의 원생 하나가 밀을 씹어 먹다 죽었는데, 대체 왜 밀을 먹었겠습니까?"

"그게 골자냐?"

"네."

"너희들의 식사량이 다소 부족한 건 안다. 그러나 재정이 그것뿐이기도 하지만, 그건 또한 전국의 모든 수용소와 동일한 양이기도 하다."

"서울의 소년원에선 이 정도로 배를 곯진 않았어요! 삼시 세끼 곤쟁이젓, 정말 미치겠어요!"

다른 원생이 소리를 질렀다. 그러자 여기저기서 "옳소!" 하는 호응이 터져 나왔다.

"조용히들 해! 나라에서 하는 일을 거짓이라고 우길 셈이냐? 너희들은 부랑자라는 사실을 명심하라구."

그러자 또 다른 원생이 못 참겠다는 듯 벌떡 일어섰다.

"아까도 우리를 보고 나라 발전을 저해하는 부랑아들이라 뭘 요구할 자격도 없다고 하셨는데, 도대체 그 부랑아란 말뜻이 어떤 건지 가르쳐 주십시오."

"몰라서 묻는 거냐? 한 마디로 일정한 주소도 직업도 없이 떠돌아다니는 애들을 말한다."

"그렇다면 말이죠, 저희들은 부랑아가 되고 싶어서 됐겠습니까? 대부분 이 전쟁 통에 부모를 잃었거나 내버려진 애들 아닙니까? 더군다나 멀쩡히 부모가 살아 있고 소박한 가정이 있는 경우도 많은 걸로 알고 있습니다. 그 애들은 억지 단속에 걸려 끌려왔다고 해요. 그것만 해도 억울한데 무슨 큰 죄인이나 되는 것처럼 취급한다는 건 이해가 안 됩니다!"

주임 선생은 음침한 미소를 지었다.

"하긴 북쪽에서 쳐들어 온 6·25 전쟁이 없었더라면 너희들은 고아 신세가 되어 떠돌다가 여기 들어와 있지 않을지도 모른다. 그러나 현실은 어쩔 수 없는 현실이란 걸 알아야 해. 6·25가 있었기 때문에 우리가 이렇게 단련이 된 것이다. 그때 만일 미국의 도움이 없었으면 우리는 소련이나 중공의 후원을 받은 북한에게 흡수되고 말았을 것이다."

주임 선생은 헛기침을 한번 했다.

"물론 나라의 법이 너희들 개개인의 사정을 일일이 참작하지 못한다는 건 유감이다. 하지만 그렇다고 해서 멀쩡한 몸으로 떼 지어 다니며 문전걸식이나 패싸움이나 도둑질을 하는 건 분명 국가 차원의 범죄야. 때문에 혁명 정부는 너희들에게 갱생의 기회도 줄 겸 건설적인 나라를 만들기 위해 일정기간 보호한다는 것이다."

그러자 갑자기 심상찮은 소란이 인다 싶더니 곧 폭탄 같은 항변이 사방에서 터져 나오기 시작했다.

"집어쳐라! 찢어진 대가리에 소금을 뿌리는 게 보호하는 거야?"

"우리 집, 부모 형제 곁으로 돌려보내 다오!"

"갱생과 자립의 기회도 몸이 건강해야 생기는 거야!"

"여기서 죽어간 귀한 목숨 살려내라!"

한번 일기 시작한 불길은 연쇄반응을 일으키며 걷잡을 수 없는 아우성으로 변했다. 앉아 있던 원생들은 여기저기 일어섰다. 분위기가 긴박하게 변하고 있었다.

"그 위대한 혁명정부에 연락에서 감사 한번 받아봅시다!"

이런 요구도 들고 나왔다.

그러나 주임선생은 털끝만큼도 자세를 흐트리지 않았다. 그는 굳은 표정으로 눈알에 힘을 주고 반란자들을 주시하고 있었다. 마치 자신의 결정이 공권력과 직결된다는, 따라서 반란자들에게 엄청난 화가 초래된다는 점을 분명하게 주지시키려는 듯한 자세였다.

노랑머리 사내가 목청을 돋워 말했다.

"요점을 정리해 주십시오! 갱생과 자립을 위해 그러는 것이니 우리는 주면 주는 대로 먹고 때리면 때리는 대로 맞아라 이 말씀이십니까?"

"건방지다. 지금 누구 앞에서 공갈치냐?"

"우린 그저 확답이 듣고 싶을 뿐입니다."

"흠, 앞으로 너희의 태도를 보아 체벌 문제는 좀 숙의해 보겠다. 그러나 아까도 말했듯이 식사 문제는 그리 간단한 일이 아니야. 워낙 많은 인원이기도 하지만, 모든 예산은 위에서 결정돼 내려오기 때문이다."

"그렇다면 식사에 관해 전혀 개선해 볼 수 없다는 말입니까?"

"그렇다고 할 수 있다."

그 말이 떨어지자마자 끝내 원생들은 감정을 폭발시키고야 말았다.

"정부의 감사반을 불러라!"

"그럴 거 없이 우리 모두 이 지옥 같은 데를 빠져나가자!"

마구 악을 쓰던 원생 몇 명이 갑자기 쌓아올린 식기 더미로 달려들어 냅다 걷어차 버렸다. 위태롭게 놓였던 윗부분이 와르르 무너져 내리자 흥분한 수백 명이 달려들어 그것들을 사방으로 집어던지기 시작했다.

"관사에 쳐들어가 선생들도 이렇게 먹고 사나 확인해 보자!"

"야 이 저승사자 같은 놈들아, 우릴 지옥에서 내보내라!"

당황한 선생들이 질려서 허둥대는 가운데 수많은 식기들이 내용물을 흩뿌리며 허공에 난무했고 온갖 욕설이 메아리쳤다.

원장이 부원장과 함께 나타난 건 그때였다. 벌겋게 상기된 얼굴로 달려온 원장은 주임 선생의 귀엣말에 고개를 끄덕이고 나서 앞으로 나섰다.

"아, 조용 조용히 해! 모두 앉아서 얘기하자구!"

그러나 격분한 원생들의 쿠데타는 누그러들 기미를 보이지 않았다. 참다못한 원장이 버럭 소리쳤다.

"이 자식들이 왜 이리 말을 안 들어. 모두 앉으라니까!"

원장은 허리춤에 찬 권총집을 만지작거렸다. 그의 충혈된 눈은 불을 뿜고 있었다.

원장의 일갈에는 확실히 효과가 있었다. 소란이 좀 잦아들자 원장이 따지듯 물었다.

"하고 싶은 얘기가 뭐야? 누구 한 사람 일어나서 얘기해 봐!"

노랑머리가 다시 나섰다.

"다름이 아니라, 저희들의 하루 급식 정량이 얼마인지 알고 싶습니다."

"흐흠! 그러니까 밥이 좀 적다 이거야?"

"네. 그리고 허구헌날 꽁보리밥 아니면 강냉이밥에 반찬은 헛바닥이 질려 버릴 정도로 짜디짠 곤쟁이젓만 계속 나옵니다."

"이놈들! 따지고 싶은 게 있으면 지휘 계통을 밟아야지, 이게 무슨 난리통이야? 이 자식들을 그냥…. 말이 나왔으니 하는 얘긴데, 너희 놈들이 억울하다고 할 건 없어. 게으르고 자립심이 부족하고 남한테 신세 지려 하고, 이게 네놈들의 본성이야! 전생에 얼마나 못되게 살았으면 지금 이런 곳에서 짜고 있겠어? 너희들은 밥이고 뭐고 함부로 투정할 게 못 돼. 지금 나라 지키느라 애쓰는 혁명 군인들도 너희보다 낫지는 않아. 그게 바로 지금 우리나라 현실이야. 우리는 풍요로운 미래를 향해 허리를 졸라매고 뛰어야 한다구. 또 그렇게 먹는 것부터가 배고픔을 이기는 훈련이기도 한 거구 말야."

"혁명 군인들한테 일 년 열두 달 소금국만 주지는 않을 거라고 생각합니다."

원장이 황급히 두 팔을 휘저었다.

"아, 조용 조용히! 이 자식들이 웬 말이 많아. 그렇다면 그런 줄 알 것이지. 너희들이 몰라도 너무 모르는데 말야. 혹시 너희 지금 먹고 있는 급식비가 다 어디서 나오는 건지 한번쯤 생각해 봤어? 다 국민들이 허리띠 졸라매면서 낸 세금이란 말이야. 그 걸 고맙게 생각할 줄도 알아야지."

"그러니까 이 기회에 감사라도 한번 받아 보자는 거 아닙니까?"

원장의 얼굴에 일순 찬바람이 돌았다.

"엉? 저 녀석이 듣자 듣자 하니까…."

원장의 노기 띤 표정에도 불구하고 내친걸음이다 싶었는지 공격이 꼬리를 물었다.

"맞소. 귀중한 세금이니까 더욱 확실하게 짚고 넘어가야 합니다! 감사해도 문제가 없으면 우리도 두말 않겠습니다!"

원장은 다시 두 팔을 내저었다.

"아 글쎄, 조용 조용히 얘기하란 말야."

하지만 이제 원생들은 더 이상 들으려 하지 않았다. 백번 얘기해 봐야 소용없다는 것을 알았기 때문이었다. 원생들의 고함은 이제 야유로 변하고 있었다. 더 이상 가다간 어렵겠다 생각했는지 원장은 급히 선생들을 불러 모으고 한동안 무슨 말인가를 속닥거렸다. 그러더니 손바닥을 탁탁 치며 말했다.

"아, 좋아 좋아. 모두 주목하라! 이러다가는 하루 종일 해도 끝이 안 나겠어. 그러니 다른 원생들은 그 자리에 대기하고 각 반 반장들만 대표로 나와라."

그 얼굴엔 노련한 경륜이 기름기처럼 번들거리고 있었다. 반장들이 앞으로 나가자 원장은 눈앞의 잔디밭으로 그들을 데리고 갔다.

대화는 쉽게 끝나지 않았다. 둥그렇게 둘러앉아 나누기 시작한 대화는 여름의 태양이 중천을 지날 때까지도 계속되었다. 지치고 배고픈 나머지 꾸벅꾸벅 조는 원생들이 늘어가고 있었다.

이윽고 땡볕 아래서 회의를 끝낸 원장이 성큼성큼 걸어왔다.

"주목해라! 모두 알다시피 여기는 고립된 섬이다. 그러니 무작정 왈가왈부하며 앉아만 있을 게 아니라 개선할 것은 차차 개선하기로 하고, 우리한테 주어진 임무는 완수하면서 더 나은 결과를 기다리는 게 좋을 것 같다."

뒤따라온 노랑머리가 원생들을 대표해서 한 마디 했다.

"여러분, 원장님의 말씀을 일단 한번 믿어 봅시다. 그러나 만일 오늘의 약속이 공수표로 끝난다면 그땐 다시 일어나 결사적으로 싸웁시다!"

원생들은 찬성의 뜻으로 박수를 쳤다.

원장과 선생들은 관사로 들어가고 원생들은 뙤약볕 밑을 걸어 식당으로 들어가 꽁보리밥과 짜디짠 곤쟁이젓으로 허기를 달랬다.

용운은 젓가락을 든 채 우울한 표정으로 식판 위의 곤쟁이젓을 바라보았다. 매일 억지로라도 먹어야 하다 보니 이젠 거부감도 시나브로 삭고 삭아 자신의 몸같이 느껴지기도 하는 곤쟁이. 새우를 닮았으나 새우보다 작고 가냘파 보이는 희미한 생물. 한때는 고향인 푸른 바다 속을 유영하며 자유를 호흡했겠지만,

지금은 잡혀 와서 거무칙칙한 하급품 소금에 절여져 검은 눈알만 점점이 남기고 삭아가며 자신의 근원도 모른다.

"마치 나하고 같은 신세구나."

용운은 중얼거리며 한숨을 쉬었다.

선감원의 여름날은 지루하게 흘러갔다. 평온을 되찾은 일상은 쳇바퀴처럼 돌았다. 선생들은 곧 좋은 날이 온다며, 기다림의 미학을 기회 있을 때마다 되풀이했다. 날이 지날수록 원생들은 그 위대했던 쿠데타의 기억을 잊고 쳇바퀴 속의 한 마리 다람쥐로 변해 갔다.

그런데 언제부터인가 노랑머리의 모습을 어디서도 볼 수가 없었다.

소녀 추억

8월이 되자 특별한 피서객들이 선감도로 왔다. 서울에서 학교에 다니다가 방학을 맞아 절해고도의 풍경을 찾아온 그들은 원장이나 선생들의 아들딸들이었다.

영양실조로 인해 마른버짐이 피고 잔뜩 억눌려 침울해 뵈는 원생들의 얼굴과는 달리 육지에서 온 아이들은 통통하게 살이 찌고 생기발랄한 모습이었다. 우중충한 회색 옷에 검정 고무신을 신은 원생들은 크레파스 통 속에서 마음에 드는 색은 무엇이든 골라 제 꿈을 채색할 수 있는 그들의 자유를 부러운 눈으로 쳐다보았다.

서울 아이들은 원생들을 두려워하거나 멸시하지는 않았다. 자기들의 부모가 기르는 가축인 양 호기심을 보이고 때로는 동정의 눈길을 던지기도 했다. 처음엔 좀 꺼림칙하게 생각하다가도 얘기를 걸어 왔고 그러다가 느낌이 통하면 서로 어울려 놀기도 했다.

서울에서 사 온 과자는 입속에서 살살 녹았다. 원생들은 서울 아이들에게 답례로 팽이를 깎아 주기도 하고 매미나 개구리를 잡아 즐겁게 해주었다.

선생이나 사장들은 불상사가 일어나지 않도록 훈시를 내리고 단속을 철저히 하긴 했지만 서로 마음이 통해 어울려 노는 것까지 막진 않았다. 오히려 어떤 면에서는 자녀들의 교육 기회로 활용하려는 낌새도 보였다. 함께 갯벌로 나가 세발낙지나 물고기를 잡게 배려하기도 하고, 푸른 물결이 찰랑이는 바닷가에서 수영을 가르쳐 보라고 시키기도 했다.

그런 기회는 물론 아무에게나 주어지진 않았다. 그 중 행실이 바르고 착실할 뿐만 아니라 자녀들과 나이가 비슷한 어린 원생에 한했다. 열다섯 살이 넘은 원생들은 함께 어울리지 못했고 멀찍이 서서 지켜보며 불상사에 대비해 관찰을 하도록 분부했다. 한창 물 오른 소년 소녀들이 초록빛 바다를 배경으로 물장구치며 뛰노는 모습은 나이 든 감시자들에겐 그야말로 한 폭 그림 속의 떡이었다.

작열하는 태양 빛 아래 맨살을 드러낸 그들은 모두가 똑같은 인간이었다.

용운은 수영도 서툴거니와 숫기가 적어서 그 속에 끼지 않으려고 했다. 하지만 그동안 안면을 트고 통성명을 한 서울 손님

'양돼지' 녀석이 자꾸 불러대는 바람에 마지못해 나갔다.

모래밭에 반사된 햇볕은 눈이 부셔서 아플 지경이었다. 용운은 수영을 가르친다기보다 그저 양돼지와 함께 얽혀 뒹굴면서 개구리헤엄과 뒤로 누워서 나가는 송장헤엄 따위를 익혔다. 사장 왕거미가 모래사장에서 지켜보고 있었다.

문득 하늘을 보는데 연보랏빛 수영복을 입은 한 소녀가 눈에 띄었다. 단발머리를 한 그 소녀의 하얀 목덜미와 등허리가 햇빛보다 더 눈부셔서 용운은 몇 번이고 자맥질을 했다. 소녀는 용운과 눈이 마주치자 해맑게 한번 웃더니 깊은 바다 쪽으로 헤엄쳐 가기 시작했다.

마치 헤엄 실력을 자랑이라도 하려는 것 같았다. 소녀는 슬쩍 고개를 돌리더니 또 미소를 지으며 따라오라고 손짓하는 것이었다. 용운이 멍하니 바라보고만 있자 소녀의 미소는 갑자기 물속으로 가라앉아 버리고 한쪽 손만 다급히 흔들어댔다. 용운은 장난인지 사실인지 몰라 지켜보았다. 그러나 손마저 수면 아래로 사라지는 것을 보곤 죽을 둥 살 둥 모르고 헤엄쳐 그쪽으로 갔다. 짧은 순간 소녀의 얼굴이 사라져 버린 그 시퍼런 바다가 공포감을 불러일으켰다.

하지만 용운은 죽을힘을 다해 헤엄쳐 갔다. 얼마 전까지만 해도 두려워하던 바다가 차라리 안락했다. 죽음이 무섭지 않으니 더 이상 겁나는 게 없었다. 예쁜 소녀를 구하고 싶은 마음뿐

이었다. 그건 어디에서 죽었는지 살았는지 모를 엄마를 찾고
싶은 일념과도 같은 것이었다.

그때 갑자기 뒤쪽에서 호호호 하고 웃음소리가 났다. 곧 이어
부드러운 팔이 목을 휘감았다.

"놀랐니?"

"그럼 안 놀라겠니?"

"내가 정말로 죽은 줄 알았니?"

"뭐… 혹시 장난일지도 모른다고 생각하긴 했어."

"그럼 왜 이리루 왔니?"

"아깐 알았는데 모르겠어, 지금은. 계속 헤엄쳐서 저 바다를
넘어가고 싶어."

"나하구 함께 갈까?"

소녀는 용운의 귓가에 입을 대고 속삭이며 매끄러운 두 다리
로 용운의 하체를 휘감아 조였다.

그때였다. 해변 쪽에서 호각소리가 날카롭게 빽빽 울리더니
이어 왕거미 사장의 거친 목소리가 들려왔다.

"돌아와! 어서 이리 돌아오란 말이야! 죽으려고 환장한 거야, 응?"

용운은 깜짝 놀라 정신을 차렸다. 왕거미 사장에게 한번 찍혀
걸리면 뼈도 못 추리고 그 시간부터 선감도가 바로 지옥으로 변하
며, 쥐도 새도 모르게 사라지게 된다는 소문을 들어 알고 있었다.

용운은 먼 바다 쪽을 한번 돌아다본 후 즉시 소녀의 팔을 끼고

해변 쪽으로 헤엄치기 시작했다.

"빨리 가자!"

"수평선 저 너머엔 무엇이 있을까?"

소녀가 할딱이며 귓가에서 소곤거렸다. 용운도 할딱이며 대답했다.

"자… 유…."

대꾸하다가 용운은 바닷물을 한 모금 들이켜곤 캑캑거렸다.

"호호, 오색 무지개 빛깔의 문이 열린 파라다이스가 있을 듯도 해. 우리 같이 가볼래?"

용운은 소녀의 초롱한 눈을 가만히 바라보았다. 그래, 가고 싶어! 이 지옥에서 탈출해 엄마를 찾고 그리고 내가 태어나 뛰놀던 고향 땅에도 가보고 싶어. 그러면 내가 누구였는지 알 수 있을까? 하지만 그는 입술을 조금 움직거렸을 뿐 결국 말을 꺼내지는 못했다.

"안 돼! 이젠 어서 돌아가야 해. 넌 서울로 돌아가면 행복한 무지개가 뜬 집이 있잖아. 어서 가자!"

"흥!"

소녀는 샐쭉해지더니 어조가 좀 변했다.

"뭐가 무서워서 그러니, 응? 죽음? 난 때로는 죽고 싶은걸."

"너가 왜?"

용운이 묻는 사이 바닷물이 입으로 들이쳤다.

"흥! 아빠 여기서 폼을 재고 있지만 우리 집안 꼴은 아주 우스워. 아마 사실을 알면 지금처럼 저러진 못할걸. 호호…."

소녀는 용운을 따라 헤엄을 치면서 종알거렸다.

"왜 그런데?"

"흥! 우리 엄만 아빠한테 폭행당해서 죽고 지금 새엄마 년은 뒤루 호박씨 까면서 살살 놀러 다니고 있어. 그런데두 아빠 자기가 잘하는 줄 착각하고 폼이나 재구 있어. 아빠가 우리 엄마에게 프로포즈할 때 엄마가 거절하자 권총을 빼들고 위협했대."

소녀는 미간을 찌푸리더니 덧붙였다.

"정말 비겁하지 않니? 남자로서 얼마나 자신이 없으면 그랬을까?"

"니네 아빠가 누군데?"

"히히, 몰랐니? 여기 원장님이시랜다. 호호호…."

용운의 팔에서 힘이 빠졌다. 더 앞으로 나가고 싶지 않은 듯한 표정이었다. 왕거미 사장이 허리에 두 손을 얹은 채 용운을 잔뜩 노려보고 있었다.

심한 질책과 폭행을 당할 줄 알았던 용운은 왕거미 사장이 의외로 별 말없이 미소까지 지어서 의아스러워하면서도 속으로 한숨을 폭 내쉬었다. 왕거미 사장의 눈은 소녀의 허연 허벅지와 미끈한 다리를 흘끔흘끔 훔쳐보며 번들거렸다.

"다음에 또 봐."

소녀가 장밋빛이 섞인 푸르스름한 입술로 생긋 웃으며 말했다.

"응."

용운은 작은 소리로 대답했다. 그러나 그 소리는 왕거미의 눈에 의해 위축되어서 소녀의 하얀 귀에까지는 전달되지 못한 듯했다. 소녀는 단발머리를 흔들며 걸어가 버렸다. 그녀의 매끈한 종아리에 박꽃 누나의 절뚝거리는 여윈 다리가 겹쳐졌다. 용운은 소녀와 헤어져 학원 쪽으로 걸어갔다.

"누구에게나 겉으로 보이지 않는 괴로움이 있는가 보구나. 아마 그 소녀를 다시 볼 수는 없겠지."

용운은 입속으로 중얼거렸다. "다음에 또 봐." 하던 기약 없는 말소리만 귓가에서 떠돌았다.

그런 날 밤엔 각 사방에 여름의 열기와는 다른 활기와 어떤 진한 냄새가 감돌았다. 그동안 어디서 어떻게 구했는지 모를 주간지나 외국 잡지에서 찢어낸 여배우의 야한 나신을 몰래 돌려 보며 한숨을 내쉬던 고참 원생들은 청천백일 아래서 직접 본 여신에 대해 자기의 상상을 보태어 얘기꽃을 피웠다. 그런 밤엔 어쩐지 원생들의 숨소리도 꿈결 속에서 높아지고 은은한 밤꽃 냄새가 코끝을 간지럽혔다.

하지만 용운은 박꽃 누나가 준 종이쪽을 생각하며 눈을 꼭 감았다. 자신의 삶과 자유가 남에 의해 결박된 상태에서 저속하게 희희덕거리는 게 싫었다.

그 다음날 오후였다. 점심 식사 후의 휴식시간에 용운이 화단에 핀 채송화를 바라보고 있는데 뒤에서 누가 불렀다. 돌아보니 왕거미 사장이었다.

용운은 그때 마침 관찰하고 있었던 거미줄 속의 벌레를 떠올리며 몸을 부르르 떨었다. 벗어나려고 몸부림칠수록 더욱더 거미줄 속으로 얽혀들던 풍뎅이의 몸….

"너 잠깐 이리 와 봐. 저기 가서 나무를 한 놈 베어 와야 한단 말이야."

사장은 손에 들고 있던 톱을 슬쩍 흔들어 보였다.

"네, 네…."

"서둘러!"

"예."

용운은 사장의 뒤를 따라 사동 뒷산으로 올라갔다. 한 발짝 한 발짝 오를수록 푸른 바다는 조금씩 조금씩 전체적으로 조감되었다. 가까이에서는 희비애락을 느끼게 하던 바다도 멀리서는 무정해 보였다.

선돌처럼 커다란 바위 옆의 늙은 소나무를 지나치는 순간 사장이 말했다.

"멈춰!"

용운은 잔뜩 겁에 질려 우선 로봇처럼 멈춘 뒤 목구멍에서 겨우 말마디를 꺼집어냈다.

"예?"

"저기 바다가 보이지? 어제처럼 옷을 벗어 봐."

용운은 엉겁결에 바지춤을 꼭 움켜잡았다. 왕거미 사장은 손바닥으로 소나무와 용운의 목을 번갈아 두드렸다.

"어느 것을 먼저 자를까?"

그러면서 톱을 용운의 눈앞에 대고 흔들었다. 용운은 거미줄에 걸린 벌레처럼 벌벌 떨기만 했다.

"저기 저 바다를 건너면 육지가 나와. 가고 싶지 않니? 말만 잘 들으면 내가 곧 보내 줄 수 있어."

그러면서 용운의 몸을 껴안고는 아랫도리를 슬슬 어루만졌다.

"전 싫어요!"

용운은 온힘을 다해 앙탈을 부리며 소리쳤다. 왕거미는 주머니 속에서 잭나이프를 꺼내 날을 세우더니 음충스레 중얼거렸다.

"조금만 움직이면 고냥 팍 모가지를 쑤셔 버릴 거야. 너딴 것 하나 없어져도 아무도 몰라. 죽기 싫으면 고냥 고대로 가만히 있어."

서늘한 칼날의 감촉이 목줄기에 닿아 조금씩 파고들자 용운은 온몸이 경직되었다. 용운은 어린 나이에 세상의 풍파를 많이 겪었지만, 아직 죽음이란 것이 자기가 수긍해야 할 몫이라고는 생각하지 않고 있었다. 어렵거나 위험한 순간을 당해도 그걸 이겨내고 살아야 한다고 생각했지 실제로 죽는 상황까지는 상상하지 않았었다.

칼이 아니더라도 용운은 이미 거미줄에 걸린 애벌레처럼 꼼짝할 수가 없었다. 왕거미 사장의 억센 완력은 어린 팔의 날개짓을 손쉽게 제압하고도 남았다.

"악!"

날카로운 칼날이 목을 파고드는 것보다 더 심한 통증을 아랫도리에 느끼며 용운은 비명을 질렀다. 소나무 앞에 어린 제물을 엎드리게 한 왕거미는 씩씩거리는 한편 소곤거렸다.

"그 계집애 몸 죽이겠더군. 어때, 보들보들했어?"

그는 용운의 대답을 기다리지 않고 혼자 계속 미친 듯 뇌까렸다.

"이 쌍년, 젖이 통통하기도 하구나. 무슨 비누를 쓰길래 몸이 이렇게 향기롭니, 응? 아, 허벅지와 엉덩이가 정말 탐스럽군… 원장 딸이라고 까불지 마. 헉!…"

한참 발광을 하던 왕거미는 갑자기 용운을 놓아주며 밀치곤 마치 포식한 짐승처럼 목청을 울렸다.

"울지 마, 임마! 이건 별일이 아니야. 너가 아직 몰라서 괜히 무슨 큰일처럼 착각하는 것이야. 그래도 이건 우리 둘만의 비밀이란 걸 꼭 명심해야 해."

왕거미는 주머니에서 녹아빠진 사탕을 하나 꺼내 용운의 손에 쥐어 주곤 산을 내려가 버렸다.

용운은 사탕을 던져 버렸다. 검은 개미들이 금방 달라붙어 빨아먹었다. 용운은 엉덩이에서 다리로 흘러내리는 끈적끈적한 물질을 닦을 생각도 않고 풀숲 위에 몸을 던졌다. 그러고는 훌쩍훌쩍 울어댔다.

용운은 좀 전에 있었던 일이 무엇을 의미하는지 확연히 알순 없었지만, 그런 일이 은밀히 자주 일어난다는 것을 귀동냥으로 들어 대충 알고는 있었다. 억울하고 가슴에 한이 맺히는 일을 당해도 약자이기 때문에 대항하지 못하고 자신의 입술을 깨물수밖에 없었다. 얼마나 많은 아이들이 이런 짓을 당했을까. 그들은 이 괴로움과 공포감을 어떻게 견뎌냈을까.

고참들의 얘기를 들어 보면 6·25 전쟁 후엔 뒤쪽의 건물에 소녀들도 수용되었다고 했다. 바캉스를 즐기러 온 귀한 소녀들과 달리 그 지푸라기 같은 소녀들도 왕거미 같은 자의 거미줄에 얽매여 파르르 떨었을 것 같았다. 더 오랜 옛날엔 일본 놈들이 지었다는 이곳 선감원에서 얼마나 많은 부랑아로 낙인찍힌 소년 소녀들이 개돼지보다 못한 취급을 받았을지 몰랐다. 그들의 원한에 사무친 비명과 신음 소리가 세월을 건너 들려오는 듯했다.

그들을 생각하고 그들의 한숨 소리를 귓가에 듣는 사이에 용운은 눈물을 닦고 천천히 일어났다. 그래도 또 새로운 눈물이 고였다.

눈을 들었을 때 하늘엔 핏빛 노을이 번지고 있었다. 석양빛을 받은 바다는 잔잔하게 출렁이며 잔인하고 아름다운 고락의 세계로 오라고 손짓하는 듯했다. 석상인 양 선 용운의 눈망울엔

또 한 방울의 눈물이 맺혔다. 그의 입에서 울음기가 섞인 말소리
가 흘러나왔다.

"엄마, 지금 어디 계세요? 품속에 안겨야 할 어린 새가 우는
소리 들리지 않으세요? 할딱이는 이 가슴에 새겨진 피멍이 보이
지 않으세요?… 오늘도 긴 하루해가 저물어요. 밤 같은 절망이
네요. 엄마, 어딘가에 계시다면 큰 소리로 저를 한번만 불러봐
주세요. 그 소리 파도 따라 이곳까지 들릴 것도 같네요…."

침묵의 시간이 흘렀다. 하늘가의 노을은 점점 짙어지더니 차
츰 청회색으로 물들며 스러지고 있었다. 용운은 계속 바다를
바라보았다. 석양은 마지막 핏방울을 떨어뜨리고 바다는 낙조落
照 아래서 장엄한 생사生死의 춤을 추는 듯싶었다.

"울지 마라, 아가야. 고통스런 밤을 지새고 나면 무섭던 상처
도 아물고 아무도 모르게 새살이 돋는단다. 오늘의 짐에 억눌려
찌그러지지 말고 더 나은 내일을 꿈꾸거라."

"아, 엄마…."

멀리서 들려오는 파도 소리를 귀 기울여 듣던 용운은 마른 입술
을 달싹이며 불렀다. 엄마가 들려 준 그 침묵 속의 목소리는 용운
이 자기 자신에게 들려 주는 독백의 목소리이기도 했을 터였다.

아래쪽에서 울려오는 종소리를 들으며 용운은 총총히 산을
내려갔다.

목마른 사슴

　　　　　　혹독한 생활 속에서도 시간은 느릿느
릿 흘러갔다.

　예쁘던 소녀는 그 후 다시 볼 수 없었다. 고운 목소리의 언약
만 귀에 쟁쟁 맴돌았다.

　'다음에 또 봐….'

　용운의 내면에서는 두 가지의 생각이 갈등을 일으키고 있었다.
당장 이 지옥 같은 곳에서 탈출해야 한다는 욕구와 좀 더 좋은
기회를 기다려 보자는 계산이 서로 싸웠다. 마치 두 장의 색다른
풍경이 그려진 카드가 마음속에서 교차하는 듯했다. 상상 속의
고운 엄마와 현실의 박꽃 누나가 겹쳐져 혼란을 일으키기도 했다.

　어쨌든 지옥을 탈출한다는 사실엔 변함이 없었다. 그렇게 생각
하자 그곳에서 얼마 동안 더 머문다는 것도 별로 무섭게 여겨지지

않았다. 오히려 어떤 면에서는 일말의 아쉬움이 일면서, 이곳의 잔혹한 실상을 좀 더 혹독히 겪어 보고 싶기도 했다. 그래야 탈출한 후에 제대로 진상을 고발할 수 있을 터였지만, 좀 엉뚱한 다른 이유도 있었다. 아예 된장이나 고추장처럼 그 지옥에서 푹 썩어 발효되면 한층 웅숭깊은 사람의 맛을 내게 될지도 모른다는 생각이었다.

'모든 것은 다 값어치가 있다! 행복의 깊이는 자신이 진실로 감수해내는 고통에 정비례한다고 했어.'

심호흡을 하며 홀로 중얼거렸다.

물론 그런 우스꽝스런 공상은 각박한 하루하루의 일상에 묻혀 곧 사라져 버렸다.

바깥세상이 어떻게 돌아가는지는 모르지만 이른바 '쓰레기'로 지목되어 쓸려온 청소년들은 날이 갈수록 점점 많아졌다.

용운이 처음 왔을 당시 1천여 명쯤 되던 원생의 수는 더욱 더 늘어났다. 그 중엔 부랑아라고 말할 수 없는 아이들도 섞여 있었다. 멀쩡한 집안의 아이나 구두닦이 또는 신문팔이를 하다가 졸지에 잡혀 온 경우였다. 불우한 가정환경에서 태어난 게 죄일 뿐 어떻게든 살아 보려고 하는 뜻은 강했던 그 애들은 선감원에 살면서 낙심과 절망에 빠져 차츰 진짜 불량아로 변질되는 경우도 적지 않았다.

이 지옥은 도대체 누가 만든 걸까?

용운은 누명을 쓰고 잡혀 와서 너무 억울했으나, 다른 원생들의 별별 어이없는 경우를 들어 보고는 스스로 마음을 다독거렸다.

'나도 불행하지만 훨씬 더 불행한 애들도 있구나. 무슨 짓을 당하더라도 여기서 좌절해선 안 돼.'

그 무렵 어떤 국제적인 행사가 서울에서 열렸는데, 추저분한 몰골로 구두통을 메고 거리를 어슬렁거리는 꼴이 혹여 외국인의 눈에 빈곤의 상징으로 보일까 봐 걱정한 정부 당국자들이 그런 조치를 취했다는 얘기도 들렸다. 치안국장이 "대문을 열어두고 살아도 될 정도로 도둑과 거렁뱅이들의 씨를 말리겠다"라고 호언장담한 후로 할당량을 정해 마구 잡아들였다는 소문도 들렸다.

선감원 측으로서는 원생이 늘면 자연히 국가보조금이 증액되므로 이를테면 풍년을 맞이한 셈이었다. 쓰레기 같은 인간 말종이라며 그렇게 욕을 퍼붓고 족쳐대는 원생들이지만, 만일 그들이 줄어든다면 원장과 선생들도 존재 가치가 반감될 터이었다. 그러기에 그곳의 지배자들은 겉으로는 험상궂게 인상을 쓰면서도 불량아가 많아질수록 어딘지 모르게 활기를 띠는 것이었다.

원생수가 늘어난 만큼 탈출 빈도 또한 높아지는 건 당연한 일이었다. 그간의 탈출사건 중 기억에 남는 건 어린 꼬마 사건이었다.

여덟 살짜리 꼬마가 용케 수용소를 빠져나갔는데, 바다를 절반도 못 건너고 그만 허우적거려야 했던 것이다. 다행히 새벽녘이었던 터라 어느 부지런한 어부에 의해 건져지긴 했다. 하지만 수색을 나갔던 팀이 어부에게서 꼬마를 인계받았을 때는 복어처럼 불룩한 배를 하고 뻗어 있었다. 한데 용운이 혹시나 하고 다급히 인공호흡을 시도한 끝에 불씨처럼 가물거리던 그 목숨이 극적으로 회생된 것이다. 어린 생명에 대한 안타까움 때문이었던가. 그 앤 탈출에 실패는 했어도 기적적인 실패를 한 셈이었다. 과연 무엇이 그 꼬마로 하여금 무모한 시도를 하게끔 했던 걸까?

탈출 성공 여부는 열흘 정도 지나면 알게 되었다. 가라앉은 시체가 여름에는 사흘 안에 떠오르지만 겨울에는 열흘쯤 지나야 떠오르는 까닭이었다. 성공 여부를 알 수 있는 건 누구든 도중에 죽으면 시체가 물에 밀려 어김없이 되돌아온다는 사실 때문이었다. 익사할 때의 위치나 조수 간만의 변화에 따라 마산 포까지 밀려가는 경우도 종종 있지만, 어쨌든 시체는 반드시 발견되었던 것이다. 수용소로서는 규율을 무시하고 탈출하다 죽은 일개 무연고자에 대해 어떤 책임의식 같은 걸 느껴야 할 이유는 없었다. 억울한 건 그저 죽은 자들뿐인 것이다.

아무튼 용운이 잠잠하게 참고 있었던 것은 탈출에 대한 의욕이 꺾여서가 아니었다. 실패하면 끝장일지 모른다는 중압감에 그만큼 신중할 수밖에 없었던 것이다. 빨리 나서야 한다고 다짐했지만 더 완벽한 여건을 마련하기 위해서는 참아야 했다. 탈출에 대한 집착과 욕망은 이성 밑바닥의 잠재의식 속에서 용암처럼 요동치고 있었다.

고립된 수용소에도 계절의 질서는 어김없었다. 가을이 오고 있었다.

단풍이 절정을 이루면서 산비탈 논밭엔 나락이 영글고, 고추잠자리가 자유의 화신인 양 날아다녔으며, 밤이면 당산 숲에서 피를 토하듯 두견새가 울었다. 용운은 가슴속으로 울다가 잠들곤 했다.

그 즈음 용운이 속한 반은 소금 운반 작업으로 매일을 보내고 있었다. 사장의 지시로 네 명이 일개조가 되어 창고에 쌓아둔 소금가마를 방파제 너머로 운반했다. 그곳에는 세 척의 소금배가 대기해 있었는데 그중엔 5톤짜리의 소형배도 한 척 섞여 있었다. 아마도 개인적으로 온 소금 도매상의 배인 것 같았다.

조원들이 소금가마를 들고 그 소형 배에 막 다가서는 순간, 선주가 선판의 뚜껑을 열고 안에서 기름통을 꺼내는 게 보였다. 그곳은 도구를 넣어두는 창고 같았다.

돌연 용운은 긴장하지 않을 수 없었다. 언뜻 보아 사람 하나 정도는 충분히 엎드릴 수 있을 만한 공간이었다.

'그래! 저 안에 숨어들 수만 있다면 그보다 더 확실한 방법이 어디 있을까. 얼마 되지 않는 육지까지의 운행 도중 선주가 창고를 열어 봐야 할 일은 아마도 생기지 않으리라. 들키지 않고 육지에만 닿게 된다면 자유의 몸이 되는 것이다! 혹시 선주에게 붙잡힌다 해도 간절히 얘기하면 애써 다시 이곳까지 데려와 인계하는 수고는 하지 않으리라.'

생각이 거기까지 미치자 또다시 가슴이 뛰기 시작했다. 하지만 그건 어디까지나 다급한 자의 희망사항에 불과할 따름이었다. 계속되는 선적 작업으로 빈틈이 없는 배의 상황, 조 편성에 따른 각자의 행동 제약, 작업 종료 후에 필수적으로 할 인원 파악… 이런 것들을 생각하면 희망을 이룰 가능성이란 전무한 셈이었다.

그럼에도 미련은 용운의 머릿속에 달라붙어 떨어질 줄을 몰랐다. 모르는 사이 손바닥에 땀이 배어났다.

선적 작업이 완료될 무렵 사업계장과 선주들이 한데 모여 얘기를 주고받았다. 그러더니 계산상 어떤 문제가 생겼는지 모두들 끝에 있는 첫 번째 배로 향하는 게 아닌가. 그야말로 주위에 원생들만 없다면 절호의 기회가 되는 셈이었다. 조원 중 가장 고참인 조장이 사업계장의 뒤에 대고 외쳤다.

"저, 우리들은 어떡할까요?"

사업계장은 고개만 잠깐 돌리더니 수월하게 말했다.

"됐어, 네가 그대로 인솔해!"

그 순간 용운은 목숨을 건 결정을 내려야 할 때임을 느꼈다. 그는 숙사로 향하는 척하다가 슬그머니 일행의 뒤로 처졌다. 마을의 중간쯤에 이르렀을 때 용운은 잽싸게 샛골목으로 빠져 들어갔다. 물론 지금 방파제로 간다고 해서 그 절호의 기회가 아직 지속되리란 보장은 없었다. 만약 배가 떠나 버렸다면 다시 일행을 쫓아가 급히 오줌 누었다고 핑계 댈 참이었다. 아무튼 포기를 하더라도 눈으로 한번 확인해 봐야만 미련이 안 남을 것 같았다.

골목을 타고 되돌아온 용운은 마른 수초 덤불에 몸을 숨기고 방파제 너머로 눈길을 던졌다. 천만 다행히도 그들은 아직 첫 번째 배에 머물러 얘기를 나누는 중이었다. 이쪽으로 등을 돌린 채 한 사람은 연거푸 소금가마를 세어 보고 있었다.

용운은 크게 한숨을 들이쉬었다. 그러곤 번개처럼 빠르게 방파제를 넘어가 소형 배 안으로 뛰어들었다.

창고 안은 좁고 캄캄했다. 각종 공구들이 쌓여 온몸에 배겨들었다. 피가 마르는 시간이 더디게 흘렀다. 용운은 연신 방망이질치는 가슴을 누르며 수용소와의 무사한 결별을 하늘에 빌고 또 빌었다.

이윽고 다른 두 척의 배에서 시동을 거는 소리가 사이를 두고 들려왔다. 그 배들이 긴 소음을 남기며 멀어질 때까지도 어쩐 일인지 용운이 숨어든 배의 임자는 돌아올 줄을 몰랐다.

어디선가 늑장을 부리던 배 주인이 돌아온 것은, 혹시 배가 이대로 정박하는 건 아닐까 하는 두려움이 왈칵 일었을 때였다. 갑판을 쿵쿵 울리는 발소리를 들으며 용운은 숨을 죽였다. 그런데 용운의 계산과 달리 배 주인은 갑자기 무슨 일인지 창고의 문을 덜컥 들어올렸다.

"으앗!"

배 주인은 기겁을 하며 엉덩방아를 찧었다. 용운은 급히 두 손부터 비벼댔다.

"아, 아저씨… 제발 용서해 주세요. 제발 아무에게도 이르지 마세요."

"넌 뭐냐? 귀신이냐?"

배 주인이 얼빠진 표정으로 바라보았다. 그러면서도 어딘지 짓궂은 기색이 엿보였다.

"혹시 바깥에 우, 우리 선생님 있나요?"

"좀 전에 갔다."

"죄, 죄송합니다. 아저씨… 그렇지만 제 얘기 좀 들어 주세요."

"뭔데?"

"아저씨… 저 오래 전에 헤어진 엄마를 찾아야 돼요. 빨리 육지로 나가서 찾지 않으면 못 만날지도 몰라요. 그래서 여기 숨어든 거예요. 아저씨, 제발 저 좀 데리고 나가 주세요, 예?"

"헤어진 엄마를 찾으려 한다구?"

"예, 아저씨."

"엄마가 보고 싶니?"

"예."

"언제 헤어졌냐?"

"몇 년 됐어요.

"엄마가 어디 있는지는 알구?"

용운은 그의 눈빛을 보며 잠시 망설였다. 무작정 여기저기 다 뒤질 거라는 식의 대답은 그를 어이없게 만들 터였다. 그렇다고 거짓말을 꾸미기도 쉽지 않았다. 섣부른 거짓말은 자칫 낭패를 자초하기가 십상일 것이었다. 엄마의 소재를 안다고 하면 자기가 연락해 줄 테니 주소를 알려 달라고 할 것 같았다. 용운은 필사적으로 매달리는 수밖에 도리가 없다고 판단했다.

"어디 있는지는 확실히 몰라요. 그렇지만 저는 꼭 찾을 거예요. 지금 우리 엄마도 저를 찾으려고 고생하고 있을 거예요. 은혜 잊지 않을 게요! 제발 저 좀 데리고 나가 주세요. 아저씨 부탁드려요."

용운은 어느새 글썽거리기 시작하는 눈물을 손등으로 훔쳐내고 있었다.

"허, 그것 참!"

배 주인은 난처한 듯 입맛을 다셨다.

용운은 엄마에 대한 그리움과 나아가 기필코 찾고 말겠다는 집념을 비장하게 되풀이했다. 배 주인은 입맛이 쓴 얼굴로 고개를 주억거리더니 말했다.

"야, 다 좋은데 말야. 나도 여길 몇 년째 드나든다만, 부모랑 헤어진 애가 어디 너뿐이냐? 그리고 네 엄마가 어디 있는지 잘 안다면 모를까, 무작정 데리고 나가라면 어쩌라는 거냐, 응?"

용운은 예감이 불길하다 싶어 그의 손목을 힘껏 잡아 쥐었다.

"아저씨, 염려 마세요. 전 정말 찾을 수 있어요!"

다시 한번 입맛을 다시던 배 주인은 아무래도 안 되겠다 생각했는지 정색을 하고 말했다.

"야, 그럼 이렇게 하자. 난 지금 이장님 댁에 맡겨둔 후래쉬를 찾아와야 되니까 그동안 잘 생각해 봐. 그러고도 결심을 못 바꾸겠다면 할 수 없는 일이고."

"예? 정말… 이장님한테 가시는 건가요?"

"왜? 거짓말하는 것 같으냐?"

"아니, 그저…."

"걱정 마라. 너한테 조금이라도 도움이 되게 하지 짓궂게는 안 할 테니까."

배 주인은 의미심장한 말을 남기곤 배에서 내려갔다. 용운은 도무지 불안해서 견딜 수가 없었다. 슬그머니 배에서 내려와 방파제의 경사면에 엎드려 마을 쪽을 살폈다.

마을로 들어간 배 주인이 길에 다시 나타난 건 그리 오래지 않아서였다.

"앗!"

가슴이 철렁 내려앉았다. 염려했던 대로 배 주인은 혼자가 아니었다. 왕거미 사장과 원생들이 그의 뒤를 따르고 있었다.

용운은 숨을 몰아쉬었다. 뒤쪽은 바다, 둘러봐도 숨을 곳은 없었다. 다만 방파제를 따라 달려서 왼편 수수밭 쪽으로 도망가는 길뿐이었다. 방파제로 올라서는 순간 그들에게 노출될 것은 뻔했다. 용운은 아무것도 생각할 겨를이 없었다. 도망가 봤자 좁은 섬 안에서 어디로 갈 것인지, 어디서 무엇을 어쩌겠다는 건지 따질 경황이 아니었다. 오직 잡히면 큰일이라는 한 가지 생각뿐이었다. 그는 후다닥 방파제 위로 뛰어올라 수십 미터 떨어진 밭을 향해 필사적으로 내달았다.

멀리 떨어진 거리였음에도 왕거미 사장의 명령하는 소리가 바람을 타고 또렷이 들려왔다.

"어서 잡아 와!"

검은 옷을 입은 원생들이 저승사자들처럼 쫓아왔다. 용운이 방파제를 따라 마을을 끼고 돈 다음 막 수수밭으로 들어서려는데 그들은 벌써 서너 발짝 뒤까지 육박해 오고 있었다. 순간 눈앞에 큰 똥구덩이가 나타났다. 마을의 공동 거름 구덩이였다. 용운은 다급한 나머지 앞뒤 생각도 않고 그 속으로 뛰어들었다. 수렁처럼 질척한 똥구덩이 속으로 빨려드는 순간, 어느새 다가온 사장이 오만상을 찌푸렸다.

"죽여 버릴 테다! 빨리 기어나와!"

용운은 겨우 고립무원의 처지를 깨달았는지 고개를 세게 흔들며 중얼거렸다.

"선생님, 잘못했어요."

"글쎄, 빨리 나오란 말야, 게 같은 새끼야! 옆으로 가는 게 같은 새끼!"

아이들이 소리 죽여 키득거렸다.

"선생님, 다시는 안 그럴게요. 한번만 봐주세요."

용운은 애원하고 있었다.

"안 나오겠다 이거냐? 좋아, 어디 누가 이기나 보자!"

사장은 원생에게 굵은 새끼줄을 구해 오도록 지시했다. 잠시 후 그는 새끼줄을 받아 그 끝을 올가미처럼 엮었다. 그러곤 용운의 머리통을 향해 조준하더니 휙 던졌다. 올가미가 용운의 목에 걸렸다. 그는 힘껏 잡아당겼다. 용운은 로프를 목에 건 채 개처럼 끌려 나가야 했다. 원생들은 코를 쥐고 외면하며 투덜거렸다.

"새끼, 하필 거기야."

"냄새 죽이는군."

그들의 따가운 눈총을 받으며 끌려간 용운은 마당 한끝에 벌거벗은 몸으로 세워졌다. 사장의 명령에 따라 원생들이 쉬지 않고 물을 끼얹었다. 수십 번 물벼락을 맞으며 씻고 씻어도 냄새는 가시지 않았다. 속속들이 파고들어가 몸 안에 배어 버린 것 같았다.

용운의 발 앞에는 물이 가득 담긴 커다란 통이 놓여 있었다. 사장이 원생들을 둘러보며 말했다.

"잘 들어라. 여기 끝까지 사람대접 받기를 마다하는 놈이 있다. 따라서 지금부터 소원대로 개돼지 취급을 해줄까 한다. 너희들은 간혹 체벌이 가혹하니 어쩌니 하지만, 이쯤 되면 너희들도 할 말이 없을 거다."

그러더니 사장은 용운을 향해 명령했다.

"무릎 꿇어!"

그의 양손에는 몽둥이와 결박용 로프가 들려 있었다. 용운은 시키는 대로 물통 앞에 꿇어앉았다. 동시에 사장의 입에서 두 번째 명령이 무겁게 떨어졌다.

"얼굴 담가!"

용운이 불안스런 눈으로 그를 바라보자 사장은 잠시의 여유도 두지 않고 구둣발로 가슴을 걷어찼다. 숨통이 탁 막히면서 정신이 아뜩해졌다. 사장은 숨을 고를 여유조차 주지 않고 계속 다그쳤다.

"한 번 더 말한다. 얼굴 담가!"

용운은 눈을 감은 채 고개를 숙이고 있었다.

"못하겠다 이거야? 어디 누구 고집이 센가 해보자. 대가리를 스스로 박을 때까지 맛을 보여 주겠다!"

입에 거품까지 문 사장은 제정신이 아닌 듯했다. 몽둥이로 부위를 가리지 않고 내려치다가 로프를 잡고 매달리자 서슴없이 얼굴을 걷어찼다. 눈에 번개가 번쩍 일면서 코피가 주루룩 쏟아졌다.

"아, 알았어요. 담글게요."

용운이 이상스레 변한 목소리로 말했다.

"주둥이만 놀리지 말고 실제로 처박으란 말야!"

우박처럼 쏟아지는 매를 피해 용운은 허겁지겁 기어가서 통 위로 얼굴을 들이댔다. 멈칫거리자 사장이 달려들어 목을 밟았다. 한껏 숨이 차 있던 상태여서 물은 단 몇 초의 여유도 주지 않았다. 대번에 몇 모금의 물이 연거푸 코와 입을 통해 폐로 들어가면서 숨이 막히는 엄청난 고통이 시작되었다. 용운은 양손을 땅에 버티고 온 힘을 다해 고개를 빼들었다.

"어, 이게 대가리를 빼?"

사장이 다시 발길질과 몽둥이질을 닥치는 대로 퍼부었다.

"이 새끼, 바닷물에 뛰어든 새끼가 왜 갑자기 물을 겁내냐, 엉?"

이를 악문 사장은 뒤로 물러나는 용운을 직접 끌어다 물속에 쑤셔 박고 무릎으로 찍어 눌렀다. 용운은 팔로 버티며 필사의 안간힘을 썼지만 허사였다. 체중을 실어 짓누르는 사장의 무릎은 그대로 거대한 바위였다. 그저 발에 밟힌 지렁이처럼 허리만 꿈틀대면서 속수무책으로 물을 들이켤 수밖에 없었다. 거의 혼절할 지경에 이르러서야 사장은 겨우 무릎을 치웠다.

용운은 그대로 녹초가 되어 짚단처럼 널브러졌다.

부서진 시계

　　　　　　　어디로든 갈 수 있는 육지에서와 달리
바다에 완전히 둘러싸인 섬 수용소에서의 시간은 화살처럼 직선
적으로 날아가는 것이 아니라 둥글게 돌고 돌며 나이테처럼 내부
에 축적되는 것이었다. 별로 변화가 없는 똑같은 일상이 반복되
다 보니 시간의 흐름이 어디에선가 정지해 버린 것도 같았다.
하루가 한 달 같고 한 계절의 흐름과 바뀜이 한 해처럼 여겨졌다.
　그렇다 보니 아예 시간이 없다고 믿는 사람도 있었다. 그는
여느 원생들과는 달리 자기가 다른 누구에게 끌려 온 것이 아니
라 스스로 그곳에 왔다고 믿고 있었다. 시간의 굴레로부터 벗어
난 인간은 세상의 모든 것으로부터 자유롭다고 공상을 했다.
그는 수시로 외치곤 했다.
　"시간은 없다. 다만 여기 내가 이 순간 존재한다!"

시간이 사라짐과 동시에 폭풍이 일어 모든 헛것을 날려 버리고 참된 이 순간의 삶만 남겨 놓았다고 주장했다.

"시간이 없긴 왜 없어, 임마. 이렇게 지루한 것도 다 시간 때문인데."

백곰 반장이 퉁박을 주었다.

"그건 이곳에서 벗어나면 서울에 가서 멋들어지게 살 수 있다는 헛꿈을 꾸고 있기 때문입니다."

그는 핏기라곤 없이 희멀건 얼굴을 습관적으로 흔들며 대꾸했다.

"야, 미친 새끼야! 저녁밥 먹고 한 시간도 안 지나 뱃속에서 쪼르륵 소리가 나는 것이 바로 시간이 있다는 엄연한 증거인데 뭔 개소리를 지껄이냐. 그리고 내시 같은 네 상판에 쥐수염이 자라는 것도 시간이 흐르기 때문이 아니냔 말야?"

스라소니가 그의 머리통을 세게 쥐어박으며 말했다.

"물론 우린 여기서 하루 스물네 시간 꽉 짜인 시간 속에서 살고 있죠. 그러나 그렇게 꽉 짜인 시간이 날이면 날마다 똑같이 쳇바퀴마냥 반복되기 때문에, 지나고 보면 오히려 시간이 없는 것처럼 느껴진다는 거죠. 서울에서 시간에 쫓겨 살다 죽으나, 여기서 시간을 목구멍 속으로 삼켜 버리고 살다가… 뒈지거나 과연 무슨 큰 차이가 있을까요?"

옆에서 누가 비웃거나 말거나 그는 시간은 없다고 중얼거렸다. 그를 바라보고 있으면 용운의 머릿속에는 문득 넝마주이를 할 때 보았던 한 여인의 방이 떠올랐다.

그 지하 골방에서는 벽에 걸렸거나 탁자 위에 놓인 수십 개의 시계가 째깍째깍, 딸깍딸깍 저마다 색다른 소리를 내며 돌아가고 있었다. 그런데 모양이 제각기 다른 그 시계들의 시침과 분침과 초침은 전혀 다른 시간을 가리키고 있었다. 그 수많은 시간 속에서 여인은 홀로 술잔을 기울이며 자기만의 몽상에 잠겨 살았다.

어둑한 방구석에서는 찌직찌직 잡음이 심한 레코드판이 돌며 이상스런 곡조를 흘려내고 있었다. 그 시계들에 매달아 놓은 꼬리표에는 각각 선물 받은 날짜와 어떤 추억 따위가 적혀 있었다. 이런 것도 있었다.

'영원성의 관점에서 보면 어떤 것은 중요성을 다소 잃어버리게 된다.'

용운은 그 방에서 나오는 술병이나 잡지책 그리고 부서진 시계 따위를 주워 오기 위해 가끔 들렀던 것이다. 고장난 시계를 내버릴 때면 그녀는 어떤 소중했던 시간을 영원히 잃어버린 듯이 울상을 짓곤 했다.

시간이 있건 없건 간에 수용소의 생활은 고통의 연속이었다. 하기야 그런 와중에도 어떤 아이들은 방앗간에서 햅쌀을 훔쳐내 세숫대야에다 밥을 지어서는 기름기가 자르르 흐르는 것을 꿀꺽꿀꺽 삼키기도 하고, 개구리나 뱀을 잡아서 구워 먹기도 했다. 물론 무엇보다 우선 배가 고파서 그랬지만, 그런 일탈행위를 통해 지루하게 반복되는 일상의 시간을 벗어나는 쾌감을 느끼기도 했다.

그런 때야말로 시간은 시냇물처럼 자연스럽게 흘렀고 그 속에서는 시간 감각이 사라져 버렸다. 하지만 아찔하면서도 짜릿한 그 찰나가 지나고 나면 한없이 묵중한 시간의 굴레가 이미 다가오고 있는 것이었다.

시간이 없다고 믿는 사내는 간혹 이상한 전화를 걸거나 받곤 했다. 손을 귀에 대고 진지한 표정으로 누군가와 통화하는 시늉을 했다.

"자기야, 난 여기서 그럭저럭 잘 지내고 있어. 거긴 어때? 음, 행복하다니 다행이야. 어제는 무지개다리를 넘어가서 잔치를 벌였다구? 하하, 재미있었겠네! 내 걱정은 하지 마. 시간만 빼 버리면 괴로움도 곧 즐거움으로 변하니까 말야. 그럼, 그렇지. 시간을 넘어 밤엔 꿈속에서 자기에게로 날아갈 수 있으니까…."

하지만 결국 현실에서 그에게 돌아가는 것은 자신들의 신세에 짜증난 원생들의 욕설과 주먹질뿐이었다.

용운으로서는 시간을 잠시도 잊을 수가 없었다. 악랄한 선감원 측이 작업시간을 몇 십 분씩 조작하고 휴식·식사·수면 시간을 빼앗기도 했지만 꼭 그것 때문만은 아니었다. 그에겐 꿈에서가 아니라 실제로 선감도를 탈출하여 실현하고픈 확실한 목표가 있었다. 부랑아가 아닌 한 인간 존재로서 세상을 걷는 것이었다. 나의 본질과도 같은 고향 땅을 찾아보고, 그 땅을 눈물로 적시며 엄마와 함께 원한이 풀릴 때까지 울고, 그런 다음 열심히 살아서 자유로운 한 인간으로 우뚝 서고 싶었다. 그러려면 세월의 흐름 속에서도 나태해지지 않아야 했고, 가장 확실한 시점을 항상 염두에 두고 있어야 했다.

하지만 중요한 점은 그것이 아니었다. 용운은 세월이 흐르면 자신이 성장하는 것을 알고 있었지만, 또한 정신을 제대로 차리지 않으면 전혀 엉뚱한 인간으로 변해 버린다는 사실도 그동안 주위 사람들을 보면서 눈치채고 있었다.

누군가로부터 억울한 일을 당한 원생들은 그 악독한 누군가를 원망하고 욕하다가 자기도 모르는 새 그보다 더 저급해져 버리는 수가 있었다. 용운은 그래서는 안 된다고 생각했다. 나쁜 물이 어디서 어떻게 배어들지 몰라 시시각각 자신의 마음속을 살폈다. 사실 용운도 억울한 누명을 쓰고 선감도로 잡혀 온 셈이었다. 생각해 보면 참으로 누군가를 죽이고 싶도록 원통하기도 했다. 원수를 죽이고 나서 혀를 깨물고 죽더라도 말이다. 하지만 그건 아무래도 허망한 짓이었다.

'왜 그런 개보다 못한 새끼 때문에 내가 개같이 되어야 하는가? 오히려 이것을 하나의 기회로 삼아 이 장벽을 넘어 한층 멋진 인간으로 성장해야만 한다.'

용운은 그렇게 다짐하곤 했다.

이른 새벽이었다. 난데없이 비상이 걸렸다.

부랴부랴 자리를 털고 일어나는 원생들 틈에서 백곰 반장의 투덜거림이 들려왔다.

"니미, 또 어느 놈이 토꼈나 보군."

순간 용운은 직감적으로 그것이 피에로 형이 아닐까 하는 생각이 들었다.

'중요한 건 연극이니까….'

언젠가 영농장에서 중얼거리던 말이 뜻 모를 느낌으로 피어올랐던 것이다.

그 직감은 맞아떨어지지 않았다. 그는 변소에 갔다 왔다면서 늦게 나타났다. 급히 뛰어나가자 옥사 앞은 먼저 나와 줄을 서는 원생들로 혼잡스러웠다.

"씨팔새끼, 토낄려면 낮에 토끼든지 남 잠도 못 자게…."

한 시간의 단잠을 손해 본 원생들의 투덜거림이 용운의 귓속을 어지럽히고 있었다.

곧 사장이 사감 선생과 두 명의 다른 일직 선생과 함께 나타났다. 사감 선생은 1반의 불침번에게 이것저것 빠르게 묻고 나서 수색 지역을 나누어 지시했다. 용운이 속한 3반은 마을과 공동묘지를 거쳐 당산까지였다.

"뛰어!"

왕거미 사장이 닦달하는 소리를 뒤로 들으며 원생들은 마을로 달려갔다. 부지런한 섬사람들은 벌써 일어나 새벽을 깨우고 있었다. 마을 집으로 가서 뒷간까지 일일이 들여다보자 우물가의 두 여인네가 수군거렸다.

"또 누가 도망쳤나 보네."

"글쎄, 그런 모양이여."

마을에선 아무런 낌새도 챌 수 없었다. 공동묘지 쪽으로 방향을 바꾸어 살피던 백곰 반장이 중얼거렸다.

"니미럴, 탈출 방지하려고 귀신 소문까지 만들어 퍼뜨리더니만, 쯧쯧…."

그러자 뒤따르던 누군가 맞장구를 쳤다.

"누가 아니래요. 그렇게 꼼수 써서 복도에 똥 싸는 놈만 생겼지 별 거 있어요?"

"말 그대로 전설 따라 삼천리 아니냐? 우리들 못 토끼게 하려고 헛소문 낸 거라구."

"그런데 반장님, 헛소문인 걸 어떻게 알지요?"

"뻔한 수작이지 뭘."

"그래요?"

"우선 귀신을 보고 한 달을 앓았다는 그 박씨부터가 확실치가 않아. 몇 십 가구밖에 안 되는 마을에서 말야… 세상에 옆집 여편네 속옷 색깔까지 빠삭한 동네 사람들이 그런 귀신 사건을 똑똑히 모른다는 게 말이나 되는 소리냐구?"

그는 더 말할 것도 없다는 듯 곧장 앞쪽으로 걸어갔다.

'그랬구나….'

용운은 생각에 잠겼다. 또다시 수용소의 비정하고 메마른 벽이 실감되어 서글퍼졌다. 왜 이렇게 사람을 짐승처럼 가둬 두어야만 하는가.

공동묘지는 마을 너머 야산에 있었다. 무덤들은 억새와 찔레 덩굴 틈에서 을씨년스럽게 침묵하고 있었다. 봉분도 제대로 되어 있지 않고, 마지못해 엉성하게 다져놓은 둔덕들만이 죽은 아이들의 눈 뜬 잠을 대변해 주고 있을 뿐이었다.

누군가 무덤을 향해 한 마디 던졌다.

"아, 선배님들 안녕하쇼?"

뒤이어 또 누군가가 말했다.

"안늉하시므니까? 먼 옛날 쓰카다 다타노부 때부터 여기 누워 계신 선배님들께서는 오랜 세월 얼마나 적적하셨스므니까?"

쓰카다 다타노부란 일제 식민지 때의 초대 원장을 말했다. 그 당시 선감원에 끌려온 소년들은 전역한 군인과 경찰 등으로 이뤄진 교관들의 엄격한 통제 아래 강제노동에 동원되었다고 한다. 혹시라도 무슨 잘못을 한 경우엔 건물 아래 마련된 지하감옥에 가두고 고문하거나 밥을 굶기는 등의 처벌을 내렸다. 대나무 끝을 뾰족하게 갈아 손톱 아래에 끼워 넣는 고문을 비롯해 심한 몰매와 배고픔…. 참지 못해 탈출을 감행한 소년들은 절벽 아래로 뛰어 내리거나 갯벌을 향해 걷다가 서해의 강한 물결에 휩쓸려 목숨을 잃기 일쑤였다.

겨우 살아남은 원생들은 대동아전쟁 말기에 이르러서는 기본적인 군사훈련만 거쳐 전쟁터로 내몰렸다. 1942년 7월에 작성된 '조선총독부 소년계 판검사 회의' 서류철에 의하면, 선감학원 등 감화원의 운영 취지는 "사회 반역아 등을 보호 육성하여 전쟁의 전사로 순국할 인적 자원을 늘린다"라는 것으로 변모되어 있었다.

결국 소년들을 감화시킨다는 목적에서 출발한 선감원은 실제로는 소년들의 조선 독립 의지를 말살시키고 나아가 전쟁의 소모품으로 이용하기 위한 시설이었다. 이러한 사각지대에서 탈출을 시도하다 죽거나 구타 또는 영양실조로 인해 죽은 경우, 굶주림을 참다못해 초근목피草根木皮를 씹다가 독버섯류를 잘못 먹어 죽는 경우엔 그대로 섬의 한 구석 야산에 내팽개치듯 매장되었다.

어떤 상념에서일까? 한 원생이 만가輓歌를 구슬프게 뽑아냈다.

불쌍하고 가련쿠나 애절하고 원통쿠나
먹던 밥은 놓아두고 어디로 가시는가
황천 길이 멀다 해도 쉬엄쉬엄 가소서

빈손으로 왔다가 빈손으로 가는 인생
이왕지사 가는 길 가시밭길 밟지 말고
꽃길이나 밟고 가고 미리내 길 건너 가소

흰나비야 노랑나비 나와 같이 청산 가세
이팔청춘 소년들아 백발 보고 웃지 마오
저승 길이 멀다더니 대문 밖이 저승일세…

착잡한 기분을 용운은 이해할 것 같았다. 내색은 않지만 무덤
을 바라보는 모두의 심정은 마찬가지일 터였다. 이 무덤 속의
주인공들은 누구일까? 과연 이들의 가족은 소중한 혈육이 이런
낯선 곳에 묻혀 있다는 사실을 알기나 할 것인가? 자신의 생사
를 가족에게 영원한 의문으로 남긴 채, 아무도 거들떠보지 않는
곳에 홀로 묻혀 있어야 한다는 건 얼마나 쓸쓸한 일인가!

그건 결코 남의 일이 아니었다. 바로 자기 자신의 일, 언제
겪게 될지 모를 모두의 일인 것이다.

어느 결에 모두의 동작에 힘이 빠져 있었다. 그냥 건성으로 주
위를 살펴보며 공동묘지를 지나 당산으로 향하고 있을 뿐이었다.

아무래도 탈출자는 잡힐 것 같지 않았다. 결심한 이상 호락호
락 잡힐 만큼 계산 없이 뛰쳐나갔으리라곤 생각되지 않았기 때
문이었다. 어쩌면 지금쯤 바다를 건너 마산포에 접근하고 있는

지도 모를 일이었다. 만약 그렇다면 탈출자는 과연 어떤 방법으로 차가운 가을 바다를 건넌 것일까? 물이 줄어드는 간조 때를 이용해서 헤엄을 친 것일까?

반장이 지친 목소리로 선생에게 말했다.

"아무래도 이 근방엔 숨어 있을 것 같지 않은데요?"

"음, 일단 모두 철수시켜!"

내려가 보니 옥사 앞에는 각 반이 전부 모여 있었다. 그들도 탈출자를 찾는 데 실패한 모양이었다. 사감 선생은 총괄적인 인원 파악을 해보고 나서 본관 쪽으로 총총히 사라졌다.

그날 아침 식사를 하면서 용운은 놀라운 설렘을 경험했다. 그것은 희망이었으며 격정이었다. 뜨거운 불덩어리를 삼킨 듯 전신에 충만 하는 전율이었다. 한 사내아이의 탈출로 인한 충격 때문만은 아니었다. 중요한 건 삶에 대한 열정이라며 실행으로 보여 준 의지력의 생생함 때문이었다.

용운은 마음속으로 외쳤다.

'그렇다! 지금까지 나는 무엇을 하고 있었는가? 지난번에 배 속에 숨어들었던 건 너무 소극적이고, 또한 나의 의지력보다는 운에 맡긴 행위였다. 어정쩡한… 어째서 탈출의 모험을 미루고 있는가? 내가 남들과 다른 게 무엇인가? 내게도 머리가 있고 멀쩡한 손발이 있으며 온갖 고생 다 겪어 본 저력도 있지 않은가. 그래 나가자! 언제까지 남의 족쇄에 매여 절망하고 있을 수만은 없다. 이제부터 모든 경험과 머리를 동원해서 좀 더 적극적인 방법을 찾아보자! 하늘은 노력하는 사람 편이라는데 그가 찾아낸 방법을 나라고 못 찾으란 법은 없지 않은가.'

물론 좀 전에 본 공동묘지가 마음에 걸리지 않는 건 아니었다. 하지만 익사자가 그렇게 많다는 것은 바꾸어 말하면 탈출에 성공한 사람도 그만큼 많다는 뜻일 것이었다.

용운은 콧망울에 송글송글 맺히는 땀을 주먹으로 훔치며 식당을 나왔다.

오후에 다시 수색이 시작되었다. 수색견인 셰퍼드까지 동원되었다. 얼마나 지났을까.

"으악!"

아래쪽 해변에서 누군가의 외마디 비명이 터져 나왔다. 해안선을 뒤지던 다른 수색조 틈에서였다. 사장이 부리나케 달려갔고 원생들도 우루루 뒤를 따랐다.

"헉!"

용운은 하마터면 그 자리에서 까무러칠 뻔했다. 파도에 밀려와 해변에 반쯤 걸친 채로 떠 있는 시체, 그건 바로 시간이란 건 없다고 주장하던 그 사내였다. 살이 퉁퉁 불어 이상야릇한 모습이었지만 그건 틀림없는 그였다. 한쪽 눈은 물고기가 파먹은 듯 이미 빠져 버린 상태였고 퍼런 이마에는 작은 조개딱지들이 더덕더덕

붙어 있었다. 원생들은 고개를 돌리며 헛구역질을 해댔다.

"빨리 가서 들것 가져와!"

왕거미 사장이 이르고는 용운에게로 시선을 돌렸다.

"너 이 자식, 이 기회에 똑똑히 봐 둬! 도망자의 꼴이 어떤가를…"

그러나 용운의 귀엔 그 소리가 들리지 않았다. 다만 아뜩해지는 의식으로 팔딱거리는 심장의 고동 소리만 들을 따름이었다.

시신은 공동묘지로 운반되고 원장의 명령 하에 매장을 했다. 멀리 내려다보이는 해변에서 파도 소리가 아련히 들려왔다. 외로운 주검에게 들려 주는 장송곡과도 같았다.

용운은 묘지 위로 눈물을 뿌리며 진심으로 그의 명복을 빌어 주었다.

"하늘나라에 가거든 다시는 부모랑 헤어지지 마세요. 다시 태어나더라도 부랑아나 거지는 되지 말구요."

그건 자신에게 하는 말이기도 했다. 저 무덤 속에 누운 사람은 이 땅 선감도에서는 시간의 굴레에서 벗어나기가 어렵다고 판단하곤 시간으로부터 영원히 자유로운 곳을 향해 스스로 떠났는지도 몰랐다.

그 사람은 원래부터 그렇게 이상하지는 않았다고 한다. 다만 동작이 좀 굼떴는데, 언젠가 원장이 시킨 일을 성격대로 느릿느릿 하다가 원장의 몽둥이에 머리를 얻어맞은 뒤부터 그렇게 변했다는 소문이 떠돌았다.

목각인형

일반 사회로부터 외떨어져 깊은 바다의 섬에 건립된 선감원은 하나의 특별한 왕국이었다.

원장은 그곳의 제왕과 같았다. 그는 군사정권의 의지^{意志}를 선감학원에서 실현해 보려고 광분하고 있었다. 그리하여 일부 숙사의 명칭을 군사정권의 이상^{理想}이 반영된 '개척사'나 '창조사' 등으로 바꾸어 독려하기도 했다. 그게 그닥 큰 효과가 없자 나중에는 '비둘기사' '종달새사' '앵무새사' 따위로 교체해서 원생들이 고분고분하게 교화되기를 희망했다.

모든 것이 군대식으로 상명하달 되었고 그것을 거부하면 고통과 죽음이 따를 뿐이었다. 탈출이나 질병으로 인한 사망 등의 경우엔 그나마 공동묘지에 묻혔지만, 선생들의 폭행으로 인한

죽음이나 자살일 경우에는 허름한 가마니에 둘둘 말아 산골짝
으슥한 곳에 던져 버리는 것이 예사였다. 그렇게 죽어 나가는
원생들의 수가 많을 때는 하루에 네댓 명이나 될 때도 있었다.

선감학원 측에서 쓰레기라고 비하하는 원생들의 탈출을 기를
쓰고 막는 것은 원생들이 쓰레기이기도 하면서 재산 가치가 있
기 때문이었다. 정부 지원금을 받아 착복한다는 소문도 들렸다.
염전이나 양잠 등등 원생들의 피땀 어린 노동으로 벌어들이는
수익금은 상당한 것으로 알려져 있었다. 수천 가마의 소금이
군대에 납품되었다. 수많은 원생들이 배를 곯으며 일한 대가인
그 돈으로 원장은 서울에다 으리으리한 저택과 빌딩을 구입해
두었다는 얘기도 어디선가 새어나왔다. 또한 원장은 가까운 장
래에 정치계로 진출하기 위하여 권력 고위층에다 막대한 자금
을 대고 있다는 풍문도 떠돌았다.

선감도에는 뱀이 많았다. 원생들은 틈이 나면 막대기를 들고
뱀을 잡으러 다녔다. 독이 잔뜩 오른 가을 뱀에 물려 시퍼렇게
부은 얼굴로 죽은 아이들도 있었다. 뱀을 잡는 건 사장의 지시에
의해서였다. 그렇게 잡힌 통통한 뱀들은 원장에게 상납되었다.
원장은 몸보신을 위해서인지 아무튼 뱀을 즐겨 먹는다고 했다.
그래서 원장 사택에서는 뱀탕을 끓이는 연기가 늘 몽실몽실 솟
아오른다는 것이었다.

한번은 산기슭에서 왕거미 사장이 직접 뱀 대가리를 잡아들고

목을 따서는 껍질을 쫙 벗겨 내리는 모습을 용운은 본 적이 있었다. 뱀은 핏물이 도는 허연 알몸뚱이로 꿈틀거렸다. 사장은 손목을 감는 뱀의 꼬리를 훑어 내리곤 뱃속에서 뭔가를 꺼내었다. 창자 속에 든 노란 팥알 같은 게 줄줄이 달려 나왔다. 사장은 입술에 뱀 피를 묻힌 채 그것을 하나하나 신속히 따 먹었다. 그리고 뱀 몸뚱이는 불에 구워 걸신들린 듯 씹어 삼키는 것이었다.

용운은 지난번에 그에게 당한 추악한 기억이 떠올라서 구역질을 했다. 그는 그 후로는 용운의 거센 반항에 질린 듯 손을 뻗치지 않았다. 얼마나 많은 어린 소년들이 그의 추악한 욕망의 제물이 되고 있는지 모를 노릇이었다.

그때 용운의 눈앞으로 꽃뱀 한 마리가 스르르 지나갔다. 용운은 엉겁결에 대나무 막대기로 뱀의 허리를 내리쳤다. 별로 잡을 마음은 없었다. 그런데도 내리친 것은 관성적인 동작이라고도 할 수 있었고, 용운의 마음속 깊이 또아리 친 증오심과 살해욕에 의한 행동이라고도 할 수 있었다. 뱀은 괴로운지 하늘을 쳐다보며 꿈틀거렸다. 용운은 갑자기 불쌍한 느낌이 들어 막대기를 더 내리칠 수가 없었다. 그 틈에 뱀은 수풀 속으로 숨어 들어가 버렸다.

"죽여! 어서 죽이라구, 멍충이 새끼야!"

사장이 벼락같이 소리쳤다.

"새끼 넌 이제 일났어! 그렇게 때려놓고 완전히 죽여 버리지 않으면 밤중에 찾아와서 꼭 해꼬지를 한단 말이야. 호호호…."

그 능글맞은 웃음소리를 들으면서 용운은 은근히 걱정이 되었다. 마치 자신의 허리를 세게 얻어맞은 것처럼 왠지 뜨끔뜨끔했다. 밤엔 눈에 벌건 불을 켠 뱀 떼에 쫓기는 꿈을 꾸며 가위눌림을 당했다.

가을에 있었던 또 하나의 사건은 백곰 반장과 절름발이 누나의 연애에 관한 일이었다. 용운은 그동안 틈틈이 쪽지를 전달해 주곤 했었지만 둘 사이에 무슨 일이 생기길 바라지는 않았다. 그 누나는 하얀 얼굴로 함초름하게 웃을 뿐 깊은 관심을 보이지는 않았던 것이다.

그런데 양잠반으로 차출되어 가 있던 피에로가 마치 채플린처럼 눈의 흰자위를 드러내고 얄궂게 웃으며 얘기를 전했다.

"요즘 가을누에가 뽕잎을 아주 많이 먹거든. 그래서 애들 몇이 저녁에 뽕밭으로 갔던 거야. 맨 앞에 가던 방개 놈만 봤다는데 말야, 으슥한 뽕잎 속에서 두 청춘 남녀가 달콤하게 밀어를 속삭이고 손을 잡더니 입맞춤을 하더라는 거야. 그런 후에 허연 젖가슴을 봤다나, 허벅지를 봤다나…. 아무튼 인기척을 느꼈는지 뒷산 쪽으로 줄행랑을 놓더래."

"그 방개란 애가 분명 허풍을 친 걸 거야. 그 누나가 몸도 약한데 밤중에 거긴 뭐하러 갔겠어, 안 그래?"

"난 모르지 뭘. 아무튼 하얀 옷자락이 펄럭이는 걸 봤다니까.

안 땐 굴뚝에 연기가 나겠어?"

"형이 직접 본 건 아니잖아 뭐."

"나야 누에똥 치우느라 바빠서 그 멋진 러브 스토리의 일장면을 못 봤으니 억울한 노릇이지."

"괜한 상상은 하지도 마. 아닌 밤중에 귀신을 봤다고 지어내는 애들인데 뭘 믿겠어."

용운은 애써 반론을 폈다. 박꽃 같은 누나의 이미지와 으슥한 뽕밭은 영 어울리지가 않았다. 하지만 용운의 머릿속엔 그녀의 하얀 목덜미와 젖가슴이 자꾸 떠올랐다. 억누르려 해도 소용이 없었다. 용운은 야릇한 상상을 떨쳐 버리려는 듯 고개를 세게 흔들었다. 사실이야 어찌됐든 그 뒤로 두 남녀의 로맨스에 대한 소문은 공상의 가지를 계속 치며 입에서 입으로 번져 나갔다.

그렇게 가을이 지나고 어느덧 겨울이 왔다.

백곰 반장은 몰라보리만치 달라져 있었다. 위악적인 살인미소도 전혀 짓지 않고 벙어리라도 된 듯 아예 입을 봉해 버린 것이었다. 눈을 감고 벽에 기대어 뭔가를 골똘히 생각하거나, 혹은 밖에 나가 바다를 바라보며 멍하니 앉아 있기가 일쑤였다. 원생들을 지휘 감독해야 할 직책도 제대로 수행하지 않았다. 예전처럼 반원들에게 쌍욕을 하지도 않았고 구타도 하지 않았다. 다만 남에게 욕하는 자에게만 욕을 퍼붓고 남을 구타하는 자만 오달지게 때려 다시는 그러지 못하도록 했다.

살도 좀 빠졌다. 원래 백곰은 일개 악한이면서도 자기 나름의 주관적인 정의감이랄까, 이른바 '깡패의 순정'을 지닌 왕초처럼 행세하길 좋아했었다. 주관이 너무 강해 유치해 보일 정도였다. 하긴 한 구역의 왕초니까 그것도 통했겠지만 말이다. 그는 검은 선글라스를 낀 '혁명 영웅이자 새 시대의 지도자'를 숭앙하면서 자신도 작은 영역에서나마 소영웅이 되길 바라는 듯 열심이었던 것이다. 그런데 왜 저렇게 이상해져 버렸을까? 용운은 그의 몰골을 보면서 한편으론 좀 마음이 아팠다.

하지만 왕거미 사장은 한동안 두고 보다가 그에게서 반장직을 박탈해 버렸다. 대신 반장을 보좌하던 스라소니가 반장직을 승계했다.

겨울에는 공동 작업이 별로 없었기 때문에 각자 직업보도부에 들어가서 한 가지 기술을 익혔다. 용운은 목공부에 들어가 열심히 기술교육을 받았다. 희망의 단절로 인한 아픔을 잊기 위해서라도 그래야 할 필요가 있었다. 열심히 나무를 다듬고 나비장을 끼워 책상과 걸상을 조립했다. 큰 문짝도 만들었다. 날이 지나면서 담당선생도 용운에게 특별히 관심을 기울이기 시작했다.

"녀석, 보기보다 손끝이 매운걸?"

그러면서 그는 남보다 몇 배의 정성을 쏟아 가르쳤다. 실톱이나 끌 같은 연장도 내주기를 꺼리지 않았다. 실습 시간 틈틈이 용운은 목각상 하나를 조각했다. 조그마한 엄마의 상반신 상이었다. 현실에서 엄마를 못 보는 대신 그 상징으로 삼아 분신처럼 지니고 다닐 생각이었다.

엄마의 실제 모습을 떠올리며 나름대로 정성을 다해 조각해 나갔다. 얼굴의 선은 갸름하게 잡았고 콧날은 뾰족하게 살렸다. 눈에 쌍꺼풀도 새겨 넣었다. 우아한 표정에 미소를 머금도록 했다.

그렇게 모상母像에 몰두할 즈음 원생들 사이에서 불길한 소문이 떠돌기 시작했다. 백곰 반장이 조만간 딴 곳으로 옮겨진다는 것이었다. 전라도의 고하도 감화원으로 보내진다고도 했고 군에 입대한다고도 했다. 어느 쪽이 됐건 이별이었다.

드디어 올 게 왔구나, 하고 용운은 생각했다. 그렇지 않아도 요즘 들어 어떤 어두운 예감이 마음 한구석에 걸려 오던 참이었다. 용운은 가슴속이 허전해지는 한편 왠지 시원스러워지기도 했다. 누나의 박꽃 같은 얼굴이 떠오르면서 어떤 안도감과 희열이 솟구치기도 했다. 그것이 질투의 감정임을 깨달은 용운은 스스로 좀 놀랐다.

그러나 정작 당사자인 백곰 반장의 표정에는 그 어떤 변화도 일지 않았다. 언제나처럼 눈을 감고 벽에 기대 있거나 화단을 바라볼 뿐이었다.

목공실 벽면엔 작업대가 가설돼 있고 그 위에 끌, 망치, 톱,

대패 따위가 놓여 있었다. 목공실에 들어가면 향긋한 나무 내음이 콧속으로 스며들었다. 그 내음은 오래 전에 고향의 학교에서 향나무 연필을 깎으며 맡았던 것이었다. 작업대 바닥에 떨어지는 톱밥에서도 구수한 냄새가 났다. 그건 어쩌면 나무 냄새라고 하기보다 나무 속살 내음이라고 해야 될 듯했다. 나무의 속살이 점점 더 드러날수록 향긋한 내음은 한결 그윽하게 풍겼다.

나무 속살은 향긋한 내음을 가지고 있을 뿐 아니라 색깔도 너무 고왔다. 작업을 하고 있노라면 말할 수 없는 싱그러움이 느껴졌다. 사람이 죽으면 그 육체는 썩어서 고약한 냄새를 풍긴다. 그런데 나무는 죽어서 오히려 고상한 모습으로 살아나고 있었다. 나무는 그 죽음을 초월한 삶을 얘기하기 위해 수십 년 동안 끈질기게 속 깊이 나이테를 아로새기며 살아온 걸까?

용운은 나무를 매만지면서, 자신도 나무의 심성을 닮아야 한다고 생각했다. 현재의 어떤 고통스런 일이나 죽음 같은 생활에 억눌려 누추하게 변질되지 말고, 오히려 그것을 극복하여 아름다운 미래를 개척할 수 있는 마음을 지닌 사람으로 재탄생해야 한다고 믿었다.

며칠이 지난 뒤였다.

그날은 엄마의 상이 마무리되는 날이기도 했다. 어쭙잖은 솜씨였지만 사포질을 말끔히 하고 나니 그런 대로 엄마다워 보였다. 용운은 그것을 가지고 창가로 갔다. 잔뜩 흐린 하늘이 창살 사이로 내다보였다.

"아, 엄마는 어디서 무얼 하고 있을까?"

용운은 슬픈 눈으로 먼 산을 바라보며 중얼거렸다. 유리창에 김이 서렸다. 용운은 그 위에 '엄마'라고 써 보았다. 잠시 후 그것은 스르르 지워져 버렸다.

첫눈이 희끗희끗 내리기 시작했다. 센 바람이 불어오는지 눈송이들은 바라던 자리에 내려앉지 못하고 어딘가로 훌쩍 날려 가곤 했다. 그때였다.

"야, 그게 뭐야? 이리 갖고 와봐."

그건 새로 반장이 된 스라소니의 목소리였다.

"아, 아무것도 아녜요."

"새꺄, 갖고 오라면 갖고 와!"

스라소니는 눈알을 부라렸다. 용운은 불안했지만 가져다 보여 줄 수밖에 없었다.

"새끼, 이런 걸 쓸데없이….."

"제발 이리 주세요."

"당장 갖다 버려!"

목상을 집어던지려던 스라소니가 갑자기 무슨 생각을 했는지 탁자에서 연필을 집어 들었다. 그러고는 음흉스레 웃으며 목상의 앞부분에 유방을 그려 넣는 것이었다. 콩알만 하게 젖꼭지도 그리고 겨드랑이께엔 검은 칠까지 했다. 용운은 피가 머리끝까지 솟구쳤다. 저도 모르게 입에서 욕설이 새어나왔다.

"개새끼!…"

스라소니가 고개를 번쩍 쳐들었다. 눈에서 불똥이 일고 있었다.

"뭐? 너 지금 뭐라고 했어?"

그러면서 그는 목상을 힘껏 내던졌다. 목상이 관자놀이를 스치는 것과 동시에 용운은 바짝 다가섰다. 스라소니는 잔뜩 인상을 썼다.

"이 쌍놈의 새끼, 보자보자 하니깐 간뗑이가 완전히 부었구만!"

그는 용운의 멱살을 잡아 쥐고 구석으로 몰아붙였다. 원래 잔인한 성격인데다 평소부터 곱지 않게 보아 오던 터고 보면 제대로 걸린 셈이었다.

"이 새끼, 뭐라고 했어? 다시 한번 말해 봐!"

스라소니가 주먹을 번쩍 치켜들었다. 그때였다. 언제 나타났는지 전혀 뜻밖에도 뒤에서 착 가라앉은 목소리가 무겁게 흘러나왔다.

"야, 됐다. 그만 놔둬."

그 목소리의 주인공은 백곰이었다.

"뭐라구? 웬 참견이야!"

스라소니가 놀란 채 말했다.

"많이 맞고 산 놈이니까 그냥 좀 놔두란 말야."

조용히 다시 한번 말했다. 체면을 손상당한 스라소니의 안면이 약간 씰룩거리는 듯했다.

불현듯 스라소니가 백곰의 턱을 향해 주먹을 휙 날렸다. 전광석화와 같았다. 백곰의 동작은 퍽 느려 보였다. 그런데도 어느 틈에 스라소니의 주먹을 피해 놓곤 히죽 웃고 있었다.

스라소니는 약이 바짝 올라 양 주먹을 번갈아 휘둘렀으나 단 한 점의 타격도 가하지 못하자 씨근벌떡거리며 백곰의 소매를 낚아채 잡곤 끌어당겨 면상을 향해 박치기를 날렸다. 하지만 그보다 1초쯤 빨리 백곰의 무릎이 그의 명치께를 쳐올리는 바람에 휘청거리며 뒤로 물러섰다.

이빨을 으드득 간 스라소니는 탁자 위에 놓여 있던 톱을 집어 들고 접근하며 휘둘러댔다. 날카로운 톱날이 백곰 앞의 허공을 가를 때마다 용운은 움찔움찔 몸을 떨었다. 백곰이 발길질을 몇 번 했으나 닿지 않았고 그는 한 발짝 한 발짝 뒤로 물러서며 구석 쪽으로 몰렸다.

스라소니가 눈알을 희번득거리며 필사의 일격을 가하는 찰나였다. 용운은 자신의 눈을 믿을 수가 없었다. 그 좁은 공간에서 백곰은 탁자 모서리를 딛고 올라 곧장 공중으로 솟구치더니 한 발로 스라소니의 이마를 정통으로 걷어찼다.

뻗어 버린 스라소니는 한동안 시간이 흐른 후에야 신음을 뱉으며 일어났다.

"가봐."

백곰이 말했다. 고참의 서열로 보나 전임 반장으로서의 관록으로 보나 아직 상대가 될 수 없었다.

"너 이 새끼. 오늘은 봐주겠어. 하지만, 나중에 어디 보자."

스라소니가 입꼬리를 파르르 떨며 누구에게 하는지 모를 소리를 하곤 돌아갔다. 잠시 후였다.

"나도 그런 것 하나 만들어 줘."

백곰이 용운에게 말했다.

"네? 반장님 어머니를요?"

"아니, 마을 누나 있잖아."

"네? 그 누나를요?"

"그래. 이왕 만드는 김에 전신상을 만들어 주면 좋겠어. 가느다란 한쪽 다리도 보이도록 조각하고 말야."

용운은 아무런 대답도 못하고 멍하니 서 있었다. 백곰은 바닥에 떨어져 있던 목상을 집어 용운의 손에 쥐어 주고는 묵묵히 밖으로 나갔다.

야릇한 눈사람

다음날 새벽에 창문을 열자 바깥은 온통 눈 세상이었다.

아직도 눈송이가 조금씩 흩날리고 있었다. 산과 들은 물론이고 삭막하던 수용소 건물과 그 주위의 추악한 모든 것들이 순백의 눈에 덮여 아름다워 보였다. 하지만 그런 감상도 잠깐, 곧 모든 원생들은 바깥으로 불려나가 눈 치우기 작업을 해야 했다.

관사에서 키우는 개와 강아지들이 오히려 원생들보다 더 자유를 누리며 눈 세상을 신나게 뛰어다녔다. 개들은 이 좋은 날 왜 그런 멍청한 짓을 하느냐는 듯이 눈 치우는 원생들을 조롱하며 멍멍 짖어댔다.

그러나 수용소에 갇혀 인격을 반쯤 **빼앗겨** 버린 원생들이지만 결코 개들의 낭만에 지지 않았다. 어느 정도 제설작업을 마친 원생들은 각 사^舍끼리 편을 지어 눈싸움을 시작했다. 때리는 놈도 좋아서 웃고 맞는 놈도 뭐가 좋은지 낄낄거렸다. 어떤 희한한 축제 같기도 했다.

그런가 하면 다른 한쪽에서는 원생들이 손을 합쳐 눈사람을 만들고 있었다. 경쟁 심리가 발동하여 누가 시키지 않는데도 부지런히 움직였다. 각 사에 소속된 원생들은 다른 팀보다 더 멋진 눈사람을 만들기 위해 저마다 온힘을 기울이고 있었다. 예전부터 내려오는 관례대로 원장 이하 선생들의 심사에 따라 우등상, 장려상, 감투상 따위를 획득한 반원들은 그날 아침 특별히 푸짐한 밥이 주어졌다. 물론 국에도 건더기가 더 많았다.

운동장에 만들어 놓은 눈사람은 각양각색이었다. 눈뭉치를 3층으로 올린 외계인 같은 꼴도 있었고, 원형이 아니라 삼각형이나 사각형으로 만든 로봇 같은 것도 보였다. 반장의 지시가 없어도 그들은 스스로 창의성을 발휘하여 그 어떤 형상을 건축하기 위해 일사불란하게 움직였다. 주먹코를 붙인 놈, 배꼽이 툭 튀어나온 놈, 심지어 다리를 단 놈도 있었다. 솔가지를 꺾어 와서 머리와 콧수염을 멋지게 기른 신사 눈사람을 만든 팀도 있었다. 그것이 눈길을 상당히 끌긴 했지만 옆에 선 요염하고 풍만한 여자 눈사람을 보다 보면 별것 아니라는 생각이 들기도 했다. 어디서 그런 발상들이 나왔을까? 억눌려 있던 내부의 소망이나 욕구들이 그런 야릇한 모습으로 표현되었을 수도 있었다. 아예

눈사람을 엎어놓고 등짝에 탱자나무 가시를 촘촘히 박아둔 고슴
도치 같은 것도 있었다. 그런 부정적이거나 퇴영적인 기색이 보
이는 눈사람은 삽을 치켜든 '처리조'에 의해 파괴되고 말았다.

"집합!"

그 소리에 의해 모든 원생들은 동작을 중지하고 운동장에 도
열했다. 단상에 오른 원장이 말했다.

"여러분! 대단히 수고했습니다. 하지만 여러분 자신이 무슨
대단한 일을 했다고 생각한다면 그건 큰 착각입니다. 자, 이제
바야흐로 새날의 태양이 떠오르고 있군요. 저 태양은 아침부터
밤이 오기까지 아무런 대가도 바라지 않고 묵묵히 위대한 일을
실행하고 있습니다. 태양이 잠시도 쉬지 않고 실천의 행군을
하는 동안 세상의 어둠은 물러가고 모든 존재가 따뜻한 빛을
받습니다. 그러면 저 싸늘하고 무정할 뿐만 아니라 위선적인
눈의 장막도 저절로 녹아 버리고 우리는 다시 세상의 진면목을
바라볼 수 있는 것입니다. 그것이 바로 위대한 우리 혁명의 정신
이며 회피할 수 없는 사명인 것입니다. 여러분 또한 저 찬란한
아침 태양을 본받아 어둡고 게으른 여러분 자신의 내면을 혁명
하는 계기가 되길 바랍니다!"

원장은 자신의 연설에 스스로 도취되어 입에서 침이 튀어나
오는 것도 몰랐고 원생들이 시린 발을 구르며 불평하는 것도
몰랐다. 양말이라고 싸구려 나일론으로 만든 '낙하산 양말'을

겨우 신긴 했지만, 엄동설한 속에서 작업하다 보면 모르는 새 동상에 걸려 푸르딩딩한 발에서 진물을 흘렸다.

갱생이니 새 삶이니 떠들어대도 가만히 생각해 보면 오히려 서글픈 거지 시절이나 막돼먹은 고아원보다도 못한 지옥 같았다. 용운은 원장의 입바른 소리가 듣기 싫어 눈을 슬며시 감곤 옛 생각에 잠겨 들었다.

문득 바다의 배 위에서 피에로가 읊조렸던 한 구절이 떠올랐다.

　　만일 주위 사람들이 모두 제정신을 잃고

　　네 탓이라 비난해도 여전히 냉정할 수 있다면

　　생각하되 생각 자체에 얽매이지 않고

　　승리를 만나도 불행을 만나도 똑같이 의연할 수 있다면

　　무지한 자들이 왜곡해도 참아낼 수 있다면

　　본래의 네 자신을 잃지 않는다면

　　있는 그대로의 너를 받아들이고 채울 수 있다면…

용운은 우울한 표정이었다. 그는 마치 노인처럼 한숨을 푹 내쉬었다. 슬픈 표정을 짓다가 이빨을 악다물기도 했다. 여러 가지 파노라마가 뇌리 속을 맴도는 듯했다.

어느 날 밤 이후로 용운은 갈월동의 그 굴집에 가지 않았다. 그곳의 현실이 마음을 서글프게 했다.

서울 중심부에 숨은 듯 자리잡고 있던 그 빈민굴, 그곳 사람들의 찌든 생활상, 달래 아주머니의 눈물, 떠올리기도 싫은 이상야릇한 기억….

그리하여 다시 거지 생활이 시작되었다.

쓰레기통도 봄에는 별 게 없었으나 여름과 가을엔 제법 뒤질 만했다. 과일 껍질도 있었고, 먹다 버린 닭 뼈다귀나 생선뼈도 나왔다. 청과물 시장은 더없이 풍요로운 장소였다. 한쪽이 썩어 팔 수 없게 된 과일들이 질퍽거리는 땅 위에 굴러다녔다. 용운은 그것을 남이 안 보는 곳까지 툭툭 차고 가서는 옷에 슥슥 문질러 목이 메도록 씹어 삼켰다. 어떤 때는 과일을 한 입 삼키는 순간에 불현듯 엄마의 얼굴이 떠오를 때도 있었다. 그럴 때면 목에 무엇이 턱 걸리면서 울컥 설움이 복받쳐 오르곤 했다.

엄마, 꼭 찾아갈게.

용운은 인천으로 방향을 정하고 무작정 걸었었다. 고향을 떠나올 때 엄마가 입에 올렸던 지명이 인천이었다. 시간이 정해진 것도 아니어서 발길 닿는 대로 가다 보니 영등포였다. 가다가 배가 고프면 찹쌀떡이나 군고구마를 파는 아이들에게 웃옷을 벗어 주고 바꿔 먹었다. 추위에 떨 일이 걱정이긴 했으나 당장의 배고픔이 먼저였다.

어느 날 밤, 잠자리를 찾기 위해 헤매다 보니 커다란 쓰레기장이 눈에 띄었다. 누가 불을 놓았는지 쓰레기더미 위에서 연기가 모락모락 피어오르고 있었다.

용운은 다가가서 막대기로 헤집어 보았다. 시뻘건 불씨가 마른 종이쪽에 옮아 붙으며 불꽃이 되살아났다.

박스 하나를 주어다 깔고 불 옆에 막 누우려는 때였다.

"야, 너 이리 와봐."

슬쩍 보니 웬 순경 하나가 자전거에 걸터앉아 손짓을 하고 있었다. 용운은 심장이 철렁 내려앉았다. 혹시 무슨 잘못한 게 있었던가?

그 짧은 순간 그동안 행했던 온갖 일들이 주마등처럼 떠오르며 스쳐갔다.

"이리 오라니까 뭘 멍청하게 쳐다봐, 임마!"

영문도 모른 채 다가가니 순경이 한 마디 뱉었다.

"빨리 따라와."

경찰서에 도착하자 난롯가에 모여 있던 순경들 중 하나가 물었다.

"어디서 잡아왔어?"

"쓰레기장에서 자려는 걸."

"주무시려던 차에 안됐군. 야, 부모가 있어 없어?"

부모가 있다면야 누가 이 꼴로 다닐까마는 순경은 웃으며 건성으로 묻는 것이었다.

"어, 없어요."

"왜, 언제부터 없어?"

"어렸을 적에 서울역에서 엄마랑 헤어지고부터예요."

"흠, 고아로구만. 그래, 어쩌다가 헤어졌냐?"

"엄마가 기다리라고 해놓고 어디로 가더니 안 왔어요. 아직도 안 와요."

순경의 시선이 잠시 용운의 미간 위에 머물러 멀뚱거렸다.

"너 살던 곳이 어딘지는 기억하냐?"

용운은 생각을 해보려고 했다. 아슴푸레하기만 했다. 기억하려고 애를 써보았으나 푸른 산의 진달래와 뻐꾸기 울음소리만 스칠 뿐이었다.

용운이 도리질을 하자 순경이 말했다.

"더 물으나마나겠군. 저리 들어가!"

용운은 손바닥만 한 그 경찰서의 보호실에 갇히게 되었다. 용운은 눈물을 흘리지 않으려는 듯 미간을 찌푸리고 입술을 앙다물었지만 그의 눈에서는 저도 모르게 맑은 눈물이 맺혀 더러운 볼 위로 흘러내렸다.

다음날 용운은 다시 경찰 앞으로 불려갔다.

"임마, 너 잘 들어. 생각 같아서는 소년원으로 보내고 싶지만, 아직 나이도 어리고 해서 이번만 봐주는 거야. 알았어?"

"예…."

"임마, 넌 운이 좋은 편이야. 오늘부터 거지 노릇 안 해도 돼."

"예?"

"널 불쌍히 생각해서 특별히 편하게 지낼 수 있는 데를 알아봐 주니까 그렇게 알란 말이야. 알았어?"

"예."

용운은 그저 어리벙벙할 뿐이었지만 시키는 대로 대답하며 머리를 숙였다.

"그래. 거기 가거든 말 잘 듣고 그래서 훌륭한 사람 돼야지. 언제까지 비럭질만 하고 살 거야?"

순경은 자못 위엄까지 부리며 충고를 했다.

그렇게 해서 용운이 가게 된 곳은 고아원이었다. 청량리에 자리잡은 그 고아원은 낡고 오래된 건물로 제법 큰 편이었다. 원장과 선생들을 비롯하여 1백여 명의 원생들이 수용돼 있었다.

보모의 지시대로 목욕을 하고 내주는 옷으로 갈아입으니 그나마 겨우 사람 꼴을 되찾을 수 있었다. 용운은 당분간 엄마 찾는 일을 보류하고 그곳에서 지친 몸을 좀 쉬기로 작정했다.

고아원은 위생시설이 엉망이라 해충이 들끓었다. 파리나 지네 따위를 잡으라고 정해진 날엔 그동안 잡은 해충을 들고 나가 검사를 받았다. 일정한 수를 채운 애는 상으로 사탕 따위를 탔고 못 채운 애는 매를 맞았다. 그래서 잡은 해충들을 무슨 보물이나 되는 양 종이에 싸서 누가 훔쳐가지 못하게 품속에 넣고 다니기도 했다.

산전수전 다 겪은 용운에게 고아원 생활은 별 어려움이 없었으나 다만 먹는 게 문제였다. 그곳에서 주는 식사는 날이면 날마다 옥수수죽이나 수제비 정도였고, 사흘에 한 번 꽁보리밥이나마 나올까 말까 했다. 그래서 원생들은 늘 배고픔에 시달렸다. 개중엔 학교에 다니는 아이도 몇 명 있었는데, 그들이 외부에서 일을 저질렀다는 전갈을 받고 보면 십중팔구 남의 도시락을 뺏어 먹거나 상점에서 음식물을 훔쳐 먹었다는 얘기였다.

그런 원생들이다 보니 인근의 채소밭조차 온전할 리가 없었다. 고구마나 오이는 말할 것 없고 심지어 배추뿌리까지 파먹는 바람에 농부들만 애꿎게 골치를 썩여야 했다. 그 때문에 고아원 측과 농사꾼 간의 실랑이도 잦았다. 배고픈 자의 입장에서는 일단 무엇이든 훔쳐 먹고 입을 닦으면 그만이겠지만, 뼈 빠지게 일하여 결실을 바라보는 농부의 입장에서는 죽이든지 손모가지를 부러뜨리고 싶을 수도 있는 노릇이었다. 사감이 몽둥이로 애들을 족쳤으나 그저 그때뿐이었다.

고아원에는 대개 외국에서 구호품이 나왔다. 당시에는 고아원을 운영한답시고 여기저기서 원조금과 성금을 받아서는 아이들을 굶기고 누더기나 입히면서 자기 뱃속만 채우는 고아원이 대부분이었고, 실제로 그런 수작으로 떼부자가 된 자들도 한둘이 아니었다. 어쨌든 구호품을 더 타먹으려고 수작을 부렸다. 시찰단이 오면 각 고아원마다 머릿수를 맞추려고 이리저리 아이들을 꾸어 가고 꾸어 온다는 것이었다. 그리고 일주일 전부터

살이 좀 오르라고 밥을 잘 먹이고 옷도 깨끗이 입혀 놓지만, 시찰단이 가고 나면 옷도 벗기고 옥수수죽이나 밀가루로 끼니를 때워 맞춘다는 것이다. 그러면서도 원장은 거룩하신 하나님께 기도할 적에는 눈물을 철철 흘린다고 했다.

얼마 후에 용운에게 임무가 주어졌다. 지도 선생들은 용운을 포함해서 얼굴이 제법 말끔한 다섯 명의 원생을 뽑아 '봉사대'란 이름의 임무를 부여했다. 그 고아원은 어느 미군부대와 자매결연을 맺고 있었다. 그런 관계로 인하여 봉사대는 매주 일요일마다 그 부대의 군인 교회로 가서 잔일을 해주어야 했다. 아침에 미군용 차가 오면 봉사대원들은 그걸 타고 가서 예배 전까지 강대상 위에 촛불을 켜고 꽃병의 물을 갈고 의자를 똑바로 놓는 등의 일을 했다.

일이 끝나고 나면 미군 목사는 공책이나 연필 따위의 학용품을 나눠 주었다. 하지만 학교에 다니지 않는 원생들에겐 그런 것이 필요할 리 없었기 때문에 받아오기 무섭게 주변 동네에 사는 아이들을 몰래 만나 떡이나 누룽지 혹은 감자 따위와 바꾸어 먹곤 했다.

크리스마스 이브였다. 그날은 미군부대의 부녀회에서 고아원을 방문한다고 했다. 모두 고급장교의 부인들이라는 것이었다. 지도 선생들은 봉사대원뿐만 아니라 전 원생을 모아놓고 사전 교육을 했다.

"그분들이 물으면 항상 쌀밥을 먹는다고 해라. 고기도 이틀에 한 번꼴로 먹는다고 해야 한다. 옷도 자주 갈아입는다고 해라. 알았지?"

"예!"

아침부터 정문 앞에는 전 원생이 새 옷을 입고 줄지어 선 채 곧 들이닥칠 방문객들을 기다리고 있었다. 방문객들을 태운 군용버스가 정문 앞에 나타난 것은 한참이 지난 후였다.

"안뇽하세요, 여러분?"

버스 문이 열리면서 지나치게 환하게 미소 짓는 미국 여성들이 손을 흔들며 내렸다. 몇 명의 흑인 여자도 섞여 있었다. 늘어선 원생들은 우레와 같은 박수로 그들을 맞았다.

만면에 미소를 머금고 걸어오던 여자 하나가 하필이면 용운에게로 다가오더니 물었다.

"안뇽? 잘 지내니?"

그녀는 용운의 머리를 쓰다듬으며 뭐라고 쏼라쏼라댔다. 용운이 두 눈을 껌벅거리고 있으려니 따라온 한국군이 통역을 해주었다.

"보내 준 선물 잘 받았느냐고 물으신다."

선물이라니 금시초문이었다. 용운이 도리질을 하자 미국 여자는 의외라는 듯 다시 중얼거렸다. 통역병이 말했다.

"지난 크리스마스에 뭘 먹었냐?"

당황한 용운은 그만 사실대로 말해 버렸다.

"수제비⋯ 요."

순간 주위가 물을 끼얹은 듯 조용해졌다. 당황한 용운은 그 사실을 전혀 눈치채지 못했다.

"수제비?"

미국 여자가 두 눈을 껌뻑거렸다. 통역병이 그녀에게 뭐라고 귀엣말을 해주자 그녀의 표정이 순간적으로 굳어지는 듯했다. 또 뭔가를 묻고 싶은 눈치였지만 주위의 분위기를 의식해선지 그녀는 말문을 닫고 그곳을 떠났다. 미국 여자들이 안내하는 선생의 뒤를 따라 건물 안으로 사라지자 어떤 애가 말했다.

"용운이 너 이제 인생 종쳤다."

"응?"

"얌마, 크리스마스에 수제비 먹었다고 까발리면 어떡하냐? 쌀밥에 쇠고깃국 먹었다고 해야지."

그 고참 원생 애의 말에 따르면, 고아원은 자매결연을 맺은 미군부대와 미국의 자선단체로부터 상당량의 원조를 받고 있다는 것이었다. 미군부대에서만도 석 달에 한 번꼴로 식료품과 의류 등등 필수품을 보내주는데, 원장과 선생들이 짜고 모두 딴 곳으로 빼돌리는 바람에 원생들은 여태껏 구경도 해본 적이 없다는 얘기였다.

방문 일정을 마치고 버스에 오르는 미국 여자들의 표정은 그리 밝지 않았다.

"젠장, 이거 앞으로 원조에 지장 있겠는걸!"

선생들이 당혹한 표정으로 한 마디씩 지껄이며 사무실로 몰려갔다. 잠시 후 한 원생이 용운을 찾았다.

"야, 원장 선생님이 오래."

용운은 잔뜩 긴장한 채 원장실로 들어갔다. 원장이 표독스럽게 노려보았다. 그러더니 다짜고짜 용운의 입을 잡아 찢기 시작했다. 어찌나 독하게 잡아 비트는지 곧 살점이 떨어져 나가는 것 같았다. 용운이 비명을 내질렀으나 원장은 쉽게 멈추지 않았다. 이를 악물고 분이 풀릴 때까지 잡아 찢을 기세였다. 원장은 악을 쓰며 헐떡거렸다.

"그래, 임마! 만약 전쟁이 없었더라면 너희들은 고아 신세가되지 않았을지도 모른다. 그러나 현실은 현실이야. 어찌 보면축복일 수도 있어. 신이 우리를 그렇게 놔두신 것이 아니다. 너희들은 고난을 더 가져라 그러면서 분단을 시킨 것이다. 만약미국의 도움이 없었으면 우리는 북한에게 패배해 공산화되고말았을 것이야!"

원장은 말을 멈추지 않았다.

"암튼 주둥아리만 까진 놈들은 다 쳐죽여야 해! 우리 위대한혁명 대통령께서 일본 육사 출신이라고 입방아나 찧는 참새들이 있는 모양인데 그게 어쨌다는 게야, 응? 배울 건 배워야지.

사실 일본의 지배가 없었다면 어찌 이만큼이나마 발전했겠으며, 너희 쓰레기 같은 놈들이 사람대접을 받겠느냐 말이야, 응?… 개새끼, 당장 여기서 꺼져 버렷!"

원장은 악을 썼다.

그날부터 용운은 왕따 당하는 신세가 되고 말았다. 그를 대하는 선생들의 태도가 그렇게 살벌할 수가 없었다. 조금만 눈에 거슬리면 득달같이 달려와 사정없이 때리곤 했다.

용운은 그곳에서의 휴식도 끝낼 때가 됐다는 걸 느꼈다. 난 역시 팔도를 유랑하며 어머니를 찾아야 할 팔자이고 그것이 또 격에 맞는가 보다…. 그렇게 생각하니 그동안 다소 누그러졌던 모정에 대한 그리움이 파도처럼 밀려들기 시작했다.

찬바람이 매섭게 부는 어느 겨울 밤, 용운은 자신에게 지급된 모든 옷을 겹겹이 껴입곤 그 고아원을 빠져나갔다. 울 속에 갇혔던 새가 날개를 퍼득이듯 그는 어깨죽지를 움찔거렸다.

"전체 차렷!"

사장의 구령 소리에 용운은 추억에서 깨어나 정신을 차렸다. 그곳은 다른 곳이 아닌 선감도였다.

겨울의 선감도는 마치 계엄령이 내린 지역처럼 적막 속에 얼어붙었다. 찬바람만이 주둔군인 양 칼날을 세우고 휘웡휘웡 휘몰아쳤다.

원생들은 특별히 필요한 경우가 아닌 한 외출을 자제하고 실내 작업장 등에서 길고 지루한 노동에 시달렸다. 상부의 지시에 따라 모든 면에서 철저히 근검절약을 생활화했으므로 배고프고 추운 나날을 견뎌야 했다. 물론 원장 이하 사감 선생들과 사장들은 따뜻한 방에서 쌀밥을 푸짐히 먹었다.

불평불만이 많았지만 그래도 탈출을 시도하는 자는 없었다. 차갑고 시퍼런 바닷물이 철옹성보다 더 아뜩히 가로막고 있었기 때문이었다. 마을 주민의 배가 있었지만 그건 그림의 떡일 뿐이었다. 선감원 측은 혹시 있을지도 모를 원생과 주민 간의 내통을 사전에 방지하기 위해 주민들에게 철저히 교육을 시켰을 뿐만 아니라 탈출자나 거동이 수상한 자를 신고하면 일정한 금일봉 또는 밀가루, 의약품, 치약, 신발 등 생활에 필요한 물품으로 보상을 했던 것이다.

거대한 동굴과 같은 겨울 수용소에서 원생들은 고통과 슬픔과 불평불만을 속으로 씹어 삼키며 기약 없는 삶을 살아갔다.

3부

생명 울음

꽃샘바람

새봄이 왔다.

1년이 흘렀는지 2년이 흘렀는지 모를 지경이었다. 어떤 원생은 어린 얼굴에 주름살이 깊어져 몇 살쯤 더 먹어 보였고 어떤 원생은 눈에서 정기가 빠져 애늙은이 같았다. 다들 이 세상 사람 같지가 않은 몰골이었다.

하지만 용운은 그렇지 않았다. 비록 살은 빠졌을지언정 두 눈이 그윽이 깊어지고 정기가 모여 별빛처럼 반짝거렸다. 거친 환경에 찌들어 얼굴색은 거칠고 어두웠으나 입가엔 굳은 의지意志의 빛이 감돌았다. 그 얼굴에 여드름이 돋고 수염이 거뭇거뭇 나기 시작했다.

그래도 사춘기에 접어드는 나이라 그런지 뒷산에 피어나는 진달래나 들녘의 아지랑이를 보노라면 마음이 싱숭생숭해지는 모양이었다. 출렁이는 남빛 바다를 바라보는 그의 눈은 깊은 소망과 결의를 동시에 담고 있었다.

바다 너머 저 멀리 아스라이 보이는 마산포엔 꿈과 욕망의 세계로 들어가는 문이 열려 있지 않을까? 그곳을 지나 서울로 가면 자꾸만 희미해져 가는 꿈과 소망을 만날 수 있지 않을까?

그곳에 가기만 한다면 어떤 고생을 하더라도 견뎌내고 막노동이라도 하며 고학을 해볼 참이었다. 초등 중등 고등학교 과정의 검정고시가 있다는 얘기를 들었다. 여기서 고생하는 것을 생각한다면 무엇이든 못할까. 그래서 성공을 한다면 전화위복이 될 수도 있다. 꼭 성공해서 이 지옥을 세상에 고발하고, 또 그 괴상스런 사이비 종교의 정체를 까발려 더 이상 엄마처럼 속아 넘어가는 사람들이 없도록 하자!

용운뿐만 아니라 수많은 원생들이 겨우내 억눌렸던 모종의 욕망을 어떤 식으로든 발산하리라는 걸 잘 아는 선감원 측은 말 잘 듣는 원생들로 순찰대를 조직하여 철저한 통제를 가했다. 그들에게는 빨간 완장을 차게 하고, 탈출자를 발견하면 부득이한 경우 죽여도 좋다는 밀명을 내렸다.

일단 결심이 선 일에는 조급함이 뒤따르는 법이었다. 용운은 두근거리는 가슴을 억누르려고 애썼으나 마음처럼 쉽진 않았다. 실행의 날은 의외로 더디게 왔다.

'그래, 어떤 성현께서, 목표를 세우되 서두르지도 말고 게으르

지도 말고 실행하라 하셨다지. 그래야지.'

그런 힘겨운 나날 속에서도 용운은 하루하루 그곳의 생리를 터득해 가고 있었다. 선감도의 지형에도 점차 밝아졌다. 당산, 상삿골, 물비탈 등 세 개의 작은 산이 주축이 된 선감도의 둘레는 8킬로쯤 된다는 것을 알았고, 인근에는 털미, 불도, 탄도, 누에섬, 대부도 등등의 섬들이 늘어서 있다는 것도 알았다. 또한 이 섬은 경기만에 속하며, 마산포와의 거리는 강한 물살을 사이로 2킬로쯤 된다는 것도 알았다.

아직 꽃샘바람이 불고 있었다.

용운은 연이틀 보리밟기에 동원되었다. 웃자란 보리를 밟아 뿌리를 튼튼히 내리게 하는 일이었다. 지난밤을 거의 뜬눈으로 새우다시피 해서 작업장으로 향하는 발걸음은 무겁기만 했다. 요즘 들어 탈출에 대한 기회와 방법 모색, 그리고 미래에 대한 이런저런 궁금증으로 자정이 넘도록 잠을 못 이루기가 일쑤였다.

요사이 그의 머릿속은 참으로 복잡했다. 그러나 복잡한 만큼 문제 해결 방안은 쉽사리 떠오르지 않았다.

첫 번째 문제는 말할 것도 없이 무슨 수로 바다를 건너느냐 하는 것이었다. 바닷물은 하루에 어김없이 두 번 나가고 들어온다. 지금까지 보아온 바 경기만 해협은 조수 간만의 차가 심해 한번 물이 빠지면 개펄이 상당 부분 드러나는 게 사실이긴 했다. 그때는 마산포와 실제 물의 거리가 1백 미터 남짓하다고 했다.

하지만 물살 강한 그 1백 미터의 바다를 헤엄칠 능력이 과연 내게 있는가? 익사자가 끊이지 않는 가장 큰 이유도 바로 그 1백 미터에 불과하다는 거리상의 유혹 때문이라고 했다. 그게 함정인 줄도 모르고, 잘만 하면 자유의 몸이 될 수도 있다는 착각에 너나없이 빠진다는 거였다.

두 번째는 시간의 한계였다. 목숨을 걸고 결행한다 해도 그랬다. 물 빠지는 시간에 맞춰 숙사를 빠져나갈 기회가 주어질 리도 없지만 혹시 주어진다고 해도 마찬가지였다. 우선 해변까지 들키지 않고 무사히 당도해야 한다. 그런 다음 무릎까지 푹푹 빠지는 개펄을 통과해야 하고 다시 1백 미터에 이르는 수영을 시작해야 하는 것이다. 이런 3단계 과정을 모두 거치자면 최소한 한 시간 이상의 여유는 있어야 할 터였다. 하지만 그런 시간의 공백이란 어림도 없는 일이었다. 꽉 짜인 일과, 인원 점검, 단체 행동, 행동반경의 제약, 그리고 수많은 타인의 눈, 눈, 눈들… 그런 제약을 뚫고 탈출에 성공한다는 건 거의 기적에 가까운 일이었다.

어느 날 새벽에 용운은 틈을 보아 밖으로 나갔다. 사전 준비를 위해서였다.

험한 당산으로 들어가 나루오름 쪽으로 방향을 잡았다. 순간 축사 쪽에서 닭이 홰를 치며 우는 소리가 들렸다. 용운은 마음이 다급해졌다. 나무뿌리에 채고 나뭇가지에 얼굴을 긁히면서 그는 숨 가쁘게 기슭을 탔다. 속새풀이 자꾸만 발목을 휘감았다.

그렇게 허겁지겁하면서도 용운은 쉬지 않고 사방으로 눈알을 굴렸다. 쓸 만한 통나무를 찾기 위해서였다. 최소한 몸통 정도의 크기는 돼야 물에서 매달려 가기가 쉬우리라.

그런데 그 순간, 용운은 불현듯 가슴속이 허전해지면서 이상스런 감정이 자신을 사로잡는 것을 느꼈다. 박꽃 누나의 핼쑥하고 애잔한 얼굴이 문득 떠오르더니 사라지지 않는 것이었다. 왠지 그 지옥 같은 선감도를 떠나고 싶지가 않다는 생각을 하며 용운은 얼굴을 노을빛처럼 붉혔다. 그 누나가 살고 있는 선감도는 지옥이 아니라 천국처럼 여겨졌다.

용운은 박꽃 누나의 얼굴을 지우고 대신 엄마 얼굴을 떠올리려고 애써 보았으나 왠지 잘 되지 않았다.

용운은 안타까움을 못 견디는 양 한숨을 폭 내쉬었다. 그러고는 이리저리 산을 헤매었다. 나뭇가지에 찢기기라도 했는지 이마께가 쓰라렸다. 그는 정신을 차렸다.

마땅한 통나무는 쉽사리 눈에 띄지 않았다. 낮에 잘린 잔가지들은 많이 널려 있었으나 아무리 찾아봐도 죽어 넘어진 고사목하나 없었다. 그런 것쯤이야 산에 흔하리라 생각했던 발상이 빗나가는 중이었다.

새벽이 빠른 속도로 눈을 뜨고 있었다.

정신없이 산을 걷던 용운은 어느새 나루오름의 산비탈을 내려서고 있었다. 순간 가슴이 철렁 내려앉으며 아뜩한 현기증이 일었다. 아, 저 한 치의 융통성도 보이지 않고 출렁이는 새벽바다는 얼마나 무정한가! 긴 곡선을 이루며 겹겹이 밀려와 사그라지는 포말은 또 얼마나 견고한가! 그리고 저 아득한 마산포….

용운은 대번에 기가 꺾였다. 그건 설사 누가 든든한 판자를 한 개 갖다 준다 해도 웬만한 배짱으로는 쉽게 엄두도 못 낼 짓이었다. 갑자기 모든 게 두려웠다. 어설픈 방법으로 바다에 뛰어든다는 것도 두려웠고, 한번 들어가면 그 어떤 비상사태가 발생해도 아무런 구원의 손길을 기대하지 못한다는 것도 두려웠다.

경험도 없으면서 무조건 부딪치면 되리라는 공상에 빠져 뛰쳐나온 자신이 가소로웠다. 경황없이 사춘기를 맞았지만, 진공상태 같은 수용소에서 세월은 한 해 두 해 흘러가 얼굴에 여드름이 돋고 수염이 거뭇거뭇 나고 있었지만, 아직 판단력이 단순한 철부지에 불과했던 것이다.

초조감 속에서의 시간은 더욱 빨랐다. 벌써 하늘이 진홍빛으로 물들기 시작하고 있었다. 용운은 급히 산을 타고 내려갔다.

그 후 며칠 동안 용운은 공상을 버리고 좀 더 현실적으로 되자고 생각했다. 그리하여 몇 가지 새로운 사실들을 알아냈다. 어떤 부유물로 물을 건너는 것은 가능할지 모르나 통나무로는 어렵다는 점이었다. 물에 절반 이상 잠기는 통나무는 그만큼 부력도 적고 또한 발장구질 하나로 쉽게 앞으로 나아가지 않는다는 사실이었다.

좀 더 신중해져야 했다. 한번 실패하면 그 대가가 엄청나게 가중된다는 사실에서라도 그래야 할 터였다. 아무래도 피에로 형에게 의논해 보는 게 순서일 것 같았다.

어느 날 영농작업 중의 휴식 시간 때였다. 둑 위에 혼자 떨어져 앉은 피에로는 표정 연기를 하며 독백을 중얼거리고 있었다.

"인생은 연극이다… 괴롭더라도 나의 배역을 잘하면 돼…. 네가 꿈을 꾸되 꿈의 노예가 되지 않고, 생각하되 생각 자체에 얽매이지 않고, 성취한 모든 것을 올바른 모험에 걸었다가 다 잃고도 처음부터 새로 시작할 수 있다면…."

"형."

바싹 붙어 앉으며 나직하게 부르자 그는 습관처럼 두 눈을 채플린처럼 껌뻑거리며 돌아다보았다. 저만치 저수지에서는 땀을 식히기 위해 원생들이 한창 물장난을 하고 있었다.

"나 형한테 물어 볼 게 하나 있어."

"뭔데?"

"형 지금 몇 살이야?"

"왜? 열여덟이다. 근데 왜?"

"아니, 그저 형이 열여덟이면 곧 여기를 나갈 수도 있겠구나 싶어서…."

"나간다구? 왜?"

"왜라니? 여기 계속 있을 거야?"

"지금 여기서 즐겁게, 의미 있게 살면 돼. 어떤 곳으로 나간다고 꼭 행복해지는 건 아니야. 여기도 일종의 낙원일 수 있고, 단련의 장소로 활용할 수가 있다구. 이 세상 어디든 천당과 지옥은 있어, 화려한 왕궁 속에도…."

"아무리 그래도 여긴 지옥이야. 가짜의 세계이니 꼭 탈출해야만 해."

"가짜가 진짜고 진짜가 가짜일 수도 있어."

"형, 자꾸 영화에 나오는 배우 흉내 낼래? 그래, 좋아. 난 아름다운 꿈을 이루고 싶어서 여기서 나갈래."

"호호, 장난이었어. 그래, 어떻게 나갈래?"

"우리가 여기 들어오던 날 사감 선생이 그랬잖아. 열여덟이 되면 내보내 줄 수도 있다고."

그러자 피에로는 기가 차다는 듯 입꼬리를 올렸다.

"원, 순진하긴… 야, 믿을 걸 믿어라. 열여덟 살에 내보내 줄 거라면 열여덟 넘은 놈은 뭐하러 잡아오냐? 그리고 스무 살도 넘는 고참들은 왜 아직 여기 있대냐?"

"글쎄, 그건 이상해. 근데 사감 선생은 왜 그런 말을 했지?"

"그건 그럴 만한 몇 가지 사례가 있나 봐."

"응?"

"우리가 들어오기 전에 여길 나간 애가 몇 명 있긴 있나 보더라구."

"아니, 어떻게?"

"고아라곤 하지만 호적이 버젓이 살아 있는 애들도 있대. 그중에 몇 명이 여기서 곧바로 군대를 지원해 갔댄다."

간혹 연고자가 찾아와서 데려가는 경우가 있다는 소리는 들었지만 그건 금시초문이었다.

"그리고 또 서너 명은 기술을 배워 나가게 됐구."

"기술?"

용운이 물었다.

"가끔 육지의 목공소 같은 데서 견습공이 필요하다는 연락이 온댄다. 그럼 선감원에서 모든 걸 책임진다는 조건으로 까다로운 절차를 거친 다음 위탁교육 형식으로 넘겨 보낸대. 하지만 품행이 좋지 않거나 탈출 전과가 있으면 가망이 없댄다. 하늘에 별 따기지 뭐."

그러더니 선감원에서 그 알량한 가능성을 두고 생색을 내는 것이라고 했다.

"그럼 우리에겐 별 희망이 없다는 얘기네?"

"그런 셈이지."

피에로는 킥킥 웃었다.

"그런데도 형은 걱정이 안 돼? 언제까지 여기서 살 거야?"

"응? 너 무슨 말을 하고 싶어서 그래?"

"아, 아냐. 난 그저…."

"뭘 그러냐? 할 말 있으면 탁 털어놓고 해봐."

"좋아. 말할게. 이건 우리 둘만의 비밀이야."

"알았어, 걱정 말고 해."

용운은 주위를 살피고 나서 나직하고 빠르게 말했다.

"형, 이왕 희망이 없는 바에 우리 탈출하는 게 어때?"

"흥, 내 그럴 줄 알았지."

"응?"

"야, 그 말하기가 그렇게 힘드냐?"

"아니, 그럼 형도…?"

"탈출을 생각하는 게 너뿐인 줄 아니? 누군 지금 여기가 좋아서 이러고 있는 줄 아냐?"

용운은 기쁜 나머지 그의 손을 꽉 잡았다. 가슴이 벅차오르는 사나이들의 꿈같은 악수였다. 새로운 힘과 용기가 용운의 온몸으로 뜨겁게 용솟음쳤다.

"야, 남들이 볼라, 조심해!"

피에로가 사방을 둘러보며 빠르게 말했다. 용운은 아차 싶어서 얼른 자세를 바로잡았다.

"그런데 어떤 방법으로 나가지? 뭘 잡고 건너면 좋을 텐데 말야."

"내가 얼마 전부터 생각하는 게 있어."

"응? 그게 뭔데?"

그때 작업 시작을 알리는 사장의 고함 소리가 들려왔다.

"야, 이따 저녁 때 옥사 뒤로 나와. 알았지?"

피에로는 태연스럽게 휘파람을 불며 자리에서 일어났다. 왕거미 사장이 지나가면서 눈살을 찡그렸다.

그날 저녁 둘은 옥사 뒤에서 다시 만났다.

피에로가 속삭였다.

"커다란 널빤지 하나면 만사 해결인데 말야. 널빤지는 부력감도 좋고 통나무처럼 무디지 않아서 붙잡고 가면 건널 수가 있다고."

"형, 누가 그걸 몰라? 그런 걸 구할 수가 없으니 문제지."

"있어."

"어디 있어?"

"변소 문짝."

피에로가 대단한 것이라도 되는 양 말했다.

"응…?"

"왜 그래?"

"아니, 변소 문짝을 뜯어 가잔 말야? 그게 물에 뜨겠어?"

"넌 그래서 아직 엄마 젖을 더 먹어야 된다. 아마 통나무보다는 훨씬 나을 거야. 바다의 배가 되는 거지."

피에로는 주위를 한번 살피고 나서 말을 이었다.

"밤마다 소변을 보러 가는 척하면서 미리 경첩의 못을 하나씩 빼두는 거야. 문짝이 떨어지지 않도록 위아래 각 한 개씩만 남겨

두고 매일 밤 조금씩 조금씩 **뺀단** 말야. 일이 끝나면 반드시 그때그때 흙칠을 해서 손자국이 잘 드러나지 않도록 해야 한다. 그리고 이왕이면 위아래 한 개씩 남긴 것도 몇 번 **뺐었다** 꼈다 해두는 게 좋아. 나중을 위해서 말야."

"형, 머리 잘 돌아가는걸."

"이게 다 영화를 많이 본 덕분이지, 하하."

피에로가 작은 소리로 웃었다.

"영화처럼 될까?"

"영화는 공상이 아니야. 아무튼 내가 적당한 연장감을 구해 볼 테니까 너도 매일 밤 한두 번씩 나와서 뽑을 생각을 하고 있어. 목표는 왼쪽 마지막 변소야. 살펴보니까 그쪽 문짝이 무척 허술해 뵈더라."

"그래, 알았어."

"연장은 쓰고 나서 항상 문틀 위에 올려놓기로 해."

"알았어. 형, 그럼 빨리 시작하자."

"그래. 연장부터 구해 놓고 나서 다시 얘기하기로 하고 그만 들어가자. 너무 오래 쑥닥거려도 이상하게 생각할 테니까."

둘은 일단 그렇게 약속을 하고 방으로 들어갔다.

용운은 그날 밤 여느 때보다도 더욱 잠이 오지 않았다. 하루 중 가장 기다려지는 취침 시간이지만, 눈은 또랑또랑하게 탈출하는 모습을 바라보고 있었다. 가슴이 끝없이 설렘으로 타올랐다.

다음날 저녁, 맞은편에서 식사를 하던 피에로가 용운을 향해 눈을 찡긋해 보였다. 용운은 대번에 그 뜻을 알아챌 수 있었다. 식사를 끝낸 후 둘은 다시 만났다. 옥사 뒤로 돌아들기 무섭게 피에로가 주머니에서 뭔가를 꺼내 보였다.

"이게 뭐야?"

"뭐긴 뭐야, 숫돌이지. 오늘 작업 시간에 낫을 갈다가 몰래 깨어 왔다."

"이걸로 어쩌려구?"

"어젯밤에 곰곰 생각해 보니 아무래도 못을 뺀다는 게 쉬울 것 같지 않더라. 캄캄한 밤에 더듬거리면서 경첩을 잡아 제켜야 하는데 그게 잘될 리도 없구."

"그래서?"

"숫돌 작전이지."

"응?"

"경첩은 하나의 쇠못을 중심으로 두 개의 쇳조각을 맞물려 놓은 게 아니냐. 그러니까 가운데 끼워진 쇠못의 한쪽 대가리를 갈아 없애고 빼내면 경첩은 쉽게 분리가 되잖아. 변소 문을 닫으면 그 틈새로 경첩의 접히는 부분이 밖으로 튀어나와 갈기에도 편하다는 얘기지."

"응."

"그러니까 이걸로 조금씩 갈아 들어가는 거야. 하루에 백 번씩만 문지를 생각을 하자구."

"백 번씩?"

"더 많이 하면 좋고."

"알았어. 그럼 오늘부터 시작하지 뭐."

그날 밤부터 비밀스런 작업이 시작되었다. 변소에 도착하면 다른 칸부터 노크를 해보는 것이 순서였다. 화장실 중 어느 한 곳이라도 사람이 있으면 아무 곳이나 들어가서 나갈 때까지 기다려야 했고, 그러다 보면 또 다른 사람이 오곤 하는 바람에 허탕치고 들어온 때도 허다했다. 하지만 둘은 꿈이 있기에 지치지 않았다.

'만일 자신을 믿고, 기다리면서도 기다림에 지치지 않고, 꿈을 꾸되 꿈의 노예가 되지 않고, 성취한 모든 것을 올바른 모험에 걸었다가 잃고도 처음부터 시작할 수 있다면, 이 세상의 모든 것은 네 것이 되리라…'

그들은 마음속으로 시 구절을 외면서, 눈과 눈을 피해 다니며 대들보를 갉아먹는 생쥐처럼 기를 쓰고 경첩의 쇠못을 갈아댔다.

그런 어느 날 피에로가 한숨을 쉬더니 말했다.

"아, 그래도 엿장수 할 때가 좋았지. 흐흐…."

"형, 뭔 소리야?"

"춘천의 어느 고아원에 있다가 갑갑해서 결국 탈출을 했지. 치사스런 밥 한 숟갈보다는 시원한 바람이 그리웠어. 배를 곯다가 우연히 어느 엿방에 들어갔거든."

"히히, 형이 엿장수를 했다구?"

"응. 방랑천하 아니것냐. 엿장수 맘대로란 말도 있지만… 엿판 하나 둘러메고 발길 닿는 대로 떠돌면 세상천지에 부러울 게 뭐 있것어. 엿가위를 쟁강쟁강거리며 달달한 엿 사려! 고소한 깨엿 콩엿 호박엿도 있소! 외치고 다니느라면 도 울음도 나더군. 혹시 채플린이 조선의 배우였다면 아마 엿장수로 분장해서 방랑자로 떠돌지 않았을까 싶어. 히히…."

"응."

용운은 열심히 경첩을 갈아대면서 대꾸했다.

"새벽이면 생엿을 가지고 두 사람씩 마주 서서 짜장면발을 뽑듯이 반복적으로 늘이지. 그러면 거무스레하던 강엿은 갈색을 거쳐 차츰 하얗게 변해. 아, 인간도 신의 손으로 그렇게 하면 악인이 선인으로 환생할지 몰라. 호흐… 공기가 잘 배어들어 부풀어 오른 엿가락은 아주 하얗고 양도 불어나서 최상품이 돼."

"꼬마 엿장수가 고생이 많았겠구나."

"여름과 겨울이면 뺑이 치는 거지 뭐. 삼복더위엔 까딱하면 눅진하게 녹아 버리니까 볼 장 다 봐. 한겨울엔 더 어렵단다. 아이놈들도 따스한 방구석에 박혀 만화책이나 보는지 좀체 코빼기를 보이질 않거든. 찬바람이 쌩쌩 불어대는 고갯길을 걸으며 허기진 배를 엿가락 한두 개로 달래느라면 때로 눈물도 나지."

"청승맞군."

"그래도 엿판 덮개 위에 애들의 호기심을 끌 만한 색색가지 고무풍선이나 딱지, 껌 따윌 얹은 채 돌아다니다가… 영화에 나오는 얘기를 들려 주면 코홀리개들이 무척 좋아했었지."

피에로는 그때의 추억 속에 젖어들어 긴 한숨을 내쉬었다.

아침부터 계절에 맞지 않게 센 바람이 귓바퀴를 윙윙 소리 내어 스친다 싶더니 정오를 넘으면서부터는 미친 듯 기승을 부리기 시작했다. 태풍의 시초 같았다.

굵은 소나기까지 동반한 태풍은 축사 지붕을 종잇장처럼 날려 버렸고 나무도 뿌리째 넘어뜨렸다. 비상소집을 당한 원생들은 각종 연장을 들고 논, 염전 등지로 떼 지어 몰려갔지만 대자연의 힘 앞에서는 속수무책이었다. 보리가 미친 듯 춤을 추며 쓰러졌고 고춧잎이 뜯겨 날렸다.

바다는 지옥 속의 혼돈 같았다. 산처럼 거대한 파도가 방파제 너머로 밀어닥쳤다. 당산의 나무들이 바람과 싸우느라 필사적으로 뒤흔들렸고 부러져 나가는 나뭇가지의 비명이 처절하게 들렸다. 섬 전체가 이대로 물에 잠기고 세상엔 끝이 오는 게 아닌가 싶기도 했다.

그러나 아침이 되자 언제 그랬냐는 듯 난장판 위로 태양은 변함없이 떠오르고 있었다.

원생들은 연장을 있는 대로 챙겨 들고 염전으로 뛰었다. 여기저기 복구 작업에 나선 부락민들이 분주히 움직이고 있었다. 논밭도 문제였지만 염전의 피해는 참담할 지경이었다. 파도가 훑어가 버린 뒤의 모습이란 쑥대밭이었다. 염전이 있었다고는 도저히 믿기지 않을 만큼 황폐한 벌판으로 변해 버린 것이었다.

수용소 원생들이 집합하자 원장의 지휘로 복구 작업이 시작되었다. 인근의 흙을 퍼다 둑부터 쌓아 나갔다. 평소 같으면 감독이나 하며 기세등등할 사장과 반장들까지도 삼태기를 들고 뛰었다. 누가 누군지 서로 알 수도 알 필요도 없었다. 그저 한곳에 뒤섞인 무리가 개미떼처럼 오고 갈 뿐이었다. 그런 식으로 염전과 야산 기슭을 무수히 왕복했다.

삽질로 야산의 한 모퉁이가 작은 집터만큼 다져졌을 때였다. 피에로가 다가오더니 흙을 퍼 담는 용운의 옆구리를 툭 치고 빠르게 비껴갔다. 용운은 대번에 그의 뜻을 알아챌 수 있었다.

갑작스런 상황이라 당혹스러웠지만 언제까지 서 있을 수만도 없는 노릇이었다. 삼태기를 둘러메고 그의 뒤를 쫓아갔다. 원생들 틈에 섞여 저만치 앞서가던 피에로가 슬그머니 자리를 이탈하여 마을 옆 골목으로 꺾어들고 있었다. 용운은 졸아드는 가슴으로 그를 따라갔다. 당장에라도 누군가가 뒷덜미를 낚아챌 것만 같았다.

외진 둔덕을 돌아들기 무섭게 피에로가 삼태기를 내던지며 소리쳤다.

"빨리 공동묘지 위로 해서 저쪽 숲속으로 들어가! 곧 갈게."

용운은 몸을 낮추고 수수밭 옆으로 해서 공동묘지 위로 내달렸다. 바람에 나뭇잎이 우수수 날렸다. 땀방울이 스멀스멀 등줄기를 타고 흘렀다. 진달래가 핀 산허리를 타고 숙사의 변소 앞에 도착했다. 열린 변소 문으로 파리만 윙윙거릴 뿐 사방은 고요했다.

용운이 책임졌던 아래쪽 경첩은 아직 덜됐지만 위쪽 쇠못은 완전히 갈린 상태였다. 금방 나타난 피에로가 위쪽 쇠못을 빼고 문짝을 잡아당겨 좌우로 비틀었다. 아래쪽 경첩이 이리저리 찌그러지면서도 끈질기게 버텼다. 초조해진 피에로가 몇 번을 힘있게 걸어차자 문짝은 비명을 지르며 떨어져 나갔다.

"노루고개로 뛰어!"

피에로가 문짝을 둘러메며 소리쳤다. 노루고개란 당산을 넘는 오솔길로 그곳만 넘으면 곧바로 나루오름 선착장의 상류와 만나게 되었다. 둘러멘 문짝이 바람을 받아 자꾸만 피에로의 몸을 뒤틀리게 했다. 용운은 뒤에서 받쳐 들며 뛰었다. 바람과 싸워 가며 고개를 넘어 해변에 도착했지만 피에로는 계속 상류로 달렸다.

"형, 어디까지 가는 거야?"

"잔소리 말고 뛰어! 물살이 강한 걸 계산해 최대한 위로 올라가야 해."

이윽고 피에로가 발을 멈춘 곳은 처음부터 물이 깊고 경사가 가파른 곳이었다. 나루오름에서는 정면으로 보이던 마산포가 저 멀리 대각선으로 건너다 보였다.

"자, 시작이다!"

피에로가 문짝을 바다 위에 띄우며 앞서 들어갔다. 바다는 완강히 출렁거렸다. 용운은 문짝의 한 끝을 잡고 조심스럽게 따라 들어갔다. 대번에 목까지 물에 잠기면서 숨이 차올랐다. 아직 태풍의 뒤끝이 가시지 않은 탓에 물결은 생각보다 훨씬 센 편이었다. 높은 물결이 가뜩이나 숨이 찬 얼굴을 쉴 새 없이 덮쳐왔다.

"형, 무서워…."

"당황하지 마. 물이 얼굴을 덮칠 땐 숨을 멈춰!"

피에로가 숨을 몰아쉬며 말했다.

문짝에 의지해 발버둥을 쳤지만 속도는 답답하리만치 느렸다. 아무리 발버둥 쳐봐야 앞쪽으로보다 오히려 나루오름 쪽으로 떠내려가는 거리가 더 많았다. 문짝은 출렁대는 파도의 강한 리듬에 맞춰 쉬지 않고 흔들렸다.

"구름아, 그렇게 발만 꼼지락대지 말고, 한 손으로 물을 헤쳐 봐!"

피에로가 답답한 듯 소리쳤다. 하지만 달리 거머쥘 곳도 마땅찮은 문짝에서 한 손을 놓기란 쉽지 않았다. 기를 쓰고 두 발을 버둥거렸다.

한 시간쯤 지났으리라. 그들은 나루오름과 마산포의 일직선상을 비껴나고 있었다. 그만큼 물살의 흐름은 **빨랐던** 것이다. 그대로 가다가는 나루오름 선착장의 누구에게 발각되거나 아니면 망망대해로까지 떠내려가게 될지도 모를 일이었다.

그때였다. 방파제 쪽을 돌아 나오는 한 척의 나룻배가 보였다. 염전 복구 작업에 필요한 공구를 실어 나르고 다시 나가는 배였던 것이다.

"머리 낮춰!"

피에로가 다급하게 부르짖으며 물속으로 숨었다. 그러나 그건 무의미한 행동이었다. 배가 마산포로 향하는 만큼 그 일직선상에 놓인 그들의 주위를 통과하는 건 당연하기 때문이었다.

"아…!"

얼마나 급했던지 갑자기 솟아오른 피에로는 판단력을 상실한 듯 문짝에서 떨어지더니 마산포를 향해 필사적으로 헤엄치기 시작했다. 그러나 처음 얼마간 빠르게 나간다 싶더니 20여 미터도 못 가서 허우적거렸다. 남은 기력을 한꺼번에 소모했기 때문이었다.

시퍼런 수면 위에서 자맥질을 해대는 피에로의 처절한 모습이 허연 물결에 몇 번인가 가려지곤 했다. 그의 신음 소리는 한낱 바람이 되어 물안개처럼 흩어질 뿐이었다.

"사람 살려요!"

용운은 저도 모르게 소리쳤다.

배가 천천히 이쪽으로 다가왔다.

"빨리 저놈부터 끌어올려!"

배에는 선원 외에 두 명의 수용소 직원까지 타고 있었다.

"이 새끼야! 뒈질려면 무슨 지랄은 못하냐? 너 어느 사야?"

직원 하나가 주먹으로 용운의 이마를 갈기며 호통쳤다. 그렇잖아도 정신이 없는데다 다리마저 후들거리던 용운은 그대로 주저앉았다.

직원이 사공에게 뱃머리를 돌리도록 부탁했다. 배는 곧 염전 옆 방파제에 도착했고, 피에로와 용운은 작업을 지휘하던 사감 선생 앞으로 끌려갔다.

사감 선생이 싸늘한 미소를 띠고 쏘아보았다. 소름 끼치는 미소였다. 용운은 일시에 모든 기력이 빠져나가 그대로 주저앉고만 싶은 기분이었다.

"요것들이 정말 미쳤나 보군. 미친개는 개가 아니듯이 미친놈은 더 이상 인간 대접을 해줄 수 없다!"

한껏 뒤틀린 얼굴로 노려보던 사감 선생이 표독스럽게 씹어 뱉었다.

"이 새끼들, 내 오늘 본때를 보여 주지. 아예 죽여 버리고 말겠어!"

사감은 버들가지 회초리를 꺾어 들더니 마구 휘둘렀다. 회초리는 획 소리를 내며 칼처럼 공기를 갈랐다. 혼쭐이 빠질 만큼 예리한 아픔이었다. 그러나 그것은 시작일 뿐이었다. 한번 손을 댄 사감은 그것을 자극제 삼아 정신착란 같은 증세를 보이기 시작했다. 버들가지 회초리를 던져 버리더니 주먹을 마구 휘둘렀다. 이어 구둣발로 가슴을 차서 뒤로 벌렁 넘어뜨렸다. 그러고는 발길로 머리며 등짝을 가리지 않고 후려 찼다.

사감은 찬바람을 일으키며 말했다.

"이 자식들, 살가죽이 벗겨져도 좋으니까 매타작할 몽둥이를 준비해! 엎드려뻗쳐, 이 자식들아!"

사감은 미친 듯이 몽둥이로 마구 두드려 팼다. 피에로는 비명을 올리면서 옆으로 빙글 몸을 돌렸다. 그러고는 선생의 다리를 부여잡고 벌벌 떨며 애원했다.

"다시는 그러지 않겠어요. 한번만 살려 주세요."

사감은 들은 척도 하지 않았다. 오랫동안 별러 오기나 한 듯 탈출 욕구를 뿌리째 뽑으려고 설쳤다.

인간의 조건

어느덧 저녁 어스름이 내리기 시작했다.

바닷가 한쪽의 검은 바윗돌 틈새에 거무스름한 두 개의 나무 기둥이 2미터쯤 사이를 두고 서 있었다. 마치 십자가처럼 가로장이 달린 그것은 오래 전부터 '징벌의 기둥'으로 불리었다.

"개새끼들!"

사감은 완장을 찬 원생들을 시켜 두 탈주범을 각각의 기둥에 매달도록 했다. 웃옷을 벗긴 채 가로장에 두 팔을 묶인 그들은 발끝으로만 겨우 바위를 딛고 선 꼴이 되었다.

"그렇게 바닷속으로 들어가고 싶었으니 거기서 원이 없도록 실컷 바다 구경을 하면서 깊이 반성하도록 해라!"

사감이 큰 소리로 쩌렁쩌렁하게 말했다. 그는 고개를 돌려 주위에 빙 둘러선 원생들을 바라보았다.

"선감학원은 결코 너희들을 핍박하는 곳이 아니다. 원장님의 말씀처럼, 이곳은 온갖 우범지대를 거쳐 인생 종착역으로 밀려온 쓰레기 같은 인간들을 갱생시켜 조국 발전의 역군들로 만들려는 신성한 학원이다. 그런데도 국가의 큰 은혜를 저버리고 탈출하여 다시 육지로 가서 악행을 저지르려는 자들이 있으니 유감이 아닐 수 없다! 우리는 길을 잃고 방황하다가 악의 소굴로 빠져드는 어린 양들을 그냥 둘 수는 없는 것이다. 여러분들도 저들의 꼴을 거울로 삼아 마음속의 유혹을 떨쳐내 버리기 바란다."

새해 들어 첫 탈주범들을 시범적으로 엄중히 처벌하여 다른 원생들을 단속하려는 강한 의지가 엿보이고 있었다. 설교를 마친 사감은 얼마 후 바닷가에 두 사람만 남겨둔 채 원생들을 인솔하여 떠나가 버렸다.

석양 비낀 하늘에 노을이 붉게 물들고 있었다. 서서히 땅거미가 내리기 시작하고, 하늘은 점차 보랏빛을 거쳐 청회색으로 변해 갔다. 이어 완전히 컴컴해졌다. 소금기를 머금은 찬 해풍이 불어오고 기온은 뚝 떨어졌다.

용운과 피에로, 십자가에 매달린 두 어린 양은 밤바다를 바라보며 몸을 떨고 있었다. 턱도 조금씩 떨려서 다그락 다그락 이빨 부딪치는 소리가 났다.

"형, 어쩌지? 언제까지 이러고 있어야 할까?"

"이 기둥에 한번 매이면 내일 해가 뜰 때까지는 절대로 풀어 주지 않는다는 얘길 들은 적이 있어."

용운처럼 피에로도 역시 이빨을 떨면서 대답했다.

"내일 아침까지 이런 식으로 서서 견딜 수가 있을까?"

"모르지. 내일 해가 떠올라 봐야 알겠지. 우리 생사가 걸린 내기를 한번 해볼까? 스릴 있겠는걸."

"형, 농담하지 마, 제발…. 이건 영화 장면이 아니라 실제 현실이란 말야."

그 순간 두 사람은 동시에 짧은 비명과 신음 소리를 냈다. 좀 전까지는 바위 아래쪽의 모래톱을 핥으며 해조음을 들려 주던 바닷물이 어느 결에 서서히 차올라 바윗돌을 넘고 그들의 발목까지 적셔 왔던 것이다.

"이건 정말 장난이 아닌걸. 아, 무서워 죽겠군."

좀 전까지 영화 운운하던 피에로가 겁먹은 목소리로 중얼거렸다.

한번 겁을 먹기 시작하면 끝이 없을 터였다. 용운은 피에로의 정신을 깨게 하고 자신도 공황상태에 빠져들지 않기 위해 마구 지껄여댔다.

"형, 거지가 떠도는 세상 자체가 곧 바다였어. 하지만 어떻게든 살아가게 돼… 누구도 가까이 가기 싫어할 정도로 을씨년스런 개천가 다리 밑 움막이었지만, 거지들에겐 비바람을 막아 주고 사람의 냄새와 온기를 느끼게 해주는 소중스런 공간이었어. 비록 구걸하러 다닐 적에는 비굴하게 남의 눈치를 살피게 되지만 일단 시장 안에 모여들면 각자가 겪은 얘기로 꽃을 피워 시간 가는 줄 몰랐지… 한겨울, 남대문 지하도에 신문지를 깔고 노숙을 하는데 통금시간이 넘으면 셔터를 내리고 밖으로 내쫓았어. 거리에서 추위 속에 어린아이부터 노인까지 온갖 노숙자들이 해진 가마니를 덮고 새우처럼 웅크린 채 잠을 잤지. 남들은 코를 막고 질겁하는 고약한 냄새를 맡으면서도 거지들은 부모형제의 품과 같은 포근함을 느꼈어… 새벽에 눈을 뜨면 온몸이 얼어붙어 있지. 계단 위로 올라가 보면 불꽃이 피어오르고, 일찍 나온 시장 상인들이 휴지며 판자대기를 모아놓고 불을 피워. 노숙자들은 그 불을 쬐면서도 희망 없는 눈빛에 돌덩이처럼 앉아 있다가 불이 사그라들면 하나 둘 일어나 빌어먹기 위해 어디론지 떠나는 거야… 약아빠진 놈들은 구걸하는 수법이 있어. 옷을 멋지게 차려입은 여자들에게 다가가 흙탕물을 묻힌 손을 벌리며 말하지. '한 푼만 도와주세요.' 만일 피해 가는 경우엔 당장 옷을 붙잡아 더럽힐 듯이 굴며 달려들거든. 그러면 울며 겨자 먹듯 돈을 던져 주었어…."

용운은 말이 끊어지는 게 두렵다는 듯 계속 지껄였다.

"어느 날 외팔이라는 아이가 어느 곳으로 데려갔어. 그 움막엔 팔이 없거나 다리가 무릎 부분에서 잘려 버린 아이들이 모여 있었어. 노인도 몇 명 보였어… 원래부터 불구자였던 경우도 있지만 일부러 가장하는 경우도 있다더군. 더 무서운 건 실제로 그렇게 보여 실감을 살리기 위해 팔이나 다리를 도끼로 잘라낸다는 거야… 그래서 목발을 짚거나 외팔이의 갈쿠리를 슥 내밀며 볼펜이나 껌 따위를 파는 사람, 지하도나 육교에서 상처를 내보이며 구걸하는 사람, 외상값 받아 주고 빚돈 찾아 먹는 사람, 시장 주변을 돌면서 장사꾼들에게 얻어먹는 사람 등… 어쨌든 살기 위해 일을 하러 나가. 난 무서워서 곧 도망쳐 버렸지."

"아, 너무 추워."

피에로가 중얼거렸다.

시간이 지날수록 바닷물은 점점 더 차올라 그들의 무릎을 적시고 허리를 휘감더니 가슴께에서 출렁거렸다. 컴컴한 밤바다는 거대한 괴물처럼 달려들며 포효했고, 그럴 때마다 허연 파도는 괴물의 침처럼 둘의 얼굴에 튀었다. 그 괴물은 상상 속의 존재가 아니라 현실의 동물일 수도 있었다. 먼 바다에서 배회하던 굶주린 상어가 살 냄새를 맡고 슬그머니 다가오지 않는다는 보장도 없었다.

수면이 가슴 위쪽을 넘고부터는 익숙하던 현실의 시간이란 것이 돌연 사라져 버렸다. 출렁이는 파도가 목을 물어뜯기 시작하자 시간은 정지하고 다만 생生과 사死가 하나의 줄 위에서 이리저리 오락가락하는 공포스런 혼돈의 순간이 있을 뿐이었다.

용운은 심장이 얼어붙는 듯한 고통을 참으면서 필사적으로 주절거렸다.

"매일 아침마다 아이들은 구걸할 지역을 왕초로부터 배당받았어. 늘 일정하긴 했지만 고참들은 시내 중심가로 나가고 신출내기들은 변두리를 돌며 구걸을 했지. 국물을 얻기는 쉽지 않았기에 최고참급이 되어야 깡통에 담긴 국물과 건더기를 먹을 수 있었어… 거지들이 구걸한 수입물은 원칙적으로 공동재산이므로 계급에 따라 차등을 두고 공동분배를 했어. 그러므로 구걸한 것은 모두 내놓아야 했고, 만일 조금이라도 뭔가를 숨기고 있다가 발각되면 죽도록 얻어터졌지… 돈만큼은 왕초를 비롯한 최고참급들이 대부분을 차지했어. 감시와 검사를 철저히 했기 때문에 돈을 숨긴다는 게 생각처럼 쉽지 않았어. 거지 사회도 돈이면 무엇이든 할 수 있다는 생각이 어느 정도 통하고 있었지. 돈이 모이면 최고참급들은 인간 대접을 한번 받아보겠다는 마음속의 꿈을 술집에 가서 이뤄보려고 했어. 목욕을 하고 이발을 마친 왕초들은 으슥한 밤이면 슬슬 술집으로 들어갔지. 돈을 보여 주면 거지들도 환락가의 여인들로부터 환대를 받을 수 있었다더라. 그럴수록 돈이 더 필요하기 때문에 밑에 거느린 신출내기들을 폭행하며 독촉하고 심지어 도둑질을 강요하게끔 되었어… 어떤 영감의 말을 들어 보면, 옛날에 거지 사회에는 단기대라는 것이 있었다고 해. 거지들이 도둑질을 하거나 나쁜 짓을 저지르면 나라의 법이 손을 대기도 전에 단기대 내에서 처리했다는 거야. 도둑질을 한 거지가 단기대에 잡혀 오면, 우선 땅바닥에 엎어놓고 찬물을 끼얹은 후 납작하게 자른 고무 타이어로 온몸을 1백 대씩 사정없이 후려갈겼대. 그리고 도둑질한 손가락 끝을 바늘로 찔렀고, 그래도 다시 도둑질을 하면 손가락을 잘라 버리기도 했다더라. 그걸로 끝이 나는 게 아니었대. 구정물에 밥을 말아 넣고 모래를 한 움큼 집어넣은 벌밥을 먹어야만 했어. 만일 벌밥을 먹지 않고 버티면 광대라는 벌을 내렸대. 힘센 단기 대원 두 명이 도둑질한 거지의 팔다리를 잡아 들어 올려 알몸을 이리저리 힘껏 흔들다가는 멀찍이 던져 버렸대. 까딱하면 바닥에 머리를 세게 부딪쳐 죽는 경우도 있었다고 해….”

캄캄한 밤바다 위에 둘의 원초적인 절규와 신음 소리만 교차하며 떠돌았다. 하늘을 향해 소리를 지르던 용운은 문득 입을 다물었다. 짠물이 입과 코 속으로 밀려 들어왔기 때문이기도 했지만 왠지 이상한 느낌이 엄습했던 것이다. 옆에서 살려 달라고 기도하고 애걸하던 피에로의 목소리가 들리지 않았다.

“형, 뭐해? 계속 엉터리 기도라도 해야 돼.”

역시 아무런 대답도 들려오지 않았다.

“피에로 형! 정신 차려! 여기서 포기하면 우린 죽고 만단 말야!”

그 소리는 메아리도 없이 허공으로 사라져 버렸다. 이 넓은 고해苦海 속에 혼자뿐이라는 고독감이 죽음보다 더한 절망을 시린 가슴으로 느끼게 했다.

용운은 눈을 꼭 감아 버렸다. 어둠 속에 하얀 박꽃 누나의 얼굴이 떠올랐다. 하지만 곧 차가운 파도에 쓸려 사라져 버렸다. 용운은 애써 그 얼굴을 붙잡으려고 해보았으나 허망감만 남았다.

두려움 때문에 눈을 뜰 수가 없었다. 너무 괴롭고 공포스런 나머지 용운은 예전에 고생스럽던 시절도 떠올려 보곤 했다. 그리고 지난번에 박꽃 누나가 준 종이 속의 글귀를 떠올려 미친 듯이 중얼거리기도 했다.

"…그의 손과 무릎과 발은 피투성이로 변했다. 피와 기력과 의식을 조금씩 잃어 가며 그는 벌레 같은 끈기로 버텼다. 넘어지면 마지막 남은 기운을 모아 헐떡거리며 일어섰다. 차가운 백설 위에 엎어져 버리면 다시는 고향을 보지 못할 테니까. 그는 고향의 초원과 그리운 사람들의 이름을 떠올리며 그런 유혹을 견뎌냈다.

'아! 저 산을 넘어야 하는데… 이젠 더 어쩔 도리가 없어.'

모든 고난을 잊고 편안해지려면 그냥 눈을 감기만 하면 되었다. 눈꺼풀이 스르르 감기는 순간 험준한 바위산도, 얼음도, 살을 짓뭉개는 듯한 동상도, 빈 몸으로 끌고 가야 할 육중한 삶의 무게도 더 이상 존재하지 않게 되리. 그는 이 거친 세상과는 다른 안락한 천국 속으로 미끄러져 들어가려 했다. 그는 마지막으로 힘을 내어 눈앞을 바라보았다.

'일어나라! 일어나라!… 내가 나라는 의식은 더 이상 필요가 없다. 그냥 걸을 뿐이다. 한 발짝씩 내딛는 것….'

시체가 일어난다는 기묘한 무의식 속에서 그는 조금씩 몸을 일으켰다…."

얼마 후부터 물이 서서히 줄어드는 것을 그는 인지하지도 못
했다.

해는 아직 보이지 않았으나 새벽빛이 여리게나마 비쳐 오기
시작했다. 바닷물이 다 빠져 나가 버린 해변이 여명 아래 희미하
게 드러났다. 바위 옆의 십자가 기둥에 매달린 두 소년의 머리는
푹 수그러져 있어서 마치 시체처럼 보였다.

한참 후에 왕거미 사장이 완장을 찬 원생들을 거느리고 기둥
앞에 나타났다. 그의 지시대로 원생들이 양동이에 물을 퍼 담아
기둥을 향해 뿌렸다. 먼저 용운의 몸이 조금씩 꿈틀거렸다. 사장
이 대나무 회초리로 상체와 하체를 번갈아 가며 후려치자 용운
의 눈이 겨우 뜨였다. 사장의 눈짓으로 원생들이 기둥에 묶인
줄을 풀고 두 개의 알몸뚱이를 모래사장 위에 눕혔다.

따스한 봄 햇살을 받은 두 얼굴은 지난밤의 고통을 잊은 듯
평온해 보였다. 푸르딩딩하던 입술에도 핏기가 돌아오기 시작
했다. 하지만 왕거미 사장은 그들의 평온한 휴식을 허용하고
싶지 않은 모양이었다. 억센 손바닥으로 뺨을 철썩철썩 쳐대자
용운과 피에로는 두 눈을 뜨고 주위를 둘러보았다.

"일어나, 반역자 새끼들아!"

사장이 구둣발로 차자 둘은 상을 찡그리면서도 마지못해 몸
을 일으켰다. 그리고 자신들이 놓인 현실을 알아채자마자 동작

이 좀 더 **빨라졌다**.

"지금부터 운동장까지 토끼 뛰기를 해서 달려간다. 실시!"

사장이 앞서 나갔다. 그는 옥사로 향하는 도중 길섶의 버들가지 하나를 꺾어 들었다. 손가락 굵기의 낙신낙신한 것이었다.

겨우 몸을 추스른 그들은 엉거주춤한 자세로 토끼뜀을 시작했다. 거리가 제법 멀어서 과연 그렇게 갈 수 있을지 의문스러웠다. 하지만 왕거미 사장의 매운 회초리질과 원생들의 구령 아래서 둘은 점점 속도를 높이고 있었다.

운동장에 닿아 헐떡이는 두 죄인에게 왕거미 사장이 설교를 늘어놓았다.

"대체 네놈들이 가면 어디로 갈 거야? 바닷물도 못 건너겠지만, 설사 건넜다고 해도 전국에 수배해서 단 하루면 네놈들을 다시 잡아 올 수 있어. 네놈들 명단이 전국 경찰서에 안 깔려 있는 줄 알아? 맘만 먹으면 잡는 그 자리에서 총살시킬 수도 있어, 이놈들아!"

이어서 찬바람을 일으키며 말했다.

"자, 시범을 보여 주겠다. 알몸뚱이로 엎드려뻗쳐!"

사장은 팬티까지 벗으라고 명령한 뒤 참나무 몽둥이로 마구 두드려 팼다.

"모두 잘들 보았겠지? 모두 반성과 각오를 하면서 세 대씩 쳐라. 힘껏 치지 않으면 대신 맞는다는 걸 명심해라. 알았나?"

"예!"

원생들은 일제히 대답했다.

"시작하라."

한 사람씩 차례로 나가 몽둥이를 들었다. 그리고 자기가 대신 맞지 않으려고 악을 긁어모아 힘껏 두드려 팼다.

평소 용운을 형이라 부르는 아이의 차례가 왔다. 그는 몽둥이를 받아 치켜들긴 했으나 차마 내리치지 못한 채 팔을 떨고 있었다.

"어서 쳐, 새캬!"

사장은 눈을 부라리며 명령했다. 아이는 이를 앙다문 채 내리 치려는 것 같았으나 마치 팔이 마비되기라도 한 듯 움직이지 않았다. 사장은 몽둥이를 빼앗더니 용운의 등과 엉덩이를 마구 후려갈겼다. 용운은 피할 생각도 않고 그냥 맞고 있었다.

"너 이 새끼, 이리 와!"

그 아이의 엉덩이는 곧 터져 살과 피가 곤죽이 되었다. 허벅지 는 붉고 푸른 구렁이가 지나간 듯 멍이 들고 부풀어 올랐다.

"공작!"

사장이 짧게 명령했다. 그것은 공동작전을 뜻했다.

그때부턴 누구 하나 사정을 봐주려 하지 않았다. 옆구리가 채였다 싶으면 누군가가 목덜미를 내려쳤고, 코피가 터졌다 싶 은 순간 눈두덩에서 번갯불이 일었다. 아무리 피하려고 해봐야 마음뿐이었다. 우박처럼 쏟아지는 주먹과 발에 정신을 차릴 수가 없어서 용운은 그대로 머리를 감싸며 주저앉고 말았다.

얼마 후 사장이 몰매를 중지시키곤 말했다.

"한 놈은 용서해 주겠지만, 넌 상습범이므로 좀 더 고생해 봐. 따라와, 이 자식아!"

용운은 사장에 의해서 본관 지하감방으로 끌려가 갇히게 되었다.

"꼼짝 말고 앉아 반성해, 임마!"

밖에서 문 잠그는 소리와 거의 동시에 용운은 무너지듯 주저앉았다. 손가락 하나 까딱할 만큼의 기력조차도 남아 있지 않았다.

지하감방의 메아리

'아, 난 맞아 죽을지도 모른다.'

텅 빈 머릿속에서 그런 소리만 끝없이 메아리치고 있었다. 좁은 지하감방에는 퀴퀴한 악취가 배어 있었다. 햇빛 한 줄기가 그리울 지경이었다. 지금 생각해 보면 지상의 사동舍棟은 역시 괴롭긴 했어도 일종의 천당처럼 여겨졌다.

벽 여기저기에 낙서가 새겨져 있었다.

인천 사이다 방문하다.

서울역 앞 양동에서 몸을 팔던 어린 여자애들은 지금 어디서 뭘 하고 있을까? 가난이 죄.

은숙아 보고프다. 사랑도 일종의 아름다운 정신병일까…

조상님들이여, 어쩌다가 나라를 말아먹었나이까? 아, 망국의 한이여!

1943. 12. 5. 망치.

검찰의 그물엔 피라미는 걸려도 금비늘 잉어는 잘도 빠져나간다네.

나를 죽이지 못한 것은 나를 더 강하게 만든다. 견뎌내자! 독약도 소화시

키면 약이 된다.

밤에 용운은 잠들 수가 없었다. 음식물도 전혀 들어오지 않았

다. 배가 고프고 갈증이 심했지만 제대로 누울 공간이 없어 용운

은 웅크린 채 이를 물고 견뎌야 했다.

캄캄하고 꽉 막힌 공간은 의식까지도 좁게 조여 왔다. 용운은

미칠 것만 같아서 두 손으로 머리를 감싸 쥐었다. 숨을 헐떡거리

며 눈을 꽉 감아 버렸다.

몽롱한 머리에 문득 거렁뱅이로 떠돌던 한때가 떠올랐다. 용

운은 현실에서 잠시라도 벗어나기 위해 자유로웠던 예전의 그

기억이나마 떠올려 보았다. 하지만 부랑아로 낙인찍힌 자에게

과연 진정한 자유가 있었던가? 오히려 누명을 쓰고 이 지옥으로

끌려오지 않았던가! 용운은 추억 속에서 입술을 깨물었다.

고아원을 탈출한 용운은 다시 거리를 떠돌았다. 그 무렵 가장

흔하던 직업 중의 하나가 넝마주이였다. 서울에만 해도 한 동네

에 하나씩은 있다시피 했다. 난지도의 쓰레기장에는 부랑인들

이 모인 넝마 막들이 헤아릴 수조차 없을 정도로 늘어서 있었다.

용운은 넝마주이 일을 하기로 했다.

종이 값이 똥값이라 하루 종일 뒤적이며 돌아다녀 봤자 입에 풀칠하기도 바빴다. 정당하게 작업해서는 먹고 살기가 아주 힘들었다. 적당한 물건만 눈에 띄면 사방을 살펴보다 얼른 바구니에 담고는 도망치곤 했다. 어떤 때는 하다못해 한약방 앞에서 말리는 감초 등을 집어 오기도 했고, 설거지하려고 내놓은 그릇이나 좌우간 푼돈이라도 될 만한 것은 마구잡이로 집어왔다.

용운은 그러지 않았다. 무슨 도덕군자라서가 아니라 잃어버린 사람의 마음이 얼마나 지랄 맞을지 짐작되기 때문이었다.

겨울이면 고기를 실컷 먹게 되었다. 병들어 죽은 개를 쓰레기장에서 주어다 푹 삶아 먹는 것이다. 혹한의 계절은 병들어 떠도는 짐승의 생명을 끊고 그 시체를 부패시키지는 않았다.

막 안에서 절대적인 힘을 행사하고 있었던 조 두목은 측근 몇 명을 위시해 수십 명의 넝마주이들을 거느리고, 그들이 주워 온 종이나 깡통 등을 저울로 달아 값을 쳐서는 한 달에 한 번씩 쇠푼을 주었다.

몸에 비해 큰 망태를 등에 지고 걷다 보면 저도 모르게 눈물이 흘러내렸다. 왜 고향을 떠나 엄마를 잃은 채 이 삭막한 타향 길을 걷고 있을까. 그러노라면 언제 어디서 누구에게 들었는지도 모를 이상한 노래가 용운의 입에서 새어 나오곤 했다.

타박 타박 타박네야 너 어드메 울고 가니
우리 엄마 무덤가에 젖 먹으러 찾아간다
물이 깊어 못 간단다 물 깊으면 헤엄치지
산이 높아 못 간단다 산 높으면 기어가지
명태 줄까 명태 싫다 가지 줄까 가지 싫다
우리 엄마 젖을 다오 우리 엄마 젖을 다오
우리 엄마 무덤가에 기어기어 와서 보니
빛깔 곱고 탐스러운 개똥참외 열렸길래
두 손으로 받쳐들고 정신없이 먹어보니
우리 엄마 살아생전 내게 주던 젖맛일세…

용운은 하염없이 흐르는 눈물을 멈추려고 푸른 하늘을 올려
다보곤 했다.

대바구니를 질 수 없는 아이들은 구걸을 해서 일꾼들을 먹여
살려야 했다. 꾼들은 간조를 타면 밥을 먹여 준 대가로 똘마니에
게 조금씩 떼어 용돈을 주곤 했다. 만일 맛있는 음식을 얻어
몰래 먹어 버리거나 제대로 달아 오지 못하면 사정없이 두드려
맞았다. 꾼들은 얻어 온 음식이 시원찮다 싶으면 아이들의 손톱
사이나 이빨에 뭐가 끼어 있나 검사를 했다. 그래서 만약 슬쩍
입가심을 했을 경우 아이들은 성냥개비로 손톱과 이빨 사이를
파내고 흙을 묻혀 표가 안 나게 해야 했다. 만약 걸리는 날엔

초주검이 되도록 두드려 맞았다.

막에서는 가끔 구역 시비로 싸움이 붙곤 했다. 주로 야밤에 상대편 막을 습격해 닥치는 대로 패고 부수었다. 한번 싸움이 붙었다 하면 꾼들이 평소에 차고 다니던 날선 갈쿠리로 사정없이 찍어 버렸다. 그런 와중에도 어린 걸똘마니들에겐 절대로 손을 대거나 상처를 입히지 않는 게 불문율로 정해져 있었다.

어느 날 대바구니를 들쳐 메고 가정집 앞의 쓰레기통을 뒤지는데 깨끗한 종이뭉치로 싸놓은 물건이 눈에 띄었다. 우선 얼른 집어 던져 넣고는 한적한 곳으로 가서 남의 눈을 피해 펼쳐 보니 금반지였다. 가슴이 펄떡거렸다. 주머니에 쑤셔넣고는 넝마 줍기고 뭐고 다 그만두고 막사로 돌아왔다. 막사에 도착한 용운은 아무에게도 말하지 않고 조장인 정필이 형에게 살짝 보여 주었다.

"와, 횡재수군! 꽤 나가겠는걸. 이따 저녁에 우리 둘이 종로에 나가서 팔자."

"예."

혼자 슬쩍 처분하면 목돈을 만질 수도 있겠지만 아직 그런 주변머리가 없었다.

저녁이 되자 용운은 정필이 형과 같이 종로로 나갔다. 금은방 주인이 그들을 한번 쓱 쳐다보더니 물건을 살피고는 잠깐 기다리라고 했다. 주인 옆에 있던 여직원이 돈이 모자라 가지러 간다더니 잠시 후에 경찰과 함께 왔다. 둘은 경찰서로 끌려갔다. 들어서자마자 경찰은 그들의 턱을 한 주먹씩 올리곤 다짜고짜 캐기 시작했다.

"개새끼들, 이거 어디서 훔친 거야?"

"우리 꼬마가 쓰레기통에서 주웠다면서 갖구 왔습디다."

정필이 말했다.

"뭐? 개새끼들 계속 오리발 내밀래? 야, 꼬마 니가 주웠다구?"

"예, 정말이에요."

"어디서?"

"쓰레기통요."

"개새끼가 누굴 약올리나! 임마, 누가 금반지를 쓰레기통에다 버리겠어, 응? 너 이리 따라와!"

경찰은 용운을 어두컴컴한 취조실로 데리고 들어갔다. 안에 들어서자마자 뒤따라 들어온 다른 경찰이 달려들어 손을 뒤쪽으로 돌려 밧줄로 묶더니 두 손목 가운데로 각목을 끼워 넣었다. 그러고는 양쪽 책상 사이에 걸쳐 놓았다.

"아앗!"

용운은 비명을 내질렀다. 어깨의 뼈마디가 빠지고 으스러지는 것 같았다.

"도둑놈의 새끼! 하루 종일 비행기태우기 전에 빨리 불어. 어디서 훔쳤어?"

"정말, 정말 주운 거예요."

용운은 떨면서 경찰이 들고 있는 주전자를 바라보았다.

"너 괜히 물 먹고 고생한 다음에 불지 말고 좋게 얘기할 때 말해라."

"아저씨, 정말이에요. 그곳에 가보면 알 거 아녜요?"

"요새낀 분명히 초짜가 아니야."

험상궂게 생긴 경찰이 용운의 머리털을 잡고 뒤로 젖히며 물었다.

"너 오늘 한번 죽어 봐라. 금반지 훔친 것을 솔직히 고백해. 그러면 잘 봐줄 테니 말이야."

"아저씨, 정말로 주운 게 틀림없어요…."

"요새끼가 자꾸 약 올리는군. 맛 좀 봐라."

물주전자를 들고 있던 경찰이 코에다 물을 붓기 시작했다. 용운은 숨이 막히고 정신이 몽롱해졌다. 난 결백하다. 그런데 왜 이럴까? 아무래도 범인을 잡기보다는 건수를 올리는 데 목적이 있는 것 같았다. 용운이 축 늘어지니까 경찰이 물 붓는 일을 중단하고 다시 물었다.

"맛이 어떠냐? 이제 바른 대로 말해, 어서!"

"바른 대로… 말할께요. 고무신, 그릇, 빨랫줄에 걸린 옷, 수없이 훔쳤어요…."

대바구니를 등에 메고 고물을 주우러 다니다 보면 헌 고무신이나 찌그러진 밥그릇, 넝마나 다름없이 떨어진 옷가지 따위가 눈에 띄었다. 용운은 그런 것을 집어야 할지 어쩔지 고민이었다.

특히 바구니가 텅 빈 채 하루 종일 돌아다닌 날은 갈등이 심했다. 그래도 남의 물건을 훔친 적은 없었다. 용운이 고문을 못 이기고 경찰 앞에서 그런 소리를 한 것은, 그런 어떤 기억들이 한 가닥 죄의식을 불러일으켰기 때문이었다.

"짜식이 진작 그렇게 나와야지. 그럼 금반지는 어디서 훔쳤어?"

"그건 정말 훔친 게 아니라 쓰레기통에서 주웠어요. 그 집에 가서 물어 보면 되잖아요."

"짜식이 아직 정신을 못 차렸구나. 좋아, 너 이 새끼, 만약 그 집에서 도난당했다고 하면 감옥 가는 줄 알아라."

"예."

용운은 아무리 배가 고파도 도둑질만은 하지 않았다. 예전에 엄마의 가르침이 있었기 때문이었다. 또한 언젠가 용운 자신이 무척 소중히 여기던 장난감을 잃어버려 무척 슬펐었고, 아직도 그걸 생각하면 가슴속이 허전해지기 때문이었다.

담당 경찰은 용운을 끌고 경찰서를 나와 물건 주운 곳으로 갔다. 붉은 벽돌집의 대문을 두드리자 얼굴이 투실투실한 아줌마가 나타났다.

"실례합니다, 경찰에서 나왔는데요. 혹시 금반지 잃어버린 적 있습니까?"

아줌마가 반색을 하며 허연 턱을 떨었다.

"예, 그렇잖아도 쓰레기통을 뒤지고 법석을 떨었는데…. 누가 주웠나요?"

"도둑맞은 게 아닙니까?"

"네, 제 아들 녀석이 장난치느라고 종이에 싸서 자기 방에 감춰 두었는데, 식모애가 방을 치우다가 모르고 쓰레기통에 함께 버렸다지 뭐예요."

경찰은 김이 팍 새는 모양이었다.

"그럼 반지 찾으러 천천히 서로 나오세요."

경찰서로 오는 도중 경찰이 용운의 뒤통수를 툭 치면서 말했다.

"꼬마 너 운 좋았다. 만약 금반지 주인이 도난당했다고 한마디만 했더라면 넌 감옥 가는 거야, 임마."

용운은 눈을 똑바로 뜨고 말없이 그를 노려보기만 했다. 아무리 힘겨워도 남의 것을 훔치는 짓은 하지 말자고 삶의 좌우명으로 여기며 사는데 도둑이라니! 이제 점점 넝마주이에 요령도 생겨서 앞날에 대한 소박한 희망도 지닐 수가 있었는데…. 모든 게 서글퍼졌다.

경찰서에 도착해서 피의자 조서를 받았다. 하지만 용운의 대답에 구체성이 별로 없을 뿐더러 그런 사소한 일로 소년원으로 보내기는 아무래도 어려웠던 모양이었다. 그런데도 그 경찰은 허탕친 노릇이 좀 분했던지 '부랑아 일제 단속기간'이란 점을 내세워 용운을 선감도 감화원으로 보내 버렸던 것이다.

지하감방의 어둠 속에서 용운은 원통한 마음을 못 이긴 나머지 거푸 한숨을 쉬었다.

그러자 퍼뜩 이런 생각도 들었다.

'나는 혹시 전혀 아무런 죄도 짓지 않은 착한 자인가? 사회가 아무리 잘못됐더라도 어쨌든 우리는, 나는 뭔가를 위반하지 않았을까? 내가 사소하게 생각한 것도 남에겐 귀중한, 큰일이었을 수도 있다… 차라리 죄가 있다고 생각하는 게 편하겠다. 지렁이를 밟아 죽인 죄… 나뭇가지를 꺾은 죄… 바람이 불 때 침을 뱉은 죄… 내가 모르지만 아마 내가 지은 죄가 있을 거야. 죄가 있기에 여기서 이런 고생을 겪고 있지 않을까?… 또한 아버지의 죄도 영광도 자식인 내게 지워진 게 아닐까?'

그는 표정을 잔뜩 찡그리며 씁쓸한 미소를 지었다. 고개를 세게 흔들었다. 그러더니 또다시 깊은 한숨을 쉬면서 중얼거렸다. 머릿속을 메아리처럼 맴도는 시구였다.

만일 사람들이 제정신을 잃고 네 탓이라 비난해도 냉정할 수 있다면,

사람들이 의심해도 자신을 믿고 그 의심마저 감싸 안을 수 있다면,

거짓에 속더라도 미움을 받더라도 되갚지 않는다면,

악한 자들이 왜곡해도 있는 그대로의 너를 받아들인다면,

이 세상의 모든 것은 네 것이 되고 그때 너는 비로소 하나의 어른이 되리라…

용운은 뒤척이다가 저도 모르는 새 잠이 들고 말았다.

그는 꿈을 꾸었다. 어슴푸레한 새벽 들판에 박꽃 누나가 등을 돌린 채 서 있었다. 용운이 큰 소리로 부르자 천천히 뒤돌아보았는데, 누나의 흰 얼굴엔 눈이 없었다. 용운의 가슴속엔 한없는 비애감이 일었다. 큰 소리로 부르며 뛰어갔지만 누나는 기다려주지 않고 걸음을 옮기기 시작했다. 문득 그 뒷모습에서 정다운 목소리가 들려왔는데 그건 엄마의 목소리처럼도 느껴졌다. 용운이 아무리 소리치며 달려가도 아득히 멀어져 갈 뿐 뒤돌아보지 않았다. 누나가 절룩절룩 걷는 속도보다 용운의 뜀박질이 훨씬 빠를 텐데도 이상스럽게 간격은 조금도 좁혀질 줄 몰랐다.

앞에 낭떠러지가 불쑥 나타난 건 그때였다. 용운은 그 자리에 얼어붙고 말았다. 걸어 보려 했지만 웬일인지 다리가 굳어 움직이지 않았다. 그런데 괴이하게도 박꽃 누나는 돌멩이를 하나씩 주워 주머니 속에 가득 채웠다. 그러더니 낭떠러지 앞의 허공을 그대로 걸어 물속으로 떨어지는 게 아닌가! 박꽃 누나는 물거품만 남긴 채 다시는 수면 위로 떠오르지 않았다. 돌멩이의 무게 때문이었으리라. 용운은 그 자리에 선 채 울고 또 울었다.

꿈의 장면이 바뀌더니 황량한 사막 위로 검은 라디오가 불쑥 튀어나왔다. 라디오는 피에로의 얼굴로 변하더니 괴이한 목청을 우렁우렁 울렸다.

"19년 동안 억울한 옥살이를 한 장발장을 아느냐? 그는 어린 조카들의 배고픔을 달래려다가 빵 한 조각을 훔쳐 20년간 감옥살이를 했다. 그러면서도 그는 억울한 처벌을 받은 존재가 아님을 속으로 인정했다. 도형장의 몽둥이질 아래서, 쇠사슬에 묶인 채 지하감방에서, 도형수의 초라한 침대 위에서, 그는 웅크린 채 깊이 생각했다. 치사한 짓을 저질렀음을 자신에게 고백했다.

배고파 훔친 빵… 만약 그가 간절히 부탁했다면 그 빵을 거절당했을까? 곧 죽을 만큼 배가 고프다는 건 변명일 뿐이다. 차라리 괴로운 노동을 택해야 했다. 비참하고 불쌍한 사람일지언정 사회 도덕의 멱살을 마구 움켜쥐면서 도둑질로써 고통을 벗어나려 한 건 미친 짓이 아니었을까?

자신의 죄를 인정하면서 그는 또 하늘을 향해 물었다.

'저를 파멸의 구렁텅이로 내동댕이친 그 사건에서 과연 저만 잘못을 범했을까요? 우선 일자리가 없었고, 가끔 변변찮은 일을 해도 제 입 하나만 해결하면 되는 게 아니었지요. 참새새끼 같은 조카들이 있었죠. 그리고 제가 빵을 훔쳤긴 해도, 잘못을 인정하고 뉘우쳤는데, 형벌이 너무 무거워 억울했습니다. 그 억울함을 못 견뎌 탈옥을 하긴 했지만요. 하지만 빵 하나 때문에 20년은 너무 무자비하잖아요. 우리 사회가 의식주를 분배함에 공정하지 않고, 가진 자는 더 많이 차지하고 가난한 자는 더욱 빈궁해져 결국 자살에 내몰려야 하는 악폐는 갈아엎어야 하는 게 아닌가 말이죠?'

그는 세상의 불의와 부정에 분노했다. 어떤 분노는 광적이고 부조리할 수 있다. 그리하여 누구든 미친 듯 화를 터트리기도 한다. 그런데 분개한다는 건 내심 어딘가에 옳은 측면이 있을 때만 가능한 것이다. 장발장은 스스로 분개하고 있음을 느꼈다. 사회는 자신에게 피해를 주기만 하고 뺏어가기만 했다. 그는 인간사회로부터 한 마디의 다정한 말도 듣지 못했고, 결국엔 처절한 생존경쟁에서 패배했다고 절감했다. 그는 자신에게 불행을 안겨 준 사회를 단죄하고 증오했다.

그렇게 오랜 세월 핍박당하고 고통당한 영혼은 시계추처럼 선과 악 쪽으로 번갈아 흔들렸다. 영혼 한쪽으로는 빛이 들어갔고 다른 한쪽으로는 어둠이 지배해 갔다. 그는 원래 천성이 악한 사람은 아니었다. 도형장에 처음 들어갔을 때만 해도 그는 선량한 마음을 속에 지니고 있었다. 하지만 그곳에서 온갖 괴로움을 당하면서 서서히 냉혹해져 갔던 것이다.

과연 인간은 선에서 악 쪽으로 극단적인 변모를 할 수 있는가? 착한 영혼이 주변 환경에 의해 악인으로 변형되기도 할까? 인간은 몹쓸 운명의 장난으로 인하여 추악해져야만 하는가? 지독한 압력에 눌리고 찌그러져 기형으로 변하고 결국 불구의 짐승이 되어야만 하는가? 인간 영혼 속에, 이 세상의 악에 부패하지 않고 영원한 빛처럼 반짝이며 한 송이 꽃으로 피어나 악을 향해 잔잔히 미소 지을 수 있는 신성한 요소는 없는 것일까?"

라디오는 찐빵 같은 하얀 민얼굴로 변하더니 사라져 버렸다.

밤새 다른 악몽에도 시달리곤 했으나 눈을 뜨니 내용은 흐릿해졌다. 외부에서는 아무런 기척이 없었고 음식물도 전혀 들어오지 않았다. 용운은 고무신에다 오줌을 받아 마셔야만 했다.

'아, 나는 왜 여기서 이러고 있어야 하는가?'

용운은 괴로워하며 이리저리 뒤척거렸다. 생각할수록 기구한 인생이었다.

뒷산에서 두견새 울음소리가 들려왔다. 그것은 구슬펐지만 평소처럼 한 맺힌 자신의 가슴을 긁어 올려 피를 토하는 듯한 소리는 아니었다. 어딘지 좀 겁에 질린 성싶은 어린 두견이의 울음이었다.

'고향의 천왕산에서 울곤 하던 뻐꾸기 울음소리가 그리워….'

용운은 중얼거렸다.

문득 어떤 특별한 기억이 그의 머릿속에 떠올랐다. 아버지에 대한 기억이었다.

두견새 울음소리가 귓가에 맴돌았지만, 암흑 속에서 공포에 시달리고 또한 극도로 굶주린 나머지 의식이 오락가락하는 상태였으므로 그게 환각인지 악몽인지 분간할 수가 없었다. 사실 그는 가수면 상태에 떨어져 있었다.

사람은 죽음에 맞닥뜨렸을 때에야 생명에 대해 애착을 갖게 된다. 그 전엔 허비하는 경우가 많다. 그걸 인식시켜 준 사람은 다름 아닌 아버지였다. 아버지는 30대 초반의 젊은이답지 않게 점술 따위의 미신을 신봉하는 좀 별스런 양반이었다.

아버지가 그렇게 된 원인은 그의 어머니 때문이었다고 한다. 할머니는 딸만 다섯을 내리 낳다가 겨우 아들을 얻었다. 아버지를 얻기 위한 할머니의 노력은 참으로 눈물겨웠다고 한다. 서낭당에서의 기도는 물론이고, 전국의 영험하다는 곳을 모두 찾아다니며 손이 발이 되게 빌어도 보았단다.

그러나 아무런 효험이 없자 할머니는 어떤 신흥종교 단체에 들어가 맹렬히 기도하기 시작했단다. "홈바리 홈바라 쿰…" 하면서 온종일 미친 듯이 읊조렸다. 그 신령한 효험 덕인지 어쩐지는 몰라도 할머니는 그렇게 해서 아들을 얻게 되면서 자신의 신앙에 광적인 신념이 붙게 되었다. 그러다 보니 집에 무슨 일이 생길라치면 먼저 회당을 찾았고, 손수 마당에 바가지를 엎고 칼을 꽂은 다음 끓는 물을 뿌리며 악귀를 쫓기도 했던 것이다.

"너는 아로아 천왕님이 내려 주신 귀한 애란다. 암, 귀하구말구."

늘 그런 소리를 들으며 자란 아버지고 보니 정상적인 생각을 지닐 수 없었던 모양이다. 늘 할머니의 손을 빌리다 보니 오줌을 눌 때도 제 손으로 바지를 내리지 못하고 징징 울었다고 한다. 밥도 떠먹여 줘야 했고, 연날리기나 팽이치기 등 즐거운 놀이도 스스로 하진 못하고 할머니가 대신 해주는 것을 보며 바보처럼 히히 웃기만 했다는 것이었다.

훗날 할머니와 엄마에게 그런 이야기를 들을 때마다 용운은 자신은 결코 그렇게 하지 않으리라고 다짐했다.

용운은 고향의 푸른 하늘 아래서 황토 흙과 싱그러운 풀꽃의 향기를 맡으며 뛰어다녔다.

전쟁이 끝난 지 얼마 안 되던 때였지만 그곳에서의 유년은 그런대로 행복한 편이었다. 누구나와 마찬가지로 어린애들이란 진종일 마을을 들쑤시고 다니며 노는 게 전부였으니까.

아버지는 노름방에서 살다시피 했다. 그러다가 밑천이 떨어지면 조상이 물려준 땅을 팔아 다시 노름판에 끼여 앉는 것이지만 그 돈 역시 며칠을 못 넘기고 날려 버리기 일쑤였다.

엄마의 얼굴엔 한시도 수심의 그림자가 걷힐 날이 없었다. 당장 생계가 막막한 노릇이었다. 한데도 아버지의 노름은 변함이 없었다. 변하기는커녕 그 일로 끝장을 보고 말겠다는 듯 아예 노름방에서 죽쳤다. 결국 생계비 걱정까지도 엄마 몫이 될 수밖에 없었다.

엄마가 처음 구한 일자리는 삼 껍질을 벗기는 일이었다. 공터에다 삶은 삼나무를 쏟아 놓으면 손으로 그 껍질을 벗기는 일이었다.

아버지의 병은 그 즈음부터 생겼다. 어느 날 아버지는 전에 없이 피곤한 기색을 하고 노름방에서 돌아왔다.

"그렇잖아도 힘이 드는데 한여름에 고뿔 감기가 뭐야! 미치겠군."

아버지는 가래 끓는 소리로 뇌까리며 자리에 누웠다. 허풍스런 신음에 식은땀까지 흘렸다. 엄마가 약국에 가서 감기약을 지어 왔다. 하지만 증세는 쉽게 가라앉지 않았다. 얼마 후엔 가슴이 아프다고 신음하더니 급기야 각혈을 했다.

"쯧쯧! 이 지경이 되도록… 하기야 폐병이 몸을 속이고 여간 까다롭잖지."

불러온 의원이 난처하게 입맛을 다시며 말했다.

당시의 의학 수준으로 보아 아버지의 병은 절망적이었다. 아버지는 부적을 받아오라고 명령했다. 엄마는 부적을 받아 와서 아버지의 베개 밑에 넣어 놓았다. 그러는 한편 엄마 나름대로 민간요법에 한 가닥 희망을 걸고 뛰어다녔다.

우선 수난을 당한 건 뱀이었다. 뱀이 폐결핵에 특효라는 얘기를 들은 엄마는 날만 새면 자루와 막대기를 들고 산을 헤매었다. 절박감 때문일까, 어머니는 구렁이며 꽃뱀 따위를 적잖이 잡아들였고 그 뱀들은 곧바로 약탕관으로 들어가 꿈틀거리다가 죽었다.

그러나 수십 마리의 뱀을 먹고 부적을 썼음에도 아버지의 병은 전혀 차도가 없었다. 그래도 엄마는 포기하지 않았다. 그러면 그럴수록 신묘한 비약을 수소문하러 다녔다.

그런 어느 날 한 노신사가 집으로 찾아왔다. 깔끔한 양복 차림에 손엔 표지가 붉은 책을 들고 있었다. 그는 툇마루에 걸터앉으며 중얼거렸다.

"허! 맑고 밝은 하늘에 저 먹구름 한 점이 웬일인고?"

마당에서 약을 달이고 있던 엄마는 눈을 동그랗게 뜨며 그를 보았다.

"동지섣달 센바람도 삼월 봄바람도 아무 효과가 없구나!"

엄마가 다급히 물었다.

"저, 어디서 오신 누구신가요?"

"허허, 어디서 온들 무슨 대수겠소. 그나저나 물이나 한 그릇 주면 고맙겠소이다만….."

엄마는 부리나케 샘으로 달려가 생수 한 대접을 떠 왔다.

"음, 시원하군."

"저, 좀 전에 하신 말씀은 무슨….."

"아, 그건 나도 모르게 튀어나온 하늘의 계시요."

노신사는 그러면서 천천히 물 마시는 여유를 부렸다.

그때였다. 처음부터 듣고 있었는지 아버지가 갑자기 방문을 열고 해골만 남은 얼굴을 내밀었다.

"이, 이보시유. 선생은 저를 살려 주실라구 하늘이 보내신 분이 맞지요? 저도 알아요."

"원, 별말씀을. 저 같은 자가 무슨 힘으로….."

"아, 부탁합니다. 제발….."

지푸라기라도 잡으려는 필사적인 몸부림이었다. 부부는 한 몸이랄까, 엄마도 마찬가지였다.

"제발 저희를 살려 주시는 셈치고 방도가 있으면 알려 주십시오. 그 은혜 잊지 않겠습니다."

"허, 사정이 딱한 줄 짐작하지만, 인간사 길흉화복을 어떡한 단 말이오. 기도를 드려보는 게 좋을 게요."

노신사는 슬그머니 일어서려는 동작을 취했다. 아버지는 다급히 소리쳤다.

"오오, 천사님! 다 죽어가는 사람을 보구 어떻게 그냥 가실라구 하십니까?"

"허, 이것 참…."

노신사는 난처한 안색으로 입맛을 다셨다. 그러더니 곧 음성을 중후하게 바꿔 중얼거렸다.

"허허 참, 냉수 한 사발로 천기를 누설할 수도 없고…."

엄마는 방으로 들어가 꼬깃꼬깃 감춰두었던 지폐 몇 장을 꺼내 와 노신사의 손에 쥐어 주었다.

"허허, 이거 이러자는 소리가 아닌데… 아무튼 죽고 살고는 둘째 치고 한 가지 물어나 봅시다. 사주가 어떻게 되오?"

"사주라고요?"

"그렇소."

"예. 호랭이띠입니다."

"호랭이라…."

"네, 팔월 한여름에 났습니다."

"흠, 더위 먹은 호랭이라… 그랬군, 그랬어. 내 예감이 틀림없었군."

한동안 손가락으로 육갑을 짚어 가던 노신사는 잔뜩 굳은 얼굴로 신음하듯 뇌까렸다.

"그, 그럼 어떻게 되는 건가요?"

아버지가 되물었지만, 노신사는 계속 침묵할 뿐 더 이상 대꾸가 없었다. 엄마가 다시 몇 푼인가를 더 꺼내 주며 말했다.

"무슨 말씀을 하셔도 놀라지 않을 테니 제발 말씀해 주세요. 그게 어쨌다는 건가요?"

노신사는 비로소 결심한 듯 고개를 들었다.

"내 말을 잘 들으시오. 나는 지금 당신들의 절실한 간청에 감복하여 감히 신명을 어기고자 하는 바이오. 그에 따른 심정의 고통이 엄청나다 해도 나를 원망치 마시오. 알겠소?"

"네, 여부가 있나요. 어서 말씀하세요."

노신사는 헛기침으로 목청을 한번 울리고 나서 말을 이었다.

"아까 이 집 앞을 지날 때였소이다. 문득 웬 서늘한 기운 한 줄기가 내 이마를 타고 지나가지 뭐겠소? 급히 하늘을 올려다보았더니, 웬 시커먼 먹구름 한 덩어리가 지붕 위에 머물러 있었소이다."

엄마가 흠칫 놀라 지붕 위를 올려다보았다.

"쯧, 그게 아무 눈에나 보이겠소?… 헌데 놀라지 마시오. 그 먹구름을 자세히 본즉 그건 다름 아닌 바로 독거미 떼의 운기더라 이 말이오."

"뭐라구요?"

"커다란 독거미 떼가 서로 엉켜 있는 형상의 운기… 독거미가 늙은 호랭이를 파먹는 거외다."

엄마의 안색이 백짓장처럼 핼쑥해져 갔다. 반면 아버지의 얼굴은 불그죽죽해졌다.

"헌데 그 수가 매년 한 마리씩 늘어나는 형세로 보아 이는 필시 나이를 가리킴이 분명한 터이오. 혹시 댁네 중에 현재 일곱 수의 아이는 없는지?"

"저 우리 용운이가 일곱 살인데…."

"음… 내 그럴 줄 알았지. 저 애가 태어난 건 언제요?"

"늦여름날…."

"흠, 독거미가 가장 왕성하게 활동할 때로군. 바로 저 애요."

"뭐라구요?"

"저 애가 바로 먼 조상의 업보를 받아 독거미의 살을 품고 태어났다는 거요. 지붕 위의 살기도 저 애한테서 뿜어 나오는 것이고, 또한 그게 저 양반의 기혈을 빼는 중이라 이 말이외다."

엄마는 소스라치게 놀랐다.

"으으…."

방 안의 아버지가 힘겹게 지탱하던 상체를 이불 위로 무너뜨리며 폐부 깊숙이에서 무거운 신음을 토해냈다.

"허! 두렵고도 두렵도다…."

노신사의 탄식이 꼬리를 길게 끌었다. 넋 나간 듯 서 있던 엄마가 떨리는 목소리로 물었다.

"그, 그럼 이제 우리는 어, 어떻게 해야 하는 건가요?"

"어떡하긴… 호랭이와 독거미 중 한쪽이 죽어야만 다른 한쪽이 살지."

아! 그 황당무계한 소리… 부모와 자식의 관계야 어찌 되건 말건, 한 가정의 운명이야 어찌 되건 말건, 그 터무니없는 괴담을 눈 하나 깜짝 않고 내뱉을 수 있는 마음보는 과연 어디서 온 것일까? 정말 자기의 지혜와 철학에 그만큼 자신이 있어서였을까? 대체 어떤 무엇이 그런 황당무계한 철학에 그토록 자신감을 갖게 한 것일까?

어쨌건 그날부터 용운은 아버지로부터 느닷없이 미움의 세례를 받아야 했다. 그건 살의까지 엿보이는 행동이었다.

다음날 학교 공부를 마치고 돌아오자 부엌에 있던 엄마는 그늘이 짙게 드리운 눈으로 용운을 뚫어지게 바라보기만 했다.

"엄마, 왜 그렇게 쳐다봐?"

"아, 아니다. 어서 들어가 밥 먹어라. 배고프겠다."

엄마는 비로소 정신이 든 듯 밥상을 차렸다.

아버지의 표정은 더욱 괴이쩍었다. 엄마가 부축을 하고 미음을 떠 넣으려는 데도 입은 안 벌리고 계속 밥상 앞의 용운만을 노려보았던 것이다.

"좀 드세요."

엄마가 나직이 말하는 그 순간이었다.

"에잇, 저 쌍노무 새끼!"

쇠약한 아버지가 믿기지 않는 동작으로 미음 그릇을 낚아채 용운에게 내던졌다.

"엄마!"

용운은 기겁을 하고 구석으로 피했다. 벽을 맞고 박살난 그릇 조각과 미음이 얼굴을 따갑게 때렸다.

"아니, 용운 아버지! 왜 그래요, 정말 미쳤어요?"

"왜라니? 임자두 듣잖았어? 저건 내 피를 빠는 요물이지 자식 새끼가 아니라지 않데?"

아버지는 가래 끓는 소리를 그르렁대며 씨근거렸다. 충혈된 붉은 눈에서 살기가 무섭게 뻗쳐 나왔다.

"분명히 알지도 못하면서 애 죽이려고 그래요? 쟤가 왜 요물 이에요? 쟤는 당신 자식이에요!"

"뭐가 어째? 저 쌍간나 좀 보라니! 도사님 얘기를 빤히 듣구서 두 지 새끼 감싸고도는 걸 보니 저년두 똑같은 마귀 아니냐?"

"왜, 내 말이 틀렸어요? 그 사람이 도산지 알 게 뭐냔 말예요."

"이 정신빠진 년아! 그 도사님이 우리랑 무슨 웬수가 졌다구 근거도 없는 소리를 하겠어? 좀 생각해 봐!"

"사람이 무슨 소린들 못해요? 그리고 그분이 진짜 도사라고 쳐요. 그렇다고 그 말이 꼭 맞는다는 보장도 없잖아요."

엄마도 지지 않고 대들었다. 물론 엄마도 괴신사에게서 받은 충격이 작진 않았겠지만 모성의 본능이 그것을 훨씬 능가했던 모양이었다.

하지만 당사자인 아버지는 달랐다. 한창 젊은 나이로 비명횡사하게 될 자신의 팔자가 믿기지 않는 듯, 그 후부터 용운이 눈에 띄기만 하면 독기를 품고 이를 갈았다. 손에 잡히는 대로 집어던졌다. 그 허약한 몸에 완력이 존재한다는 게 기이할 만큼 무서운 증오심의 발로였다. 간혹 이웃 사람이 알고 와서 아버지를 설득하기도 했다.

"이봐, 도대체 왜 그러나? 지금이 어떤 세상인데 그깟 미신에 현혹돼 자식 새끼까지 몰라보냐구?"

하지만 자기 발등에 불이 떨어진 아버지에게 그 말이 통할 리가 없었다.

"자꾸 미신 미신하는데 그건 몰라서 하는 소리야. 인류의 지혜가 들어 있단 말이야. 헛소리 하려거든 썩 꺼지라구!"

그런 아버지로 인하여 집안은 점점 지옥이 되어 가고 있었다. 그에게 용운은 이미 자식이 아니었다. 엄마가 있다면 모를까, 아버지만 있는 방에 들어간다는 건 죽기보다 싫은 일이었다.

얼마 후 그 노신사가 건들거리며 다시 방문했다. 그는 마루에 걸터앉아 물 한 그릇을 청해 받아 마시더니 퍽이나 진지하게 말을 꺼냈다.

"인생만사 길흉화복은 인간의 힘만으로는 어쩔 수가 없는 일이오. 우리는 겸손한 마음가짐으로 천상의 주님께 기도함으로써만 구원을 얻을 수가 있소이다."

"예수교에서 나오셨습니까?"

엄마가 조심스럽게 물었다. 그러자 노신사는 고개를 세게 저었다.

"아니오. 예수교는 이미 본토인 서양에서는 사양길에 접어들고 있어요. 미국만 해도 지성적인 교인들은 어떤 허망감을 느끼곤 점점 등을 돌리고 있단 말씀이오. 우리는 참된 구원의 진리는 서양에 있지 않으므로 새하늘을 열어 나가자고 강조하외다. 그렇다고 동양의 낡고 닳은 하늘에 기대어 볼 수도 없는 게 현실이오. 그리하여 동양이니 서양이니 하는 낡은 반쪽짜리 하늘을 초월하여 새하늘의 빛을 모시고 신앙하는 것입니다."

노신사는 잠시 말을 멈추고 엄마와 아버지의 표정을 힐끗 살펴보더니 엄숙하게 읊조렸다.

청산靑山에 자라나는 생명나무의 씨알을 갈구하는 형제 자매들이여!

이제 마음의 눈을 뜨라. 허울뿐인 진리라는 미명 하에 스스로 구속당했던 과거의 종교 율법의 쇠사슬을 끊고 새로운 마음으로 태어나라.

이제껏 천상 세계에서 이 땅을 굽어 살피시며 역사하시던 천령이 진실한 성전인 인간의 육신에 친히 거하셨다. 만물을 창조하신 하느님의 형상대로 지어진 새로운 인간, 즉 신인神人이 탄생하려는 순간이 도래했도다. 하느님의 형상대로 인간은 성장해야 한다. 그리하여 하느님은 이제 그의 아들딸을 통해 만물을 그 앞에 복종케 하시고, 그 아들딸을 비롯한 만물 속에 거하려 하도다.

창조와 진화의 종점은 현재의 인생이 아니다. 원숭이로부터 인간이란 새로운 종족이 진화했듯 죄와 사망을 초극한 인신이 탄생한다. 실로 경이롭게도 성스러운 몸으로 변신한 초인의 등장이로다! 인간이 영혼의 실재와 만나 영생의 존재로 도약하는 위대한 재창조 앞에 우리는 서 있는 것이다. 하늘에 거하는 신이 아니라 지상에서 성소를 찾은 신이 탄생하는 순간이다. 바야흐로 영혼의 실재와 만나 껍질을 벗고 우화등선하여 그대들도 모두 새로운 신인으로 탄생하라!

노신사의 눈은 이상야릇한 빛을 내며 희번득거렸다.

"지난번에 좋은 방도를 물으셨지요. 제가 새 빛의 영험이 깃든 주문을 알려 드릴 테니, 아침저녁으로 지극정성 암송하면 효험이 있을 터입니다. '훔! 알라미 살라미 훔!' 자, 엄숙한 마음으로 따라해 보세요!"

엄마가 먼저 어색한 발음으로 주문을 외자 뒤따라 아버지도 기운을 내어 훔! 훔! 하고 읊조렸다.

"모든 근심 걱정을 버리고 하나 된 마음으로 기도하기 바랍니다. 그리고 읍내 삼거리에 새하늘 회당이 있으니 직접 나와서 교인들과 함께 기도하면 효험이 백배 천배가 될 터이니 꼭 나오세요."

노신사는 팸플릿 한 장을 마루에 놓고는 홀연히 일어나 사립 문을 나가 버렸다.

집에서 이른 새벽에 정한수를 떠 놓고 앉아 열심히 기도를 하던 엄마는 언제부턴가 어딘지 좀 변한 듯하더니 읍내의 회당으로 뻔질나게 나다니기 시작했다. 헌 하늘의 악귀들을 쫓아 보내고 새하늘의 빛을 세례 받는 의식이라면서 집에서 음식을 장만하여 큰 잔치를 벌였다.

아버지가 노름으로 많은 재산을 잃어버렸긴 해도 그때까진 아직 밥걱정은 없는 집안 살림이었는데 엄마가 회당에 나간 뒤로 살림살이가 점점 궁색해져 갔다. 아마도 지극정성뿐만 아니라 돈이나 금반지, 옥비녀, 시계 같은 것도 회당에 갖다 바쳐야 하는 모양이었다. 엄마의 손과 머리에서 그런 물건들이 하나하나 사라져 갔다. 차츰 용운의 학용품을 준비하는 것도 어려워지더니 밥상에도 궁기가 끼었다. 그래도 엄마는 아무런 걱정도 안 되는지 헬쑥한 얼굴에 눈만 무섭게 야릇한 빛을 내면서 교당엘 나다녔다.

그리하여 신앙과 생계 문제로 동분서주해야 하는 엄마로서는 아버지의 폭력으로부터 용운을 지키고 있을 수 없는 노릇이었다. 용운은 학교를 마치고 돌아와도 편안히 몸 둘 곳이 없었다. 그저 살금살금 부엌으로 들어가 밥 한술 떠먹고는 이리저리 마을을 배회하는 것만이 유일한 일과처럼 돼 버렸다. 그러다가 엄마가 돌아와야만 비로소 따라 들어가 병아리처럼 품속을 파고들었던 것이다.

어느 날 새벽, 곤히 자고 있던 어린 용운은 갑자기 숨통이 조여드는 고통에 퍼뜩 눈을 떴다.

"헉!"

그건 아버지였다. 쇠진한 기력을 다 모아 일어난 아버지가 굵은 새끼줄을 용운의 목에 걸고 사력을 다해 잡아당기는 순간이었다. 정신이 아득했지만 꿈이 아니라 실제 상황이었다.

아! 아버지의 무서운 표정에서 어떤 희망을 기대하긴 어렵다고 느낀 순간, 그리고 무엇보다도 구해 줄 어머니가 옆에 없다고 느낀 순간 용운은 온힘을 다해 아버지를 밀쳤다.

"쌍노무 새끼!"

아버지는 으드득 이를 갈고 가쁜 숨을 몰아쉬며 씩씩거렸다. 무위로 끝난 결행이 못내 원통한 모양이었다.

"허잇! 무식한 도깨비는 부적도 안 통한다더니 이 웬수 놈이…."

"아버지, 제발 정신 좀 차리세요."

용운은 울먹거리며 말했다.

"뭐라구? 이놈!"

아버지는 벽 한구석에서 웅얼거렸다. 잠시 후 아버지가 야릇한 소리를 뇌까렸다.

"아, 아니 저, 저건…."

아버지는 갑자기 벽 한쪽을 가리키며 이해 못할 괴성을 지르기 시작했다. 무섭도록 겁에 질린 표정이었다.

"에구에구, 저 저기 커다란 독거미가 슬슬 벽을 타구 기어오르네, 에구…."

"어이, 왜 그래? 이봐, 정신 차려, 정신!"

마을의 어떤 아저씨가 문을 벌컥 열고 들어서며 말했다. 아버지는 그를 멍하니 바라보며 중얼댔다.

"너, 너는 저게 안 뵌단 말이여? 저 독거미가 나를 할꼼할꼼 보면서 스르륵 기어오를라 하네. 에구에구…."

"이거 큰일났군. 용운이 너 밖에 나가 후딱 냉수 한 그릇 떠오너라."

용운이 황급히 뛰어나가자 언제 모여들었는지 동네 사람들이 마당에서 웅성거리고 있었다.

"쯧쯧! 죽을 때가 되니 눈에 헛것까장 씌었구먼 그랴."

"사내고 지집이고 사이비 종교에 미쳐서 저 꼴이지 뭐."

"그놈의 새하늘곤지 뭔지 들어와서 수많은 사람이 재산 잃고 가정까지 깨진다잖아."

"누가 아니래요? 미련하게 천국 찾다가 지옥 길 찾아가도 유분수죠."

그날부터 용운은 이웃집을 돌며 동냥 잠을 자야 하는 신세가 되었다. 사정을 잘 아는 이웃들이기에 잠은 어렵지 않았지만 문제는 공포감이었다. 그 일이 있은 후 용운은 극심한 공포증에 걸려 사립문이 살짝 흔들리는 소리만 나도 아버지의 사주를 받은 누가 죽이러 온 게 아닌가 싶어 심장이 얼어붙었다. 시시각각이 긴장의 연속이었다. 밤마다 아버지에게 쫓겨 다니다가 낭떠러지로 굴러 떨어지는 꿈을 꾸었지만 그건 꿈이 아니라 현실이기도 했다.

그런 사건이 있은 지 얼마 후 용운은 엄마 손에 끌려 서울역으로 갔던 것이었다. 거지가 되어 차가운 객지의 밤거리를 방황할 때나 몸이 아파 앞길이 막막할 때, 용운은 고향의 푸른 산과 진달래꽃 그리고 엄마를 생각해 보곤 했다.

엄마는 지금 어디서 무얼 하고 있을까? 나처럼 이렇게 가슴 아파하고 있을까?

고향을 찾아가고 싶어도 마을의 모습만 눈앞에 아른거릴 뿐 그곳으로 가는 길은 까마득하기만 했다. 그런 엉터리 사이비 종교의 꾐만 아니었더라면 지금 이런 꼴로 고생하진 않겠지.

다리 밑이나 남의 집 처마 밑에 웅크려 그런 쓸쓸한 공상에 빠져들다 보면 그 능글맞은 노신사가 죽이고 싶도록 미웠다. 칼로 푹 쑤셔 그의 붉은 피를 머리에 뒤집어쓰면 괴로운 갈증이 좀 가실 것만 같았다. 그런 늙은 여우의 꾐에 빠져 어린 자식을 내다 버린 엄마마저도 원망스러웠다.

그러나 결국엔 자신의 삶도 엄마의 인생도 불쌍하고 안타까워져서 용운은 눈물을 글썽거리고 마는 것이었다.

성황당

꼬박 사흘이 지난 후에야 용운은 지하 감방에서 풀려 나올 수 있었다.

그 사흘은 용운의 의식 속에서는 몇 달이나 혹은 몇 년이 훌쩍 흐른 듯이 여겨졌다. 의식의 어느 구석에 구겨 박혀 정지돼 있던 시간의 나이테가 풀려 그런 혼란을 일으키는가 보았다.

암담한 나날의 연속이었지만 세월은 유수처럼 흘렀다. 선감 원에 수용된 지도 까마득하게만 느껴졌다. 그 순간순간엔 괴롭고 지루하던 시간들이 모이고 모여 어느덧 1년, 2년, 3년…이란 세월이 속절없이 흘러가고 있었다.

용운은 늙은이처럼 한숨을 쉬며 눈을 지그시 감더니 뭔지 속삭이듯 읊조렸다.

만일 기다리면서도 기다림에 지치지 않고

거짓에 속더라도 되갚지 않고

미움을 받더라도 갚지 않는다면

꿈을 꾸되 꿈의 노예가 되지 않고

있는 그대로의 너를 받아들이고 채울 수 있다면

그때 비로소 하나의 어른이 되리라…

그건 피에로가 때때로 중얼거리곤 하던 정글북의 서시序詩였다. 복사꽃이 한 잎 두 잎 떨어져 날리던 날이었다.

경찰 두 명이 배를 타고 선감도로 들어왔다. 그들은 곧장 선감학원의 본관으로 들어가더니 얼마 후 원장을 비롯한 지도부장 선생들과 함께 나와 마을 이장 집으로 갔다.

용운은 소문을 듣고 대충 알았다. 나중에 알려진 바에 의하면, 그들은 이장과 함께 오랫동안 의논을 했다고 한다. 경찰이 누런 봉투 속에서 공문을 꺼내 이장에게 보여 주었다. 안건은 '미신 타파를 위한 성황당 철거'였다. 그 내용은 이를테면 건전한 정신 생활문화를 조성하기 위하여 성황당을 헐어 없애고 성황목을 베어내며 무당업을 엄중 단속한다는 것이었다. 들일을 나갔던 주민들도 몇 사람 참석하여 설왕설래가 벌어졌으나 결국 '혁명 정신을 고취하고 새마음 운동을 전국적으로 펼치기 위한 중요 사업이므로 아무도 방해할 수 없다'라고 하는 방침에 따라 실시하기로 결정되었다.

각 반에서 인원이 차출되어 작업조가 꾸려졌다. 용운도 그 속에 끼여 있었다. 보리밭 둑길을 걷고 있을 때였다.

문득 백곰이 슬쩍 다가오더니 빙긋 웃으며 작게 접은 쪽지 하나를 내밀었다.

"또 누나에게 갖다 주라구요?"

용운은 좀 찌푸린 표정으로 물었다.

"아냐, 나중에 너 혼자 읽어 봐."

"예?"

용운은 백곰을 쳐다보며 고개를 갸웃거렸다.

"너 그동안 나 때문에 수고했지?"

"예?"

"아무튼 미안해. 나도 그런 생각이 들긴 했지만 이곳이 워낙 그렇고 그런 곳이다 보니…."

"…"

용운은 묵묵히 백곰의 눈을 바라보다가 슬쩍 외면해 버렸다.

"그건 그렇고, 너 이젠 엄마 찾는 걸 포기했나?"

백곰이 느닷없이 물었다.

"예?"

"짜식아, 그동안 엄마 찾으려고 탈출이니 뭐니 별 지랄 다 했잖아."

"…"

"사내자식이 결심을 했으면 떫은 감이라도 씹어 삼켜야지, 응? 소원을 이루길 바란다."

"예?"

"쪽지 잘 읽어 봐."

백곰은 다시 씩 웃곤 스쳐가 버렸다.

용운은 궁금증을 못 이겨 뒤로 슬쩍 처져 걸으며 쪽지를 폈다. 거긴 의외의 내용이 깨알같이 적혀 있었다.

아마 내가 주는 마지막 선물이 될지도 모르겠군.

누구나 탈출 때 곧장 마산포까지 헤엄칠 생각만 하는데 그건 자살골이나 마찬가지야. 마을 어부들 외엔 비밀이지만, 한 달에 한 번쯤 헤엄을 안 치고도 건널 수 있는 시간이 있어. 바로 사리 때인 초이렛날 새벽 세 시 쯤이다.

물이 빠지면 마산포로 향하지 말고 털미 쪽으로 가야 한다. 물이 다 빠져 뻘 속을 걸을 수가 있으니까. 이어 털미에서 또 어도로 가야 하는데 그게 문제다. 털미에서 어도까지는 황새울에 물이 흐르고 있는데 폭이 무척 넓 어. 그러니 아래쪽으로 돌아 넓게 원을 그리면서 서너 시간 걸으면 황새 울이 차츰 얕아져서 건너가게 돼. 그러다 보면 마산포로 가기 전에 다시 물이 들어온다. 거기서 더 가지 말고 어도에 숨어서 기다렸다가 기회를 보아 물이 얕고 잔잔해지면 전속력으로 건너야 한다. 그럼 성공을 빌게.

추신; 정보를 입수한 지는 제법 되었다. 그런데 내가 왜 탈출하지 않았
는지 궁금하겠지? 반장질 해먹는 재미 때문이었다고 해두자. 이제부턴
어떻게 될지 모르겠다. 만약 무슨 일이 생긴다면 네가 기회 되는 대로
그 누나를 잘 좀 살펴 주길…

용운은 혹시 백곰이 자기를 궁지에 몰아넣어 죽이기 위해 술수
를 쓸지도 모른다고 생각하곤 조심하기로 했다. 하지만 왜? 내
마음이 사악하니 이런 의심마저 드는구나 싶어 부끄럽기도 했다.
그는 정말 반장질 해먹는 재미 때문에 탈출하지 않았을까? 하지
만 이젠 반장도 아니고 원장과 사감 선생들의 눈총을 받고 있는
신세가 아닌가. 그렇다면? 혹시 박꽃 누나 때문에 차마 나가지
못하는 게 아닐까, 하는 생각이 들었다. 그런데 그자가… 무슨
일이 있으면 누나를 보살펴 주길 바란다니 대체 무슨 소릴까?
용운은 혼란스런 머리로 골똘히 생각에 잠겼다. 그때 갑자기
바로 뒤에서 작게 키득거리는 소리가 났다. 용운은 깜짝 놀라
고개를 돌렸다. 그 순간 똥파리라고 불리는 아이가 잽싸게 쪽지
를 낚아채더니 멀찍이 달아나며 혀를 쏙 내밀어 보였다. 하는
짓이 지저분하고 추근추근해서 똥파리에 거머리까지 별명이 두
개인 유일한 놈이었다. 그는 슬슬 옆걸음질을 치면서 쪽지의
내용을 읽어 보았다.
"흐흥, 아까부터 뭔가 냄새가 나서 사르르 뒤따랐더니 건데기

가 있긴 있었군."

"야, 그것 이리 내놔."

용운은 목소리를 낮춰 말하며 쫓아갔다.

"일급 비밀문서를 맨입에 그냥 내놓으라구? 자식이 염치도 없군."

"그럼 어쩌라구?"

"뭘 어째 어쩌긴. 다 니가 하기 나름이지. 헤헤."

"뭘 원하는 거지? 난 가진 게 없어."

"없긴 왜 없어, 이 멍청아. 밥도 있고 빵도 있잖아. 그리고 일을 대신해 줄 수도 있고… 헤헤, 아마 찾아보면 더 있을 거야."

"그럼 매일 배급받은 빵을 줄게. 그걸 돌려주고 꼭 비밀을 지켜."

"헤헤, 이제야 좀 알아듣는군. 이 쪽지는 내가 나중에 변소에 가서 찢어 버릴 테니까 걱정을 말어."

그렇게 해서 좀 불안스럽지만 비밀계약이 성립되었다. 용운은 한편으론 그러고 싶지 않았지만 백곰에게 피해가 갈까 봐 어쩔 수가 없었으며, 자기 자신도 이미 찍힌 몸이라 두렵긴 마찬가지였다.

선착장에서 마을 입구로 들어가다가 당산으로 빠지는 기슭에 성황당과 성황나무가 서 있었다. 오래된 성황당은 낡아서 쓰러질 듯했으나 그 속에 신령한 기운이 감돌았다. 대대로 마을의 안녕을 빌고 조상의 은덕에 감사하며 집안의 행복을 기원하던 성황나무엔 붉고 흰 헝겊 조각이 걸렸고 그 옆엔 돌무더기가 탑처럼 높게 쌓여 있었다.

작업조는 먼저 그 돌탑부터 허물어 냈다. 긴 세월 한 개 한 개 소망을 담아 쌓아올렸던 탑이 한꺼번에 우르르 무너져 내리는 꼴을 마을 사람들은 멀찍이서 애잔한 눈으로 바라보았다. 이어 성황당의 문짝을 떼어내고 황토벽을 허물었다. 제단에 놓여 있던 신불상神佛像과 퇴색한 탱화, 제기, 종이꽃 따위를 끄집어내어 불태웠다.

불길이 활활 솟구쳐 오르고 있을 때였다. 마을 구석의 샛길 쪽에서 어느 늙수그레한 여인이 소리를 지르며 달려오고 있었다. 그 뒤엔 흰 옷을 입은 젊은 여자가 절뚝거리며 따라왔다.

"아, 누나!…"

용운은 입속으로 중얼거렸다. 늙은 여인은 헝클어진 반백의 머리카락이 어지러운 이마에 주홍색 띠를 두르고 있었는데 첫눈에 봐도 병색이 완연했다. 그래도 그녀는 타오르는 불꽃보다 더 붉게 충혈된 두 눈을 이글거리며 외쳤다.

"천벌을 받으려고 이런 짓을 하는 거야! 제발 그만둬!"

그녀는 허물어져 버린 성황당을 쳐다보며 통곡을 내뿜더니 곧 눈길을 돌려 불길 속에서 일그러져 가는 신불상을 구하기 위해 불속으로 뛰어들려 했다. 톱으로 성황나무를 베던 원생들도 잠시 손을 놓고 바라보았다.

"저까짓 게 뭐가 중요하다고 그러쇼? 낡은 것은 다 태워 버리고 새로운 마음으로 새마을을 건설해야 한단 말이오!"

왕거미 사장이 늙은 여인을 휙 밀쳐내며 말했다.

그녀는 쓰러져 성황당 담벽에 머리를 찧었다. 피가 흰 머리카락을 붉게 물들이며 흘러 내렸다. 흰 옷을 입은 절뚝발이 여자가 "엄마!" 하고 울음을 터뜨리며 절뚝절뚝 뛰어가 노인을 감싸 안았다. 흰 저고리와 치마에 선혈이 떨어져 번졌다. 그녀는 의식을 잃은 엄마를 흔들며 뒷산의 두견새보다 더 서럽게 울었다.

용운은 저도 모르게 이를 악물곤 입술을 부르르 떨었다.

그때였다. 한쪽에 서 있던 백곰이 성큼 왕거미 사장 앞으로 다가갔다.

"이 일이 얼마만큼 중요한지 잘 모르지만 사람을 저렇게 해도 되는 거야?"

"뭐라구? 흥, 그래 네 놈도 같이 미쳤나 보구나. 병신 같은 계집년에게 홀리면 뵈는 게 없나 보지? 호호호…."

"뭐?"

백곰의 눈이 잠시 땅바닥에서 흐느끼는 여인에게로 갔다가 곧 왕거미 사장을 쏘아보았다.

"어? 이 새끼가 어따 대고 눈깔을…."

"욕하지 마!"

"뭐, 뭐야. 이 새끼가?"

"욕하지 마라!"

"아니, 이게 뒈질라고 환장을 했나?"

말을 끝내기도 전에 사장은 백곰의 턱을 정통으로 걷어찼다. 짧게 터져 나오는 백곰의 비명이 메마른 바람소리 같다고 느껴졌다. 그것도 잠깐, 백곰은 상의 앞섶을 확 풀어 젖혔다. 단추가 후드득 뜯기며 사방으로 튀었다.

"개새끼, 이런 데 와서 같은 처지에 사장질 해 처먹는 게 무슨 큰 출세라도 한 걸로 아나 보군. 이 새끼야, 너도 똑같은 원생 신세란 걸 알아?"

"이 새끼, 죽어!"

사장이 번개같이 달려들어 백곰의 목을 찔렀다. 백곰이 몸을 구부리는 순간 사장은 그의 사타구니께를 힘껏 걷어차며 몽둥이로는 뒷덜미를 후려갈겼다. 급소를 연타당한 백곰은 앞으로 고꾸라지는 것 같았다.

그러나 땅에 손이 닿는 순간 곧 공중에서 몸을 한 바퀴 회전시키며 동시에 왕거미의 복부와 면상을 양발로 연속적으로 후려치곤 제자리에 우뚝 섰다.

"저 새끼를 잡아라! 목줄기를 따서 잡아 오는 자에게 사흘간 특식을 내리겠다! 어서 잡아와!"

원장의 명령이 내리자 수십 명의 원생들이 아귀다툼을 벌이며 백곰에게로 달려들었다. 귀뚜라미에게 달려드는 개미떼와 비슷해 보였다. 결국 백곰은 제압당해 두 손이 뒤로 묶인 채 원장 앞으로 끌려갔다. 그 모습을 절름발이 처녀가 말없이 지켜보고 있었다.

원장은 다짜고짜 백곰의 초췌한 뺨을 연거푸 올려붙이고 나서 말했다.

"넌 이곳에 더 이상 있을 필요가 없는 암세포다!"

붉은 완장을 찬 대원들이 원장의 지시에 따라 백곰을 끌고 갔다. 백곰은 아무런 반항도 하지 않고 순순히 걸었다.

용운은 망설이다가 저도 모르게 뒤따라갔다.

"반장님!"

"걱정 마, 임마."

백곰이 말했다. 이어 그는 용운 쪽으로 상체를 기울이더니 작게 속삭였다.

"잘 있어."

그는 말은 용운에게 하면서 눈길은 절름발이 처녀에게로 가 있었다.

그 후로 어디서도 그를 볼 수가 없었다. 머나먼 고하도 감호소로 이송되었다고도 하고 군대로 끌려갔다는 소문도 떠돌았다.

그런데 그 이후로 마을에서 외떨어진 방파제 쪽에 다시 귀신이 나타난다는 소리가 들렸다. 흰 소복 차림으로 밤바다를 바라보며 슬프게 흐느낀다는 것이었다.

용운은 얼마 후 어렵사리 기회를 잡아 무당집의 누나를 한번 찾아가 보았는데, 쇠락한 초가집 한 구석에서 박꽃 같은 미소를 희미하게 지었긴 해도 용운이 누군지 알아보지는 못했다.

용운은 안타까웠다. 하지만 이젠 백곰 반장의 옅은 후광마저 없었으므로 오래 머물지 못하고 몇 번이나 뒤돌아보며 급히 선감원으로 돌아오고 말았다.

마지막으로 몇 떨기 남아 봄 얘기를 속삭이던 복사꽃이 흙바람에 떨어져 휘날리던 날 오후, 방파제에서 좀 떨어진 바다에서 흰 옷에 치렁치렁한 머리카락을 늘어뜨린 여인이 히히 웃으며 헤엄쳐 가다가 발견되었다는 소식이 들려왔다. 그 머리 위에서 노란 나비 한 마리가 날아다녔다고 말하는 사람도 있었다.

그때부터 똥파리는 용운에게 지급된 빵뿐 아니라 밥도 기회를 보아 야금야금 훔쳐 갔다. 찢어 버린다던 쪽지도 어디 감춰두었던지 용운이 좀 불만을 드러내면 슬그머니 꺼내 빚 문서처럼 보여 주며 빙글 웃으면서 무언의 협박을 하곤 했다. 무슨 빚쟁이한테 물린 것도 아니고, 전생에 악연이라도 있는 거머리같이 애를 먹이는 바람에 용운은 반쯤 미쳐 버리고 싶을 정도로 징글징글했다.

용운의 키는 자연의 섭리에 의해 조금씩 크고 있었지만 몸은 비쩍 말라 볼품없었다. 그 대신 남의 음식을 뺏어서 양껏 처먹은 똥파리는 점점 살이 올라 통통한 모습이었다. 그뿐이라면 참을 만했다. 똥파리는 어깨를 주물러 달라거나 손톱 발톱을 깎아 달라는 둥 시도 때도 없이 요구했다. 용운은 더 이상 견딜 수가 없어 무슨 수라도 내야 한다고 생각하고 있었다.

그런 어느 날. 작업 담당 구역에 도착한 원생들은 곧 임무를 할당받았다. 용운은 보릿단 운반조였다. 낫질 조가 보리를 베어 놓고 가면 그것을 다발로 묶어 건너편의 빈 논으로 옮겨다 세우는 일이었다. 한동안 보릿단과 씨름을 하다 보니 옷 속으로 꺼끄러기가 들어가 몸이 말할 수 없이 따갑고 근질거렸다. 새참 때가 되자 언제나처럼 밀빵을 한 개씩 나눠 주었다. 그걸 받아들고 풀 위를 골라 앉았다.

먼발치로 드넓은 염전의 구획선이 모형판처럼 선명하게 바라보였다. 수용소에서 고용한 부락민들과 차출된 열댓 명의 원생들이 뒤섞여 한창 고무래로 소금을 긁어모으는 중이었다. 저수지를 통하여 유입시킨 바닷물이 '난치'라 불리는 몇 단계의 증발지를 거치면서 농축되고, 그것이 마지막 결정지에 모여 태양열과 건조한 바람을 받고 순백색의 소금으로 탄생하는 것이었다.

동서양을 막론하고 예로부터 국가는 소금의 공급을 독점하고 소금에 대해 높은 세금을 매겼다. 소금은 아주 귀한 물건이었으므로 권력과 부의 상징이 되기도 했다.

수천 년 동안 우리나라의 소금은 바닷물을 불로 끓여 만드는 자염이었다. 이에 비해 천일염은 염전에서 바닷물을 햇볕에 말

려 생산하므로 쉬운 편이었다. 일본은 천일염을 대규모로 생산
할 만한 지리적 조건이 없었으므로 조선을 점령하자 서해안 지
역을 점찍었다. 천일염은 음식의 간을 맞출 뿐만 아니라 펄프
제조, 석유 정제 등 군수산업에도 필요했다. 일본은 1907년 인천
주안에 최초의 천일염전을 만든 이후 경기도와 전라도, 평안도
등지에 대규모 염전을 조성했다. 천일염이 대량으로 생산 판매
되면서 전통적인 조선의 자염은 점차 사라지고 말았다.

염전과 영농장 경계쯤에서 쉬고 있는데 똥파리가 실실 웃으
며 다가왔다. 용운은 입맛을 다시며 빵을 내밀었다. 그런데 웬일
인지 똥파리는 고개를 흔들었다.

"그건 네가 먹어. 난 이미 굶진 않으니까 걱정을 말고 말여.
그 대신 다른 부탁을 좀 들어 주면 좋겠어."

"뭔데?"

똥파리는 은밀한 미소를 지었다.

"있잖아, 넌 몸이 야들야들해서 여자 같은 느낌이 들어. 그래
서 얘긴데…."

"뭐?"

"놀라긴 뭘 놀라. 절름발이 여자를 백곰이랑 둘이서 같이… 하나
는 짝사랑하고 하나는 풋사랑했던 모양인데, 이젠 죽어 버렸으니
아무 소용없잖아. 그러니 그 정을 그냥 나에게로 돌리지 그래, 응?"

똥파리는 유들유들 웃으며 지껄였다.

"뭐라구?"

용운은 부르르 떨더니 저도 모르는 새 벌떡 일어나 똥파리에게 주먹을 날렸다. 똥파리의 코에서 불그죽죽한 피가 뚝뚝 떨어졌다.

"이 개새끼가!"

피를 본 똥파리는 상을 일그러뜨리더니 괴성을 지르며 용운에게 달려들었다. 용운은 슬쩍 피하면서 그의 팔을 잡아 엎어치기로 메어꽂았다. 그러곤 쓰러진 똥파리 놈 위에 걸터앉아 양 뺨을 이리저리 갈겼다.

"이 개새끼, 차라리 죽어!"

원생들이 하나 둘 와 둘러서서 구경을 했다. 편 가르기 좋아하는 치들은 벌써 응원을 시작했다.

"영농반 이겨라!"

"염전반 이겨라! 어서 힘내!"

똥파리는 볼때기가 시뻘게진 채 발버둥을 치다가 일순 용운의 손을 낚아채 아귀처럼 깨물었다. 용운은 아픈 줄도 모른 채 씩씩거리며 한쪽 손으로 놈의 목을 꽉 눌렀다.

그때 왕거미가 성큼성큼 걸어오더니 용운의 뒤통수부터 냅다 후려쳤다.

"이 쌍놈들이 비싼 밥 처먹고 무슨 개쌈질이야! 즉시 떨어져서 꿇어앉아!"

사장은 둘의 귀싸대기를 한 차례씩 오달지게 올려붙이고 나서 재우쳐 물었다.

"무슨 일이야?"

똥파리가 코피를 훔치며 능청맞게 주워섬겼다.

"이 자식이 탈출 음모를 꾸미고 있기에 그러지 말라고 좋게 충고를 했더니 냅다 폭행을 했습니다."

"뭐라구? 너 이 개새끼, 정말이야?"

"저, 그게 아닙니다. 저는 이제 탈출이라는 말만 들어도 치가 떨립니다."

"거짓말이에요! 제게 증거가 있는걸요."

"뭐야? 두 놈 다 당장 따라와. 야, 스라소니, 끌고 와!"

사장은 씹어뱉듯 명령한 뒤 본부 건물 쪽으로 걸음을 옮겼다. 용운은 음흉스레 빙긋 웃음을 날리는 똥파리를 암담한 눈으로 바라보았다.

"아…."

그 후 소문이 어떻게 퍼졌는지 사리 날에 탈출자가 더러 생겼지만 선감원 측에서도 만반의 대비를 했으므로 결코 쉬운 일이 아니었다. 그래도 요행을 바라고 탈출하다가 총에 맞아 죽거나 붙잡혀 반병신이 되도록 두드려 맞는 아이들이 있었다. 한동안 피크를 이루던 탈출 시도는 그 뒤로부터 목숨을 걸지 않으면 불가능한 짓으로 인식되었다.

늙은 꽃

수용소에 얽매인 신세인 용운의 머릿속엔 자주 그 박꽃 같던 누나의 얼굴이 떠올랐다.

취침나팔이 분 뒤에 용운은 벽을 향해 누워 다른 아이들이 듣지 못하게 한숨을 쉬며 생각에 잠기곤 했다. 이젠 보고 싶어도 찾아가 볼 수도 없었다.

때로는 그 박꽃 같은 얼굴 위에 다른 한 여인의 얼굴이 겹치기도 했다. 바로 엄마의 정겨운 얼굴이었다. 그 얼굴은 문득 또 다른 얼굴로 바뀌기도 했다. 한때 양어머니였던 진달래라는 이름의 그 노부인이었다. 서로 얼굴도 다르고 나이도 많은 차이가 났지만, 어딘지 슬픔이 어린 모습에서 유사점을 느끼게끔 되었는지도 몰랐다.

그 갈월동 굴집에 양자가 되어 들어간 용운의 생활은 좀 특이한 것이었다.

다락방엔 어떤 괴짜 청년이 미리 살고 있었다. 그는 양엄마의 먼 친척뻘이었는데, 하루 종일 어둑한 방구석에 엎드려 소설인지 뭔지를 끄적거리고 있었다. 그 다락방에서 함께 뒹군 지 보름쯤 지난 어느 날 밤에 그 괴짜 청년이 노트에 깨알같이 쓴 글을 내밀며 말했다.

"야, 이런 명작을 처음으로 읽게 된 너는 행운아야, 임마. 더구나 여기엔 너도 주인공은 아니지만 조연으로 나온단 말야. 내가 그동안 여기 살면서 본 것에 천재적인 상상력을 보태 쓴 거니까 어서 읽어 봐."

용운은 그가 담배를 피우는 동안 좀 읽어 내려가다가 포기하고 말았다.

"야, 왜 그래?"

"별로 재미가 없어요."

"얌마, 명작을 재미로만 읽니? 여주인공의 삶 속엔 우리 민족의 한스런 역사가 녹아 있으니 제대로 읽어 봐라. 너나 나나 남자새끼지만, 조선 땅 대부분의 남자새끼들은 거의 다 도둑놈에 사기꾼을 섞은 기생충 같은 놈들이야. 특히 정치판의 근엄하신 분들은 삼류 연극판의 일개 피에로보다 더 천박한 모리배들이지. 흐흥! 제 나라, 제 여자 하나 제대로 건사하지 못하는 무지렁이 같은 놈들이 잘난 체하기는… 얌마, 너도 정신 바짝 차려!"

"괜히 나한테 화풀이네."

투덜거리던 용운은 예전에 고향 집에서 산수 숙제를 푸는 기분으로 〈늙은 꽃〉이란 제목이 붙은 그 '명작'을 억지로 읽지 않을 수가 없었다. 동숙인의 기분을 상해 봤자 좋을 게 없다는 판단에서였다.*

어느 여인의 내력

늙었음에도 그 여인은 아직 미색을 간직하고 있었다. 좀 섬짓한 느낌이 들어 망설이던 운은 그냥 재미삼아 입양 계약을 맺게 되었다.

운이 쓰게 된 방은 사실은 방이 아니라 하나의 좁고 낮은 다락에 지나지 않았으나, 아쉬운 대로 한 사람이 기거할 수는 있어 보였다. 방 두 개에 좁은 부엌과 다락이 하나씩 딸린 집은 그 외에도 그곳에 대여섯 채 가량 더 있었다. 일종의 연립주택이라고 할 수도 있겠지만, 겉모양만 그렇게 생겼을 뿐 실제는 그렇지

---

* 용운의 말마따나 이 꽁트는 취향에 따라서는 사족일 수도 있고, 선감도 이야기 줄기와 큰 상관이 없으므로 바쁜 독자님은 슬쩍 건너뛰어도 된다. 작자로서도 빼 버릴까 하고 고민을 거듭하던 중 얼마 전 신문에 난 기사를 보곤 결국 놔두기로 했다. 요즘 동대문이나 청계천 등지에서 60~70여 세의 노파들마저 생활고로 인해 매춘을 한다는 쇼킹한 기사였다. 그 늙은 밤의 꽃을 사는 손님은 의외로 젊은 사내들이었으며, 또한 그 가련한 노파들을 등쳐먹는 날건달도 있음이 언급되었다.

않았다. 낡고, 우중충하고, 음침한 가난뱅이들의 굴이라는 편이 알맞았다. 이를테면 주택이라기보다 무덤에 더 가까운 것들이 검은 물이 질척거리는 울퉁불퉁한 통로 하나를 사이에 두고 한쪽에 몇 채씩 옹색하게 마주보고 늘어서 있었다.

누가 특별히 못난 것도 잘난 것도 없이 비슷비슷한 그 빈민굴의 방들엔 서너 명 이상의 사람이 비비적대며 살았는데, 그것도 일가족만의 것이라면 괜찮은 편이었고 어떤 경우엔 두 가족이 한 부엌을 공동으로 사용하기도 했다. 운이 들어간 집도 두 가구가 살았는데, 그 늙은 여인은 자기도 곁방살이인 터에 세를 놓게 된 것이었다.

출입은 그 여인의 방을 통해야 했다. 운은 처음 한동안 오줌도 꾹꾹 참아 되도록 횟수를 줄였다. 하나뿐인 추잡하고 악취 지독한 공동 화장실이 싫어서이기도 했다.

그 여인은 얼굴의 윤곽과 목소리만으로 판단하건대 마흔 살이 넘어 뵈지 않았다. 그러나 실제 연령은 예순이라는 것이었다. 그러고 보면 허연 화장기 밑의 주름살, 한땐 제법 눈을 끌었겠지만 우울하게 굵어져 버린 허리, 정수리의 허연 머리칼, 특히 거칠은 손등이 그 여인의 내면에 잠긴 세월의 무게를 느끼게도 했다. 그런데도 그녀는 날마다 습관적으로 화장을 하고 때때로 머리에 염색을 하고, 웃음 속에 생기를 잃어버리지 않으려고 애를 썼다. 마치 운명을 거역하려는 몸부림처럼 느껴졌다.

그녀는 운이 자기네 다락방에 살게 된 것도 운명이라 했다. 왜냐하면 영감님이 늘그막에 병치레를 하여 궁상을 가속화시켰기 때문이며, 또한 운명이 자기네들에게 자식을 주지 않은 탓이라 했다.

그녀의 영감님은 가래를 고르릉거리며 한쪽 벽을 향해 누워 있었다. 깨끗한 런닝셔츠에 낡았지만 흰 잠옷바지 차림으로 늘 등을 보이고 있어서 운은 아직 인사도 못하고 그 얼굴을 한 번도 보지 못했다. 때때로 신음 소리를 들어보면 퍽 병약한 상태임을 짐작할 수 있었는데, 여인은 '우리 가엾은 영감, 내 낭군' 하며 베개를 고쳐 베이든가 미음을 떠먹이곤 했다.

두 사람이 부부인데 일견 대조되는 것 하나를 꼽는다면 아마 체구일 터였다. 남편은 누워 있긴 해도 키가 커 보이고 몸피도 쏠쏠한 것이 한창 땐 제법 덩치로 날렸을 법했다. 그에 비해 여인은 아무래도 좀 작은 편이라고 할 수밖에 없었다. 말하자면 아담하여 외간 남자들로부터 귀여운 여자라는 평을 들었다. 하지만 이제 좋았던 시절은 흘러가고 세파에 시달린 위에 궁핍에 찌든 옷가지를 걸쳤으니 가련해 보이기만 했다. 분가루로 인해 허연 그 얼굴과 목도 서글픔보다 더 나은 느낌을 자아내진 못했다.

그런데 입술만은 좀 예외였다. 운은 그 입술에 교묘하게 연지를 칠한 줄 알았다. 그것은 소녀 입처럼 작은 것이 분홍빛이었다. 유독 그 부분만은 화장품을 쓴 흔적이 없었다. 그 불그스레한 입술로 여인은 자주 담배를 피워댔다. 방금 껐는가 하면 금세 또 그 꽁초를 물고 있는 것이었다.

영감님은 별 말도 없이 조용히 면벽하고 있는 것을 보면 성질이 무던한 듯하기도 한데 드물게 와병중인 사람답지 않게 칼칼한 음성으로 입을 여는 것이었다.

"이 뱀 같은 계집아! 사람이 이렇게 죽어 가는데 편하게는 못 해줄망정 그렇게 뽀끔뽀끔 담배 연기를 피워대서 즐거울 게 뭐가 있니, 응?"

그러면 여인은 슬픔이 사라지지 않은 목소리로 타령하듯 대꾸하는 것이었다.

"애구~ 우리 영감… 죽기는 왜 죽노. 머리털이 파뿌리 되도록 같이 살자던 그 가약을 잊지 않으면 일어나겠지. 암, 일어나고말고. 내일이나 모레면 일어날 테니 걱정마시우…."

그러면 영감은 끙 하고 신음을 흘리고는 두 번 다시 입을 열지 않았다.

여인이 사는 아랫방의 정돈 상태는 운을 감탄케 하기에 족했다. 하지만 그 감탄도 어쩌면 일종의 선망에 지나지 않을지도 몰랐다.

작고 약냄새가 진동하는 그 방에 실제로 오래도록 살아 본다면 그런 느낌도 변할 수 있을 터였다. 운은 여인이 하루에 적어도 세 번은 걸레질을 하는 것을 볼 수 있었다. 운이 식사 때 들여다보면 그랬다. 그러므로 실제로 걸레질은 그 이상이 될 수 있음은 충분히 예상되었다. 덕분에 영감의 병석이 차지한 반을 제외한 방바닥은 마치 정갈한 소녀가 가지고 논 가을 감의 표면처럼 빛을 냈다. 벽의 한 면에 자그마한 구식 화장대와 고물 라디오가 놓여 있고 구석 쪽에 천으로 된 간이옷장이 단정히 자리를 차지하고 있었다.

여기에 비해 그 옆방은 아주 대조적이었다. 시장에서 옷장사를 하는 어떤 아줌마가 초등학생인 아들과 함께 사는데, 물론 바쁘기도 해서 그렇겠지만 마치 마구간처럼 어질러 놓고 살았다. 그래도 제법 흑백 텔레비에 선풍기까지 있었다. 마호가니 옷장이 있는데도 이것저것 울긋불긋한 옷가지를 사방 벽에다 잔뜩 걸어 놓고 방바닥에까지 어질러 놓고 있는 것을 보면 사람은 성격 나름이라는 생각도 들었다.

그렇게 좁은 데서 부엌까지 공동 사용해야 하고 보면 성격이 딴판인 늙고 젊은 두 여자 사이에 알력이 안 생길 수도 없었다. 그러나 상대방 면전에서는 노부인이 항상 고분고분했다. 옷장수 여자의 뚝배기를 깨는 듯한 소리 아래서 노부인의 가느다란 목소리는 처연하게 들리기까지 했다. 그러나 뚝배기 아줌마가 나가 버리고 나면, 돌변해서 고로롱거리는 영감이나 운을 상대로 혹은 독백으로 울화를 터뜨리곤 하는 것이었다.

"흥, 제년은 뭐 셋방살이 신세가 아닌감. 걸레 같은 년! 뭐 묻은 개가 뭐 묻은 개 나무란다더니, 할머니 부엌 좀 깨끗이 사용하자구요? 흥, 제년은 뭐 빛깔나는 이팔청춘인가, 꼭 부엉이 상판을 해 가지고. 그러니 고따위로 사내가 객지를 떠돌지."

집안에서 뚝배기 아줌마에게만 그러는 것이 아니었다. 동네에서도 애고 어른이고, 남자고 여자고, 강아지고 쥐새끼고 간에 그곳에 사는 것 중에서 자기 기분에 거슬리는 것에 대해서는 마치 꾀꼬리가 두더지를 볼 때처럼 눈살을 잔뜩 찌푸리곤 들으란 듯이 말했다. 때로 어디서 술이라도 한잔 얻어먹은 날엔 더했다.

"이 여편네야, 나물을 그렇게 슬렁슬렁 씻어먹는 법이 어딨노, 하나씩 정성스레 다듬어야지. 원 저것, 벌레새끼가 굼실굼실 기어 다니는구먼!"

그것은 동네 입구에 있는 공동 우물가에 쪼그려앉아 한 소리였다. 밤늦게 술먹고 싸움하는 자들에게도 한소리쳤다.

"저런 소갈머리를 못 버리고 있으니 이런 두더지 굴속 같은 데서 박쥐새끼처럼 찍찍거리기나 하고 살아가지. 남 탓할 것도 없다구. 정작 정승을 시켜줘도 못할 녀석들이…."

그런데 특이한 것은 그런 핀잔이나 비판을 받은 사람들이 맞대거리로 싸우는 것이 아니라 그냥 듣고 넘겨 버린다는 사실이었다. 언젠가 스피츠 한 마리가 그녀를 좀 우습게 알았는지 왈왈 짖다 꼬리가 홀랑 타 버린 일도 있었다. 그러나 자기 마음에 거슬리는 몇 가지 일을 제외하곤 그 여인은 어디까지나 그곳의 어려움을 잘 참고 살아가는 한 주민일 따름이었다.

그런 어느 날, 운이 그 골방에 산 지 보름쯤 되는 날 해그름녘이었다. 가까운 만화방에 들렀다가 골목을 걸어가는데 실비식당 좌판에 여인이 소주병과 고추조림을 앞에 놓고 혼자 우두커니 앉아 있었다.

"웬일이세요?"

대답 대신 눈물이 글썽거리는 눈으로 처량한 미소를 짓곤 술잔을 들어 쭉 들이켠 뒤 긴 한숨을 내쉬었다.

"이봐라, 운아, 니 우리 양아들 할끼제? 그라믄 여기 앉아 이 불쌍 가련한 년의 신세타령 좀 들어보거라. 씁쓸한 술 한 잔은 따라줘야 해. 자, 여기 한잔 가득 채우거라잉."

운이 엉겁결에 의자에 걸터앉아 술병을 들고 보니 이미 거의 비어 있었다. 그래서 여인의 기분을 절제케 하려는 듯 좀 덤덤한 어조로 권했다.

"이것 한잔만 드시고 집으로 가시죠."

그러자 그녀는 크고 처량스런 눈을 가늘게 만들더니 순간적으로 본래보다 더욱 크게 떴다.

"그럴까?… 흠… 그러나 우리 늙은 애… 그, 그놈의 골골거리는 영감탱이가 보기 싫어 못 가겠구나. 내가 자기를 얼마나 뒷갈망했는데 그런 몹쓸 소리를… 아, 나두 내 몸으로 이쁜 아기를 낳을 수 있었다면 좋았으련만… 아이구, 서럽고 원통해라…."

여인은 소주를 쭉 들이키더니 탁자 가장자리에 이마를 괴고 어린애처럼 홀쩍홀쩍 울어댔다. 그러더니 한순간 울음 사이사이로 노래를 부르기 시작했다.

'울 밑에 선 봉선화야, 네 모습이 처량쿠나…'

운은 코를 훌쩍거리며 짐짓 감탄해보였다. 그러자 여인은 자기가 예전엔 인기있는 가수였노라고 정색하며 말했다. 운이 궁금해하자, 그녀는 고개를 들어 허공을 쳐다보며 그 물기 어린 눈을 반짝거리게 하고, 꽃잎 같은 분홍색 입술로는 보일 듯 말 듯한 미소를 짓는 것이었다. 그러더니 갑자기 심한 감상感傷의 파도가 가슴을 치는 양 얼굴을 찡그리고는 주머니를 뒤져 꽁초를 꺼내 입에 물었다.

"내 삶에 있어 맨 처음 기억되는 것은 예쁜 계집애라는 칭찬이지. 부모가 누군지도 모르는 고아로 자랐지만 설움도 그런 찬탄 속에 묻혀 버렸어. 지금은 이렇게 쭈글쭈글하지만, 그땐 그런 소리를 들으면서 스스로도 참 예쁜가 보다고 생각했지. 하지만 거기엔 독이 있으니 넌 절대로 속지 마라! 아, 슬프거나 외로울 땐 거울이나 물속의 예쁜 계집애를 바라보면 시나브로 자신감이 생겨나곤 했어. 어느 햇볕이 찬란한 날, 나는 한가로이 앉아 거울 속에 비친 열두 살짜리 계집애를 들여다보고 있었어. 듬뿍 정이 담긴 서글서글한 눈을 볼수록 빨려드는 느낌이었고, 마늘같이 오똑한 코는 깨물어 주고 싶었고, 무슨 말인가를 하고 싶어 하듯 옴찔옴찔하는 입술은 끝내 참지 못하고 하얀 이를 드러내보였지. 가엾은 식모아이였지만 꿈은 컸더랜다. 바로 그때 누가 팔을 꽉 붙잡는 것을 느끼고 돌아본 난 가슴이 덜컥 내려앉고 **빠르게** 두근거리기 시작했어. 다케야마라는 악질 순사가 야릇한 웃음을 짓고 있었어. 그 당시 일본 놈들은 마치 인신매매범과도 같이 부쩍 설쳐댔었지. 그때 나는 충청도의 어느 소읍에 살았는데, 주인 내외는 마침 장날이라 외출하고 집엔 아무도 없었어. 나는 고함을 지르려 했지만 겁에 질려 옆에 있던 고양이의 울음보다 못한 소리를 냈을 뿐이야. 그놈은 나를 골방으로 끌고 들어갔어."

"애 앞에 두고 못하는 소리가 없군, 쯧쯧."

주방 쪽에 있던 곰보 아줌마가 핀잔을 주었으나 여인은 히죽 웃고는 말을 계속했다.

"어둑하고 쥐오줌 냄새가 나는 그곳은 제사 도구들을 넣어두는 방이었어. 그놈은 병풍을 차 넘어뜨린 뒤, 흉측스런 웃음을 흘리며 소녀의 옷을 잡아 찢어 벗겼단다. 너도 이런 건 알아둬야 해. 그러고는 발악하기로 작정한 듯이 눈을 희번덕거리며 그예 울음을 터뜨린 소녀의 입술과 목을 물어뜯었어. 칼이 있고 힘이 있었다면 얼마나 좋을까! 그러나 야수의 폭력 아래서 어린 몸은 별 수 없이 짓이겨지고 말았지. 그 후로 소녀는 거울을 보지 않게 되었어. 악마의 침이 묻은 입술, 그 이빨 자국이 불그죽죽한 목을 보면 죽고 싶기만 했었지."

소주로 목을 축인 여인이 말을 이었다. 해방되던 해 그녀는 열여섯 살이었다고 했다.

"그땐 이미 어느 유랑 악극단의 가수가 되어 있었어. 해당화라는 유명한 여자도 그때 우리 단원이었지. 해방의 소식은 물론 내게도 기뻤지만, 순간 퍼떡 떠오른 그 일본 순사 놈의 추악한 웃음은 한층 내 맘을 자극했어. 만일 그 놈이 아니었다면 내 인생은 어떻게 됐을까? 난 한 사람의 현모양처가 되길 바라곤 했으니 말야…."

여인의 목소리는 눈물에 젖어 있었다. 운은 자기도 때때로 그런 생각을 한 적이 있었으므로 여인의 심정을 조금은 알 듯도 했다. 세파에 시달려 고생스러울 적이면 그의 마음속엔 '만약 엄마와 헤어지지 않고 고향 집에서 살고 있다면 얼마나 행복할까.' 하는 공상을 하며 못내 아쉬워 눈물을 글썽이기도 했던 것이다.

"그 치욕스러운 날 이후 난 세상이 두려워졌었어. 게다가 시나브로 소문까지 퍼져 야릇한 눈총까지 받게 되었으니 억울함은 둘째치고라도 서럽고 외로워서 죽고 싶더구먼. 그럴 때면 시름없이 노래를 불렀지. 그러다가 우연히 악극단 단장의 눈에 띄었어. 이 도시 저 마을 돌아다닌다는 건 누구랄 것 없이 고달픈 노릇이겠지만, 그래도 나로서는 시골에 외톨이로 박혀 있으니보단 훨씬 사는 맛이 났어. 고통도 슬픔도 노래로 달래며 견딘 보람이 있어 어느덧 각광받는 가수가 되었지. 아, 지금도 누군가는 진달래의 애끓는 듯한 열창을 기억하고 있을 텐데…. 아, 저 놈의 영감탱이를 만난 것도 다 운명이라면 운명이겠지만…."

여인은 또 술을 한잔 홀짝 마셨다.

"해방 후엔 환희와 낭만에 찬 노래로 구경꾼들의 열렬한 박수 갈채를 받았지. 그러던 어느 달 밝은 밤, 키가 훤칠하고 생김새가 허여멀쑥한 청년의 입술을 엉겁결에 받고 말았는데, 그가 바로 지금의 영감탱이였어. 비린내 나는 풋내기 단원에 지나지 않던 그는 자주 주위를 맴돌며 애원이 담긴 눈을 던지곤 했었으나 코웃음을 쳐주었지. 그런데 그날은 달빛의 마술 때문인지 그만 긴장이 좀 풀려 버렸나 봐. 문득 그가 내민 장미꽃 다발을 바라보다가 눈을 들었는데, 그 풋내기의 얼굴을 보기 위해서는 발꿈치를 세우고 얼굴을 쳐들어야 했어. 달빛을 받은 그의 이마가 참 반듯하다고 느끼는 순간 그의 머리카락이 갑자기 빛을 가려 버렸으며 동시에 묵직한 팔이 어깨를 감싸 안았지. 그리고 그가 연극 대사처럼 이런 말을 하더군. 내가 한번 흉내내 볼까? 호호.

'달래 씨는 이렇게 자그마한 몸에서 어떻게 그런 열창이 나오는지 감탄스럽습니다. 그리고 그대의 눈을 멀리서나마 보고 있으면 어릴 때 잃은 어머니, 아 그 모정에 젖는 느낌이었습니다.'

'싫어요.'

그는 팔에 더 꼭 힘을 주었는데, 사실은 말과는 달리 오히려 그동안 느껴보지 못한 포근함을 체험하고 있었어.

두 살 위이던 그에게 난 오빠와도 같은 애정을 느꼈고, 그 또한 그런 내 마음의 기미를 깨닫고 부드럽게 처신했지. 우리의

관계는 당시의 엄청나던 유명세의 차이를 넘어 급속히 밀접해
졌어. 남들은 위험스런 짓이라고 말렸지만 난 염려하지 않고
눈에 보이지 않는 그 외줄 위를 걸어갔지. 떨어져도 붙잡을 것이
있다고 생각했었어."

여인은 꽁초 연기에 섞어 후 하고 한숨을 내뿜었다.

"그런데 그 신출내기에겐 가장 중요한 게 결여돼 있었으니
다름 아닌 바로 재능이었어. 내가 금싸라기 같은 시간을 쪼개
무명배우를 돌보고 도왔으나, 그는 기고만장 호언장담과는 달
리 무대에 나서기만 하면 상대에게 얻어맞은 개구리처럼 멋없
이 휘청대기 만하다가 풀이 죽어 돌아와 내 가슴에 얼굴을 묻는
것이었어. 사실 재능이란 호언장담이 아니라 열정이라는 것을
알아야 했어. 난 그를 비난하지는 않고 가만히 껴안아 주었어.
그러면 그는 얼마 후 기운을 되찾은 듯이 이렇게 말하더구나.

'두고보라구, 내가 유명해지는 건 단지 시간문제일 뿐이야.
내 마스크나 연기 스타일로는 그 따위 조역 나부랭이보다는 주
역이 훨씬 적격이야. 그래야 내 본래의 역량이 샘솟게 돼. 자기,
조금만 기다려….'

기다리는 동안 나는 더 많은 시간과 관심을 내가 아니라 그에
게 돌렸기에, 그리고 유명 가수가 아니라 현모양처가 되길 바랐
기에, 어느 덧 패기 발랄한 후배에게 주역을 물려주게 되었단다.
그러다가 결국엔 정열의 진달래가 아니라 '그것만 하고 가달래'

로 불리게 되어 버렸지. 이봐라 운아, 내 말이 횡설수설인 것 같아도 잘 들어두면 네게도 도움이 될 거야."

여인은 손수건을 꺼내 코를 팽 풀었다. 운은 그녀의 손을 잡아 주었다.

"그 꿈 많은 배우와는 한 번 이별할 기회가 있었는데, 운명의 짓궂은 장난 때문인지 혹은 명배우의 연기 때문인지 다시 만나게 되었어. 육이오 동란이 좀 잔잔해진 어느 날, 거지꼴이 되어 길을 가는데 맞은편에서 세 명의 흑인 병사가 걸어왔어. 검은 낯짝에 박힌 여섯 개의 눈알이 짐승의 그것처럼 번들거리며 나를 노려보았단다. 그 세 깜둥이는 앞을 가로막고 웃으며 허연 이빨을 드러냈어. 나는 뒷걸음질을 쳤으나 한 놈이 흑표범처럼 잽싸게 돌아가서 막고 어깨를 붙잡았어. 앞에 두 놈, 뒤에 한 놈이었지. 난 예전에 일본 순사 놈의 긴 칼이 정수리를 파고드는 것보다 더한 충격과 두려움을 느끼며 휘청휘청 신랑에게도 기대섰어. 신랑이 누구냐구? 그 엉터리 명배우지 누구겠어, 후후…. 신랑도 위험을 느끼고는 정신을 제법 가다듬어, 우선 만국 공통어인 미소를 화려하게 지은 다음 그 표정과 손으로 그들을 달래면서 '원더풀! 원더풀! 웰컴! 웰컴!' 하고 괴상한 어조로 뇌까리더군. 그러자 흑인 한 놈이 아주 우호적인 웃음을 그에게 지어 보이며 '오, 땡큐!' 하더니 내 팔목을 잡아 이끌었어. 뭔가 잘못됐다는 것을 깨달은 신랑은 한국말로 '놔 줘, 놔 줘… 이

새끼야!' 하며 그러면서도 표정은 차마 미소를 거두어 버리지 못한 채, 그 껌둥이의 팔을 잡아떼려고 했지. 바로 그때였어. 그중에서도 가장 흉측해 보이는 놈의 바윗덩이 같은 주먹이 신랑의 희고 반듯한 얼굴을 향해 날아갔어. 신랑은 날카로운 비명을 질렀어. 그는 전쟁 와중에도 자기 얼굴을 잘 간수하며 때때로 표정 연습도 했으므로, 사실 명배우 대접은 못 받을지언정 그런 외국잡놈의 묵사발 대접은 천부당만부당했겠지. 호호호. 난 울음이라도 터뜨릴 듯이 놀라워하며 그를 바라보았어. 그런데 그는 흑인 놈의 주먹을 보기 좋게 피해 넘겼더군. 다음 순간 뿔돋은 껌둥이가 본격적인 공격 태세를 취했고, 그 사이 나는 신랑이 나를 남겨놓고 재빠르게 도망치는 꼴을 보다가 곧 옆에 있는 허름한 건물 지하실로 끌려갔지…."

여인은 소주잔을 들어 음미하듯 천천히 마셨다.

"얼마 후 눈을 떴을 때 난 신랑의 등에 업혀 어디론가 가고 있었어. 온몸이 만신창이가 된 느낌이었지. 하지만 신랑의 널찍한 등은 포근했어. 내가 훌쩍이는 소리를 들은 신랑이 작은 소리로 말하더군.

'미안해, 아까 같은 상황에 어떡하겠어. 나도 모르는 사이에 달아나게 된 거야. 하지만 멀지 않은 데서 지켜보고 있었어. 내가 언젠가는 위대한 배우가 되어 이 실수를 보상하고, 또 만천하에 고발도 하겠어.'

난 아무 대꾸도 없이 그의 등에 눈물만 쏟았어. 그를 꾸짖고 싶은 생각도 또 기력도 없었지. 얘 운아, 믿는다는 건 속는다는 것도 된단다. 남이 나를 속일 때 믿지 않으면 별문제지만, 남이 속이지 않는데 자기 스스로 속아 넘어가는 일도 흔하니까 말이다. 난 그의 말을 믿을 수는 없었지만 그렇다고 반박하고 헤어질 수도 없었어. 그저 그렇게 되어 주길 바라며 살았지. 하지만 결코 그렇게 되지는 않았으므로 난 당시의 많은 가난한 여인네들처럼 손이 남자보다 더 보기 흉하게 되도록 일하지 않을 수가 없었어. 내가 그동안 꿈을 먹고 살았음을 확실히 깨달았을 때 청춘은 이미 다 가버리고 없었단다."

한잔 더 마시겠다고 떼를 쓰는 그녀를 일으켜 세워 운은 일단 식당 밖으로 데려나왔다.

"그럼 집에 가서 얘길 마저 들어야 해, 들어야 해!"

혀 꼬부라진 소리로 되뇌며 그녀는 운의 옷소매를 꼭 붙잡았다.

여인은 운의 팔에 어린아이처럼 매달린 채 서쪽 하늘의 석양을 가늘게 뜬 눈으로 올려다보며 중얼거렸다.

"그래, 너 넘어가는구나. 오늘 난 기분이 좋다. 이렇게 양아들의 팔을 낀 채니 말야. 우리 컴컴한 굴집으로 저 해님을 초대할까?"

술 탓인지 입술이 마치 피라도 쏟을 듯 붉었다. 네댓 발짝 옮겨 놓던 그녀는 갑자기 운의 부축을 뿌리치더니 휘청휘청 훨훨 마치 춤추는 것처럼 나아갔다. 그러면서 "달래는 죽어서 별이 돼야지.

이렇게 밝은 날은 더러운 게 너무 많이 보여⋯." 하고 즉흥곡을 흥얼거렸다. 운은 조마조마한 마음으로 뒤를 따라갔다.

개천 위에 걸린 다리 하나를 지나면 바로 '굴집'의 입구가 보였다. 석양을 받고 있는 개천은 눈이 부실 정도로 치부를 드러내놓고 있었다. 허리통이 깨진 콜라병이 적의를 보이고, 가랑이가 찢어진 반나체의 여배우가 시공을 초월해 웃고, 그녀의 젖가슴 위로 분뇨 속에서 나온 회충이 기어 다니고, 그리고 그 옆엔 주둥이가 터져 벌어진 군화 한 짝이 뒹굴고 있다. 저 거무튀튀한 물은 분명 절망과 죽음의 모습일진대, 흐르고 있으니 어찌된 것일까?

운은 눈을 돌려 여인을 바라보다가 걸음을 옮겼다.

굴집 어귀의 우물가에서는 네댓 명의 아낙네가 둘러앉아 저녁거리를 준비하고 있었다. 보리쌀이 담긴 대야에 물을 받고, 콩나물이나 푸성귀를 찌그러진 대야에서 헹구는 양이 퍽이나 바빠 보였다. 진달래 여사가 노래를 뚝 그치고 우물가 한옆에 쪼그리고 앉아 꽁초를 붙여 무는 순간 누렇게 뜬 얼굴의 순이 엄마가 말했다.

"참 팔자도 좋은 마나님이시구먼. 대낮부터 웬 술을 그렇게도 잡수셨소. 앉아서 또 군소리 할 생각 말고 어서 집으로나 가 봐요. 영감님이 아까 어찌나 '할멈, 할멈!' 외쳐대는지 우리 순이가 놀래서 잠을 다 깼어요."

그러자 여인은 술기 때문인지 걱정 때문인지, 아무튼 꽁초

끝을 비벼 주머니 속에 넣더니 일어서서 한 마디 말도 없이 음습한 굴 안쪽으로 걸음을 옮겼다. 운은 일단 한시름 놓곤 녹이 누렇게 슨 펌프로 물을 퍼 올려 한쪽 구석으로 가서 씻었다.

세수를 하고 난 운은 담벼락에 누가 붙여놓은 깨진 거울을 들여다보았다. 하긴 뭐 거울을 들여다볼 것도 없이 스스로도 얼굴이 볼 만한 것이라곤 생각지 않았다. 특히 눈 밑의 푸르스름한 점을 자세히 보고 있노라면 좀 역겨운 느낌이 들지 않는 바도 아니었다. 하지만 뭐 사람이 얼굴로 먹고 사는 것이 아닌 바에야, 그리고 멋지다는 것도 때와 장소에 따라 변하는 것인 바에야(한 예로 아프리카의 어느 종족은 여자의 아랫입술을 늘어뜨려 그 속에 접시 같은 걸 끼워 넣은 괴이한 꼴을 미녀의 표준으로 삼고 있는 걸 신문에서 본 적이 있지만), 어쨌든 스스로 낙담할 필요까진 없다고 여기며 살아오고 있는 터였다.

뽀글뽀글 파마를 한데다 얼굴이 길고 빼빼하여 어쩐지 무우뿌리 같아 보이는 여자가 보리쌀을 뽀득뽀득 기운껏 문대며 말했다.

"그런데 순이네, 그 영감은 어디가 많이 아픈 모양이죠? 하긴 뭐 이 동네에 아프지 않은 사람이 뉘 있을까만."

"글쎄, 나도 자세한 건 몰라. 앞집이라 해도 평소 땐 뭐 말을 잘 해야지. 두어 달 전까지는 노상 술에 취해 들어오곤 하더니만 하룻날 저 앞 다리에서 떨어진 뒤부턴 폭 박혀서 골골거리데. 어쩐지 생각해 보면 딱하기도 한 할멈이야."

"원, 언제 이 굴집 신세를 면하게 될지…."

"뭐, 그래도 철수네는 주택부금 꼬박꼬박 붓고 있잖나. 그게 다 남자 잘 만난 복이겠지만."

운은 세수를 마치곤 그곳을 물러났다.

문 앞에 닿은 운은 갑자기 전에 없이 당차게 울려오는 달래 여사의 고함 소리를 듣고 걸음을 멈추었다.

"뭐라꼬? 그래, 이날 이때껏 속이 문드러지듯이 살아온 나는 술 한잔도 맘놓고 못 먹는단 말가? 죽을 것같이 맘이 아파서 먹었다, 왜? 그래, 사내라고 불알은 찬 주제에 그게 나한테 할 소리던가? 뭐라캤제? 흥, 화냥년이라꼬!"

이어서 무엇인가 박살나는 소리가 났다. 그러자 고비고비 목청을 돋우는 쇠잔한 남자 음성이 들렸다.

"듣자듣자하니 이 빌어먹을 년이 이젠 기물까지 부수누나. 그깟 말이 그다지도 가슴 아프더면 나더러 숫제 화냥놈이라고 부르려무나. 하지만 넌 또 뭘 잘한 게 있니? 골골거리는 서방 약 사줄 돈은 없어도 제년 술 처먹을 돈은 있던가보군. 에라이 사악한 것, 애구 애구 나 죽네…."

운은 기침을 하곤 문을 열고 일단 방 안으로 들어갔다. 약냄새 외에도 술냄새와 웬 지린내까지 겹쳐 시궁창을 방불케하는 냄새가 물씬 풍겼다. 좁직한 방 가운데엔 거울이 조각나 있었다. 운이 들어왔음에도 달래 여사의 입담은 그치지 않았다.

"흥, 그래 그게 고까워서 애도 아닌 늙은이가 방 안에다 이 짓을 했구먼.(달래 여사는 손바닥으로 이불을 탁탁 쳤는데, 그 한 부분이 젖어 있었다.) 그래, 말이 나왔으니 말이지만 당신은 정말 애야. 아니, 애보다 못하게 한세상을 살아왔지. 그 잘난 낯짝 하나 갖고 명배우니 뭐니 헛소리나 하며 한세월을 허송하고 이렇게 앉았으니 삼척동자도 웃을 어릿광대이긴 하지… 애구, 이 한도 많은 년의 인생, 웬 업이 그리 많아 늘그막엔 남정네 약 하나도 건사 못 하는 독한 년 신세가 되고 말았을까!"

갑자기 그녀는 세운 한쪽 무릎 위에 이마를 대고 서럽게 통곡하기 시작했다. 그 작고 가냘픈 몸에서 그만한 울음이 나올 수 있다는 건 좀 놀라웠다.

그러자 이제껏 흰 런닝셔츠에 흰 잠옷바지 차림으로 반은 눕고 반은 앉은 듯한 추레한 자세로 방바닥을 내려다보고 있던 영감이 슬쩍 고개를 들었다. 운이 그의 얼굴을 정면으로 바라보는 건 처음인 셈이었다. 넓적하긴 하지만 맥없이 희멀그레한 안색, 초점 없이 풀려서 인간 세상 아닌 어디 다른 세계를 헤매고 있는 듯한 눈, 마치 성이라도 난 듯 퉁퉁히 부어오른 입술 등은 어딘지 회충 같은 느낌을 받게 했다. 영감은 무릎걸음으로 다가가 길고 희고 푸른 심줄이 불거진 손을 달래 여사의 달싹거리는 어깨에 얹고 토닥거리며 말했다.

"자기야, 뚝 그쳐, 귀여운 사람… 남의 이목도 있는데 창피하

잖아. 그래, 내 모두 사과할게. 난 당신 없으면 못 살아. 그래서 심술이 난 거였지 본심은 아냐….'

부부 싸움은 칼로 물 베기라던가. 아직 체험해 보지 못한 용운은 신비한 느낌까지 들었다. 달래 여사의 태도는 갑자기 바뀌어졌다.

"애구, 이 무정한 양반아, 그래 이 달래가 자기 영감 아픈 것까지 잊고 술 먹었을까 그러우. 당신 몸이 아픈 건 곧 내 몸이 아픈 거라오. 그런 줄도 모르고 약 안 사낸다고 그렇게 떼를 쓰면 난들 어떡하란 말요. 어디 한푼 빌려 볼 데도 없으니….'

"그래, 알았소. 내 이빨 꽉 다물고 있을 테니 죽이든 살리든 당신 알아서 하구료. 끙, 원 이렇게 아파서야 곧 죽고 말겠군."

그러면서 그는 다시 자리 위에 드러누워 신음을 계속했다.

달래 여사는 울음의 흔적을 싹 씻고 바삐 활동하기 시작했다. 그녀는 물수건을 만들어 와서 영감의 얼굴과 손을 닦아 주고, 방을 청소하고, 그런 다음에는 보리쌀을 씻어 미음을 끓이는 것이었다. 그러는 동안에도 영감은 계속 신음하고 있었다.

그날 밤 운은 잠을 잘 자지 못했다. 아랫방에서 나는 소리에 신경이 쓰였기 때문이었다. 달래 여사는 식당에서의 술기나 투정 같은 건 싸그리 잊어버린 듯, 이제 스스로 투정을 받아 주는 입장이 되어 영감을 돌보고 있었다. 미음을 떠먹이면서 얼르는 소리는 마치 갓난아기에게 하는 것 같았다. 듣기만 하고 있던 운으로서는 침이 꼴깍 넘어갈 지경이었다.

그런데 환자는 갑자기 전에 없이 까탈스런 성미를 나타내 애를 태우고 있었다. 싱겁다느니 짜다느니, 뜨겁고 했다가 식은 구정물 같다는 둥 운이 들을 때는 조리가 없었다. 그러나 달래 여사는 한마디의 불평도 없이 감내하고 있었다.

밤이 깊어도 투정 섞인 그 신음 소리는 그치지 않았다. 하도 끈질겨서 어찌 들으면 매우 위독한 것이 아닌가 염려되기도 했다. 그러나 달래 여사의 응대가 범상한 상태를 넘어서지 않았으므로 운은 시나브로 잠 속으로 빠져들어 갔다.

다음날 아침 운은 눈을 뜨기 전에 바로 그 신음 소리부터 들었다. 조금도 수그러들거나 지친 기색도 없이 어젯밤과 똑같았으므로 잠을 잘못 잔 것이 아닌가 하는 생각까지 들었다. 그러나 운은 이내 달래 여사가 퍽 변해 있음을 깨달았다. 그녀의 언동엔 불안의 기색이 역력했다. 그리고 쉰 목소리엔 피로가 잔뜩 스며 있었다. 그녀는 남편의 신음 한 마디 한 마디에 안절부절못하면서 애를 태우는 것이었다.

"아, 어쩌면 좋을꼬!"

운이 기침을 한 뒤 밑으로 내려가자 달래 여사는 마치 약방의 사환이라고 만난 듯 주절거렸다.

"이전엔 한번도 이런 일이 없었는데, 아픈 사람이 밤새도록 한잠도 자지 않고 앓아대니, 대체 어째야 좋을지 모르겠구먼."

영감은 예의 흰 셔츠와 잠옷바지 차림으로 벽을 향해 돌아누위 있었고, 달래 여사는 그 곁에 쭈그리고 앉아 애절한 눈길을 보내고 있었다. 그러나 운은 어떤 도움을 줄 수도 없어서 안타까울 뿐이었다.

그래도 혹시 무슨 수가 없을까 하고 무작정 밖으로 나섰다. 그는 어떤 방도를 찾지 못한 채 이리저리 거리를 방황했다. 어느덧 밤이 되었다. 밤공기는 텁텁한 대로 가슴을 틔워 주는 듯도 했으므로 운은 집도 절도 잊은 방랑자처럼 한동안 터덜터덜 걸었다. 하늘엔 별 몇 개가 곧 꺼져 버릴 듯 깜박거리고 있었다.

그때 어둑한 골목 한 모퉁이에서 악을 쓰며 지껄이는 남자의 목소리가 들려와 운의 발을 멎게 했다.

"이 쌍! 내가 말이야, 오늘 말이야, 뼈 빠지도록 일을 해서 몇 푼 받았단 말이야! 그래서 말이야, 한잔 걸치고선 아가씨를 찾았는데 왜 속여넘기느냔 말이야. 이 쌍 늙다리야! 어서 돈을 내놔!"

그러자 질린 듯 애소하는 듯한 여자의 목소리가 대꾸했다.

"죄송합니다, 죄송합니다. 그렇지만 속이려고 했던 건 아니니 양해해 주세요. 그리고 노시긴 노신 거니까 거렁뱅이한테 적선하신 셈치고 참아 주세요."

"늙어빠진 것이 그래도 입은 살아가지고 사람을 자꾸 놀리는 군. 이제까지는 고만 연극으로 사내들을 능쳐먹었겠지만 나한테까지 통할려구. 쌍년! 내 돈을 안 뱉어내고 견디는지 보자!"

그러더니 어깨에 가방을 멘 사내 하나가 작달막한 여자의 머리채를 잡아끌고 골목 어귀로 나왔다. 사내도 비틀거리는 품이 제법 취한 꼴이었지만 여인네는 벗어날 힘이 없는지 허리를 꼬부린 채 질질 끌리며 신음할 뿐이었다. 한적한 길가의 가로등 아래에 서서 사내는 잠시 두리번거리며 욕설을 씨부렸다.

그 순간 검은 윗도리를 걸친 젊은 사내 하나가 골목으로부터 튀어나와 단번에 여인의 머리에 붙은 주정뱅이의 손을 떼어내고 홱 떠밀었다. 주정뱅이는 맥없이 나둥그러졌다.

"먹고 살겠다는 사람을 왜 그래? 엔간히 처먹었으면 곱게 놀고 떠날 것이지 트집은 웬 생트집이야. 아가씨 탐내지 말고 집에 가서 딸내미 코딱지나 떼줘!"

불의의 습격과 설교로 골이 오른 사내는 몸을 일으켜 상대를 노려보았으나, 상대가 어깨에 힘을 잔뜩 넣고 인상을 쓰자 곧 침을 퉤퉤 뱉곤 투덜거리며 어둠 속으로 사라져 버렸다.

여인은 손을 재게 놀려 헝클어진 머리를 매만지고 있었다. 분가루가 떨어져 내릴 듯 허옇게 화장한 얼굴이 가로등 빛 아래서 슬픈 희극배우의 가면처럼 여겨졌다. 그러나 용운은 그 가면 밑에 달래 여사의 얼굴이 있다는 것을 알 수 있었다.

여인은 젊은 사내에게 고맙다고 주억거린 뒤 주정뱅이가 간 방향을 피해 발을 옮겨놓았다. 그러자 젊은 사내가 그녀의 어깨를 붙잡았다.

"인사는 하고 가셔야지… 한 장만 떼시오."

"주인 아주머네가 석 장 가져가고 두 장 뿐인걸. 이건 급한 용처가 있어서 말요."

젊은 사내의 눈알이 희번덕거렸다.

"알 만한 양반이 쩨쩨하게 구는군. 다시 머리끄덩이를 끌리고 싶어 이러는 거요?"

그러자 여인은 분바른 얼굴에 애절한 빛을 띠고 상대방을 올려다보았다. 그러나 사내의 눈은 비웃음을 보일 뿐 그 험한 표정은 미동도 하지 않았다. 여인은 고개를 수그리더니 주머니 속에서 무엇인가를 꺼내 사내의 낯짝을 향해 내던졌다. 사내가 그것을 집어 휘파람을 불며 사라진 뒤, 여인은 허물어지듯 주저앉아 어깨를 떨며 울먹이기 시작했다. 짙은 어둠이 그 위에 내려앉고, 야경대원의 호각이 먼데서 삑삑거렸다.

운은 컴컴한 허공으로 눈을 주었다. 별들만이 뭔가 알아들었다는 듯 깜빡이고 있었다.

날개

다시 여름이 왔다. 폭양曝陽과 매미소리는 비슷해도 똑같은 여름은 아니었다.

그 즈음 원생들 사이에서 불길한 소문 하나가 떠돌았다. 탈출 전과자 등 꼴통들을 골라 악명 높은 고하도 감화원으로 보낸다는 것이었다.

용운은 가슴이 덜컥 내려앉았다. 그렇잖아도 마음 한 구석에 어두운 예감 같은 게 깃들곤 했던 터였다. 그토록 말썽을 일으켰는데도 원장이나 담당 선생으로부터 호출 한번 없는 것도 미심쩍었다. 근래엔 마치 의붓자식 대하듯 무정하고 매서운 감시의 눈초리만 받을 뿐이었다. 용운은 너무 불안하고 초조해서 밥조차 제대로 삼키기가 어려울 지경이었다.

용운은 탈출에 대해 좀 더 현실적으로 깊이 생각하고 있었다.

그리고 과거의 방법에 대해 여러 모로 반성을 했다.

첫 번째 탈출은 의타적인 면이 강했다. 그때 그 발동선을 타고 가 성공을 했더라면 물론 좋았겠지만, 실패한 이상 문제점을 따져 더 나은 방식을 모색해야 한다고 생각했다. 어떤 한 가지 문제는 그것으로 끝나는 것이 아니고, 생활 속의 다른 문제와도 연결되어 있다는 것을 그동안의 고생을 통해 어렴풋이나마 느 꼈기 때문이었다.

두 번째의 실패 원인은 자기 자신의 능력을 제대로 알지 못하 고 공상적으로 추진한 데에 있었다. 만약 수영 실력이 갖춰졌더 라면 뗏목이나 널빤지 따위에 연연하지 않고도 바다를 건너 유 토피아에 가 닿지 않았을까 하고 생각했다.

백곰이 가르쳐 준 방법은 시도할 가망이 별로 없었다. 감시가 심하기 때문이기도 했지만 밤에 혼자 바다에 뛰어든다는 것은 쉬운 일이 결코 아니었다. 더구나 헛소문이라고는 하지만 귀신 얘기까지 흉흉하게 나도는 섬이고 보면… 캄캄한 바다에서 어 디를 어떻게 헤매다가 죽을지 모를 노릇이었다. 그 때문에 용운 은 간조 시간과 물을 건너는 방법을 찾기에 고심하느라 밤새 머리를 굴리곤 했다.

탈출 시도는 세 번째가 되는 셈이었다. 잡힐 때마다 어떤 고초 를 치렀는지는 새삼 말할 필요도 없었다.

이제 용운은 수용소 전체가 공인하는 요시찰 제1호가 되었다.

당연히 불침번 명단에서도 제외되었다. 불침번을 서게 한다는 것은 마음 놓고 나가라는 말과 마찬가지였던 것이다. 밤에 화장 실조차 마음대로 갈 수 없었다. 아무리 용변이 급해도 다른 동행자가 일어나기 전까지는 내보내 주지 않았다. 왕거미 사장은 한 번만 더 그 짓을 하면 지옥으로 보내겠다고 협박했다.

그러나 이보다 더한 지옥이 또 있을까? 그런 것들로 해서 탈출의 의지가 꺾이진 않았다.

더 이상 모정의 그리움 때문만이 아니었다. 자유가 그리웠다. 사감이나 스라소니가 말하는 그런 자유가 아니었다. 남을 구속하지 않고 남에게 구속되지도 않고 자신의 노력으로 꿈을 펼쳐 나가는 자유….

수용소 생활이 소름끼치도록 지긋지긋했다. 거듭된 탈출 실패가 미련의 응어리로 퇴적되면서 이젠 정말 안 나가면 죽는다는 강박관념까지 싹텄다. 그건 무의식의 소망 같은 것이기도 했다. 하루를 살다 죽어도 밖에 나가 자유를 누렸으면 더 이상 원이 없을 것 같았다. 또한 점차 나이가 들어감에 따라 자신의 실체를 찾아보고 싶은 욕망도 한층 강렬하게 생겨났다.

'내가 지금의 이 꼴이 된 원인은 무엇인가? 엄마를 홀린 사이비 종교 교주는 지금도 선량한 사람들을 홀리고 있을까? 나는 누구의 자식이며 어떤 집에서 태어난 것일까? 아버지는 뭐하는 사람이며… 그때 왜 그랬을까? 혹시 내가 대궐의 왕자 같은 신

분은 아니었을까?'

그런 궁금증은 꽃버섯처럼 자꾸 피어나서 의식만으론 제어할 수가 없는 과대망상으로 변하는 것이었다.

뻐꾸기 울음소리와 두견새의 절규는 사람 마음속에 남아 있는 일말의 순정과 진실을 일깨우려고 신이 보낸 정령의 목청인 듯싶었다. 그 소리를 듣노라면 고향의 모정이 사무치게 그리워지고, 선감원이란 공간이 무간지옥의 밑바닥처럼 여겨졌다.

마침내 용운은 목숨을 걸고 최후의 결행을 하기로 했다. 간조를 택해 수영으로 바다를 건너 보겠다는 생각이었다. 위험하기 짝이 없는 생각이었지만 더 이상의 방법이 없었다.

일단 수영부터 제대로 배우기로 했다. 눈여겨 둔 아이가 있었다. 해마다 6월 중순쯤 되면 다소 이른 철임에도 원생들은 휴식시간 틈틈이 저수지에 뛰어들어 물장난을 하곤 했는데, 거기서 수영에 능통한 원생 하나를 발견했던 것이다.

"야, 너 수영 한번 기차게 하더라. 어디서 배웠냐?"

"거야 뭐, 인천 앞바다가 고향이니까."

"아, 그래? 그런데 수영하면 몸이 튼튼해진다는 게 사실이니?"

"자식, 싱겁긴."

"앉았다가 일어나기만 하면 핑 도는데 이거 몸이 약해 그런 거지? 나한테 수영 좀 안 가르쳐 줄래?"

"수영이라… 뭐 크게 어렵겠냐. 하지만 공짜로?"

"그 대신 내가 매일 빵을 줄게."

"빵을?"

"어차피 나는 싫어하는 건데 뭐."

"뭐, 그렇다면 가르쳐 주는 거야 어렵지 않지."

그날 오후부터 수영 연습에 임하게 되었다. 다른 원생들을 의식해서 최대한 자연스러워야 했다.

"어푸푸! 아, 잘 안 돼…."

"너무 조급하게 구니까 그렇지. 팔 동작을 넓고 부드럽게 하라구."

용운은 열심히 배웠다. 개구리헤엄과 모자비헤엄도 배웠고, 가장 힘이 적게 든다는 송장헤엄도 배웠다. 일주일쯤 하자 어느 정도 요령이 붙기 시작했다. 특히 송장헤엄은 속도는 느렸지만 힘이 별로 들지 않아 무한정 갈 것 같았고, 염분이 많은 바닷물이라 그런지 물 위에 편히 누웠는데도 몸이 잠기지 않고 얼굴 위로만 물이 약간씩 살랑대는 맛이 묘미였다.

"이제 내가 없어도 되겠다. 인제부터 너 혼자 반복적으로 연습해."

수영 스승이 점잖게 말했다.

그날부터 용운은 체계적인 전략을 세우고 혼자 연습에 임했다. 아침저녁으로 팔 힘을 기르기 위해 턱걸이와 팔굽혀펴기를 하고, 수영 거리는 매일 10미터 이상씩 늘려 가기로 목표를 잡았다. 개구리헤엄과 모자비헤엄으로 나가다가 힘이 부치면 송장헤엄으로 하고, 또 체력의 고른 안배를 위해 리듬을 정해 놓고 반복 훈련을 했다.

그 즈음 소 내에서는 며칠 전에 실시한 선거에서 엄청난 부정이 있었다는 소문이 나돌았다. 집권당인 공화당이 온갖 부정을 감행해 권력을 유지했다는 소문이었다. 선거 무효를 주장하는 학생들의 움직임이 심상치 않다는 소리도 들렸다.

어느 날 저녁, 식당에서 막 나오는데 피에로가 기다리기라도 했던 것처럼 따라붙었다.

"야, 같이 가."

"응, 형 어서 와."

"너, 이제 수영에 자신이 좀 생겼냐?"

"운동 삼아 하는데 자신이고 뭐고가 어딨어?"

"짜식, 시치미 떼기는… 하여튼 돌아오는 그믐날 나랑 같이 토낄 각오하고 있어."

"뭐?"

"놀라기는. 너도 알겠지만 지난번에 한번 뒈질 뻔하다 산 뒤로 기가 팍 죽어서 도통 용기가 안 나더라. 그렇지만 이대로 있을 수만은 없잖아. 뒈지든 살든 다시 한번 부딪쳐 봐야지."

"그랬었구나. 난 또….."

"왜? 경계할 놈으로 보였냐?"

"아니, 뭐 그렇다기보다… 근데 그믐이야?"

"그날은 음력으로 사리잖아."

사리란 한 달 중 가장 물이 많이 빠지는 날을 뜻했다.

"쳇, 언제는 그런 날이 없어서 못 나갔나? 많이 빠져 봐야 거기서 거기지."

"야, 그럼 왕창 빠진다면 여태껏 누가 안 나가고 있겠냐?"

"근데 형은 그렇게 고생하고도 또 도망칠 자신 있어?"

"남말 하고 있네. 그러니까 뒈질 각오한다는 거 아니냐? 그리고 누군 뭐 틈틈이 연습 안 하는 줄 아냐?"

"그랬군."

"하여튼 그날 물 빠지는 시간은 새벽 3시쯤부터니까 각오 단단히 해둬."

"알았어."

"죽기 아니면 살기지 뭐."

둘은 그날을 대비해 작전 계획을 세웠다. 작업 때마다 주는 밀빵을 탈출 3일 전부터는 먹지 말고 모아둔다는 거였다. 탈출 직전에 먹기 위해서였다. 그날 새벽에 불침번들이 교대하는 것을 신호 삼아 자리에서 일어나기로 했다. 물이 3시쯤부터 빠지기 시작하니 바닥이 충분히 드러나도록 30분가량 기다리다가 나간다는 계산이었다.

"형, 그날 밤 화장실 가는 척하려면 런닝구와 팬티 차림 그대로여야 하는데… 옷은 어쩔 거야?"

"그냥 그대로 나가지 뭐. 어차피 수영을 하려면 벗어야 하기도 하지만, 일단 마산포에만 도착하면 걸어 놓은 빨래 정도야 없겠니."

"알았어."

둘은 씩 웃으며 손을 잡았다.

그 순간, 용운은 나뭇가지를 떠나 드넓은 하늘을 훨훨 날아가는 푸른 새를 보았다. 그건 환상이 아니라 현실이었다. 용운은 그 새의 날갯짓을 바라보며 입가에 미소를 머금었다.

'그래, 이젠 그 날갯짓이 무한한 자유만이 아니라 살아내기 위한 고투라는 걸 안다. 그래도 그 고투를 사랑하고 싶다.'

용운은 독백하듯 입속으로 중얼거렸다.

파도와 조약돌

드디어 기다리던 날이 왔다.

전날 아침부터 개간사업에 내몰려 전에 없이 고된 하루를 보낸 원생들은 자리에 눕기 무섭게 코를 골았다. 용운은 밀약대로 3시까지 잠들지 않고 기다리기로 했다. 하기야 잠이 오지도 않았다.

그런데 막상 떠난다고 생각하니 심정이 착잡하지 않을 수가 없었다. 좀 우습긴 했지만, 엉큼하고 무지막지하던 백곰 반장이 탈출 방법을 알려 준 것도 콧날을 찡하게 했다. 무엇보다도 그 허약한 박꽃 누나를 지켜 주지 못하는 것이 안타까워 견딜 수가 없었다. 백곰의 부탁 때문은 결코 아니었다. 그런 건 오히려 용운의 마음에 어떤 거부감을 불러일으켰다.

'너 같은 쌍놈 따위가 어떻게 그 고운 누나를 사랑한단 말이야! 썩 꺼져 버려!'

반감과 고마움이 교차하는 양가감정 속에서 용운은 속으로 부르짖었다. 하지만 이미 그 누나는 정신줄을 놓았고 백곰 반장은 사라져 버렸는데 무슨 소용이란 말인가. 용운은 남몰래 긴 한숨을 내쉬었다.

'누나, 미안해요. 나 혼자 도망치려 한다고 생각하겠죠? 하지만 여기서는 더 어쩔 수가 없어요. 엄마보다 더 좋아한 누나… 그 포근한 가슴 속에 안겨 꿈을 꾸고 싶었어요. 그렇지만 안 돼요! 이제 가야만 해요! 여기 있다가는 죽고 말 테니까요. 하느님, 고운 우리 누나를 좀 지켜 주세요…. 슬프고 예쁜 누나야, 난 가야 해. 하지만 나 혼자만 살겠다고 가는 건 결코 아니에요. 믿어 줘요…. 누나, 잘 있어. 언젠가 꼭 다시 와서 누나를 데려갈게.'

벽시계가 세 번을 쳤다. 용운이 부스럭거리며 일어나자 불침번이 물었다.

"뭐여?"

"변소 좀 갈라구요."

"빨리 갔다 와."

불침번은 게슴츠레한 눈으로 귀찮다는 듯이 말했다.

"예."

용운은 짐짓 급한 듯 종종걸음으로 걸었다. 생경한 공기가 코를 통해 폐 속으로 들어왔다.

밖은 지독한 안개로 휩싸여 있었다. 가뜩이나 그믐이라 어두운데 안개까지 끼다 보니 발아래조차도 분간하기가 어려울 지경이었다.

"가는 날이 장날이라더니…. 야, 빨리빨리 움직이자."

초조한 모습으로 기다리던 피에로가 장애물에 부딪칠세라 손으로 안개 속을 휘저으며 앞서 나갔다.

이미 초여름이었지만 밤안개는 몸을 으스스하게 휘감았다. 마음은 급하고 안개 속을 더듬어 나가는 건 힘이 들었다. 그때 용운의 발에 뭔가 텅 소리를 내며 부딪치더니 물이 쏟아지는 소리가 났고 이어 양철통이 굴러가며 요란스런 소리를 냈다.

잠귀 밝은 셰퍼드가 컹컹 짖어댔다. 특별히 훈련된 그놈은 불침번이 나오도록 계속 컹컹 목청을 울렸다. 다급해진 탈출자들은 발을 헛디뎌 도랑으로 굴러 떨어지기도 했고, 갑자기 눈앞을 막아서는 나무나 기둥에 몇 번이나 부딪칠 뻔도 했다.

"형, 어쩌지?"

"음, 좋아! 토끼는 놈이 어려우면 잡으러 오는 놈들도 어렵겠지. 흐흐."

웅덩이를 잘못 디디고 넘어질 듯 휘청거린 피에로가 오기 띤 소리로 씨부렸다.

그때 바로 뒤쪽에서 컹컹 개 짖는 소리가 들려왔다. 불침번이 외치는 소리도 좀 멀리서 들려왔다.

"멈춰라! 거기 서! 발사한다!"

둘은 헉헉거리며 뛰었다. 이윽고 눈앞에 바다가 희뿌옇게 보였다.

"형, 어떡할까? …저 콜타르 같은 지옥 바다를 과연 건널 수 있을까?"

"안 가면 죽어. 가는 데까지 가보자구. 호호."

피에로가 개펄로 내려서며 말했다. 앞은 희미했지만 발밑으로 개펄이 밟히는 걸 보니 간조 때가 맞긴 맞는 모양이었다. 뒤에서 총소리가 연달아 들려왔다. 그리고 여러 사람이 멀리서 떠들며 추격해 오는 소리도 희미하게 감지되었다.

"아앗!"

갑자기 용운이 신음을 흘렸다.

"왜 그래?"

"총알이 귀를 스쳤나 봐."

"괜찮아?"

"형, 상체를 숙이고 빨리 뛰어! 우릴 죽여도 된다는 특명을 내렸나 봐."

"악마 새끼들!"

두 탈출자는 마산포를 바라보며 필사적으로 뛰었다. 발목까지 푹푹 빠지는 펄 속에서 속도를 내기란 쉬운 일이 아니었다. 어떤 곳은 무릎까지 빠지기도 했는데, 그럴 때는 진흙 위를 기다시피 해야 했다. 황소도 삼킨다는 늪지대 얘기가 떠올라 용운은 머리털이 곤두서기도 했다.

"앗, 따가워…."

앞서 가던 피에로가 갑자기 한쪽 발을 치켜들었다.

"왜 그래?"

"조개껍질에 찔렸나 봐."

"많이 아파?"

"음, 푹 찢어진 듯해. 급하니 우선 바닷속으로 숨자."

"피가 많이 흐르면 안 돼. 바닷물이 피를 마구 빨아낼 텐데. 형, 일단 런닝구로 발을 감자."

진흙으로 칠갑이 된 런닝셔츠를 찢어 발을 싸맸다. 이제 몸에 걸친 것이라곤 팬티 하나뿐이었다.

그때 바로 뒤쪽에서 셰퍼드의 으르렁거리는 소리가 들렸다. 개는 개펄 앞에서 잠시 멈칫거렸으나 곧 자신의 사명을 떠올렸는지 철벅거리며 쫓아 들어왔다.

"형, 잡히면 우린 끝장이야. 어서 앞만 보고 뛰어들어!"

용운은 피에로를 부축하며 재우쳤다. 그러나 그 순간 셰퍼드가 피에로의 종아리를 물고 늘어졌다. 피에로는 넘어져 뒹굴며 진흙투성이가 된 채 신음소리를 냈다. 용운은 다급한 나머지 진흙을 한 움큼 집어 퍼런빛을 내며 위협하는 개의 눈에 대고 세게 비벼댔다. 개는 어쩔 줄 모르고 빙빙 맴을 돌며 컹컹거렸다.

그때 뒤쫓아 온 감시병들이 쌍욕을 섞어 소리쳤다.

"저 개보다 못한 인간 종자들! 이젠 어쩔 수 없다. 제대로 겨냥해서 죽여 버려! 포상금이 있어."

뒤이어 하이에나의 웃음과 같은 괴이한 소리와 함께 총소리가 울려 퍼졌다.

둘은 곧장 헐떡거리며 뛰었다. 그들은 아무것도 느끼지 못했다. 다만 깊은 펄 속을 딛고 빼는 발소리만 들려왔다.

"아얏!"

갑자기 피에로가 소리를 내지르며 푹 엎어졌다.

"다리에 맞았어."

"형, 일어서야만 해. 조금만 힘을 내."

용운은 그를 일으켜 끌며 다급히 말했다.

"으음… 그래, 빠삐용을 생각하며…."

피에로는 그 상황에서도 영화 장면을 생각하는 모양이었다. 이윽고 바닷물이 찰랑찰랑 발목을 적셔 왔다. 한 발짝 한 발짝 내딛을수록 수위는 급속히 차올라 곧 배꼽을 넘어섰다.

"자, 출발이다!"

"좋아!"

총소리가 어둠을 가르며 그들의 뒤를 쫓아왔다. 총알은 무정하다. 두 어린 탈출자는 러시안 룰렛보다도 더 아슬아슬하게 그들의 운명을 시험하는지도 몰랐다. 순간은 영원과 통한다지만 목숨은 하나뿐이다.

둘은 급히 심호흡을 한 뒤 바다에 몸을 띄웠다. 개소리와 총소리가 마구 섞여 밤바다를 흔들었다. 그 소리는 그들의 목숨을 일촉즉발의 순간에 멈추고 앗아갈 것만 같이 맹렬했다.

둘은 사력을 다해 검은 콜타르 같은 바다를 헤쳐 나갔다. 추적자들의 소리는 차츰 모깃소리처럼 희미해졌다.

여름이라지만 새벽 물은 차가웠다. 더구나 저 멀리 까마득한 마산포를 바라보자 벌써부터 몸이 떨렸다. 만일 저 넘실거리는 거대한 바다를 건너지 못하고 도중에 좌초한다면, 지금 살아 숨 쉬는 이 몸뚱이는 하나의 사물死物이 되어 어디로 가는지도 모른 채 표류하게 될 터였다.

"꿈을 찾아 가자!"

"우선 여기서 빠져나가야 해."

"이 지옥에서?"

"응."

"이곳을 빠져나가면 과연 천국이 있을까? 그곳은 어떤 천국일까?"

용운과 피에로는 서로 격려하며 두근거리는 심장을 진정시키면서 천천히 헤엄을 쳐 나갔다. 차츰차츰 선감도는 멀어지고 그들은 바다 한가운데로 진입했다.

하지만 마산포는 눈앞에 가물가물하기만 할 뿐 아무래도 가까워지지가 않는 듯했다. 그들은 마치 해변 위에서 바둥대는 두 마리의 개미처럼 보였다. 저수지나 얕은 해변에서 수영 연습을 할 때와는 달리 깊고 물결이 거센 한바다에서는 아무리 힘껏 헤엄을 쳐도 얼마 나아가지도 않을 뿐더러 오히려 물살에 떠밀려 후진하기도 했다.

그래도 용운은 마지막 기회라고 생각하며 한 뼘씩 한 뼘씩 전진해 나갔다. 세상에서 겪었던 온갖 고생을 떠올리며, 엄마를 생각하며 젖 먹던 힘까지 끌어 모았다.

"구름아, 같이 가!"

자기 별명을 부르는 소리에 용운은 헤엄을 멈추고 돌아보았다. 피에로가 저 뒤에서 힘겹게 물결을 헤치며 다가오고 있었다. 용운은 팔을 수면 위에 쭉 편 채 기다렸다. 가까이 다가온 피에로의 얼굴은 창백한 채 지친 기색이 역력했다.

"형, 왜 그래? 아직 반도 못 왔구만."

"몰라. 생각보다 훨씬 힘드네… 아까 갯벌에서 찔린 발이 저리고… 총알 맞은 다리가 뻣뻣해지면서 힘이 하나도 없는 게… 이상해. 피가 계속 흐르는 게 아닌가 몰라."

피에로는 울상을 지었다. 그는 평소에 괴로울 때도 웃는 표정을 일부러 짓곤 했는지라 그것은 좀 생소한 느낌을 용운에게 주었다.

"형, 송장헤엄 칠 때처럼 드러누워 봐. 내가 한번 살펴볼게."

피에로는 일단 물속으로 한번 들어갔다가 나오면서 몸을 틀어 해면에 누웠다. 용운은 그의 다리 쪽으로 가서 살펴보았다.

눈에 띌 만큼 많은 피가 흐르는 건 아니었지만 벌어진 벌건 상처 속에서 가느다란 실 같은 핏기가 엿보이긴 했다.

"형, 염려하지 마. 피는 안 나오니까, 가만히 좀 쉬면 괜찮아질 거야. 평소처럼 채플린 흉내라도 내며 좀 웃어 봐."

피에로는 짐짓 우스꽝스런 표정을 지어 보려고 애를 썼다. 그러나 차가운 물속에서 굳어 버린 얼굴 근육은 뜻대로 잘 움직이지 않았다. 둘은 파이팅을 외치곤 다시 출발했다.

깊이를 짐작할 수 없는 바닷물 속에서 슬금 소용돌이가 칠 때마다 원한 맺혀 죽은 물귀신이 잡아끌 것만 같고, 어디선가 피 냄새를 맡은 상어가 쫓아와 다리를 석둑 물어뜯을 듯해 공포스러웠다.

한동안 잘 가던 피에로가 또 멈춰 서서 얼굴을 찡그렸다.

"구름아, 다리가 굳어서 힘을 쓸 수가 없어. 아무래도 큰 탈이 생겼나 봐. 니가 걱정할까 싶어 기를 쓰고 따라왔지만… 사실은 허벅지 쪽에 쥐가 나고 힘살이 끊어지는 듯이 계속 아파서 더 어쩔 수가 없어."

그는 헐떡거리면서 겨우 말을 했다.

"형, 마음 단단히 먹어. 포기하면 안 되잖아. 힘겨운 고생 끝에 따 먹는 열매가 더 달콤하다고 형이 전에 말했잖아. 나를 죽이지 못한 것은 나를 더 강하게 만든다고도 했지. 견뎌내자!"

하지만 피에로는 통증을 참느라 기진맥진해져서 팔에 힘을 넣어 헤엄칠 엄두를 내지 못하는 상태였다. 물살이 의외로 거세

어서 멈춰 있더라도 계속 몸을 파닥거려야만 현상 유지가 가능
했다. 피에로는 얼굴만 밖에 내놓은 채 물속에서 팔을 조금씩
저으며 말했다.

"구름아, 너 혼자 가. 난 아무래도 안 되겠어… 미안해."

"정신 나간 소리 좀 하지 마! 마산포나 선감도나 이제 여기서
는 비슷한 거리야. 죽든 살든, 이쪽이든 저쪽이든 어차피 피장파
장이란 말이야! 가다가 죽더라도 차라리 이쪽으로 방향을 잡는
게 낫다구. 지난번에 기둥에 묶여 밤을 새운 기억을 떠올리면
뭘 못하겠어, 응? 죽자 사자 가보자!"

"그래, 그래야겠지."

피에로는 기운을 바짝 모아 외쳤다. 그는 전진하기 위해 용을
쓰고 있었다. 그러나 발을 쓰지 않고 팔만으로는 물살을 차고 나
갈 수가 없었다. 용운이 다가가 도우려 했으나 역부족이었다. 용
운도 이제 자기 일신만을 겨우 지탱해 나갈 힘밖에 지니고 있지
못했다. 용운의 눈을 바라보던 피에로는 고개를 흔들었다. 그러고
는 물속으로 쑥 가라앉더니 얼마 후 저 아래쪽에서 떠올랐다.

"형! 제발 힘내!"

"구름아, 잘 가!"

"형!"

"구름아, 넌 그래도 엄마를 찾을 희망이래도 있어 좋겠구나.
우리 엄만 날 낳다가 돌아가셨대. 어떤 분인지 도무지 상상하기

도 막막해. 야, 잘 가!"

피에로는 한쪽 손을 들어 흔들었다. 그러더니 또 쑥 물속으로 가라앉아 한참 후에 더욱 더 떨어진 거리에서 떠오르곤 했다. 맥이 빠져서 그러는 것 같기도 했고, 용운이 쫓아오는 것을 막기 위해 그러는 것 같기도 했다.

용운이 결정을 내릴 새도 없이 그는 거센 물살에 쓸려 저 멀리로 떠내려가 버렸다. 어둑한 새벽 바다 위에서 이제 그의 모습은 거의 보이지도 않았다.

"형! 죽지 마! 살아야 해!"

용운이 소리쳤으나 아무런 대답도 들을 길이 없었다. 바다는 암흑의 적막 속에 잠겼다.

"형, 피에로 형…."

용운은 울음과 짠물을 함께 삼키며 소리쳤다. 하지만 아무 대답도 들려오지 않자 몸을 돌려 천천히 마산포 쪽으로 헤엄쳐 나갔다. 그의 입에서 흐느낌이 계속 흘러나왔다.

해풍이 불면서 물결이 더 거세게 몰아닥쳤다.

용운은 검푸른 바다 위에 등을 댄 채 둥둥 떠 있었다. 그는 거센 파도를 거슬러 오르느라 지친 나머지 곧 숨이 끊어질 듯 헐떡거렸다. 코끝을 스쳐 가는 바람에 염분기와 습기가 진해지더니 갑자기 컴컴한 하늘에서 천둥이 우르릉 쾅쾅 하고 쳤다.

음습한 해풍과 함께 귓가를 때리는 그 소리는 기진맥진한 용운에겐 추격자들의 총소리처럼 증폭되어 들렸다. 동료를 명중시킨 총알이 금방이라도 사방에서 몸을 꿰뚫고 들어올 듯해 용운은 공포에 질린 채 벌벌 떨었다.

천둥소리와 더불어 번개가 번쩍번쩍하더니 뭔가 차갑기도 하고 뜨겁게도 느껴지는 이물질이 이마와 심장 속을 파고들었다. 이젠 죽는구나 하고 생각하면서도 용운은 젖 먹던 힘까지 다해 몸을 뒤집어 물속으로 잠수를 했다. 거대한 괴물 같은 바다. 물속의 억센 일렁임이 온몸을 비틀어 쥔다. 숨이 가쁜 나머지 수면으로 눈을 살짝 내민 용운은 해면을 마구 두드리는 야릇한 소리를 들었고 그것이 거세게 내려치는 빗발이라는 사실을 알았다.

폭우는 강한 바람을 받아 비스듬히 내리며 용운의 얼굴을 두드려댔다. 통나무 같은 그의 몸은 거센 파도에 휩쓸려 멀리 환상처럼 깜박거리는 마산포의 한 점 흐린 불빛과는 반대 방향인 선감도 쪽으로 떠돌아 갔다. 이미 방향 감각을 상실한 상태였지만 용운은 본능적으로 그 아련한 듯하면서도 무정한 불빛을 쳐다보았다. 그 불빛은 빗줄기에 의해 산산조각으로 찢기고 있었다.

"엄마… 박꽃 누나… 피에로 형… 그리고 이름도 모르는 그 소녀…."

용운은 멍청이처럼 중얼거렸다. 오로라인 양 반짝이는 불빛의 파편 속에 환영이 어른거리는지도 몰랐다.

"왕거미 사감, 스라소니 놈, 그리고 그들의 손에 맞아 죽은 수많은 아이들…."

용운은 울면서 중얼거렸다. 그는 입속에 자꾸 고이는 빗물을 뱉어내고 삼키며 뇌까렸다.

"왕거미 놈은 말했었지. 너희 놈들이 억울하다고 지랄할 건 없다고. 게으르고 자립심이 부족하고 남한테 신세 지려 하고, 이게 네놈들의 본성이라고. 그리고 전생에 얼마나 악독하게 살았으면 지금 이런 곳에서 이런 꼴로 썩고 있겠느냐고 말야."

용운은 흐느끼면서 씹어뱉듯 절규를 토했다.*

"이 길이 불가능할지 모르지만… 여기서 멈추면 아무것도 할 수 없는 시체가 될 뿐이다! 그러면 아무도 좋아하지 않을 것이고

---

* 선감도의 비극은 사실상 국가폭력이며 특별법을 제정해 정부가 진상규명을 해야 한다는 연구결과가 나왔다.
국가인권위원회의 '선감학원 아동인권 침해사건 보고서'는 "선감학원은 일제강점기에 조선감화령이라는 법령에 근거하여 조선총독부가 직접 그 설치와 운영에도 관여했다. 해방 이후부터 군사정권에 이르기까지 선감학원을 통한 강제수용과 감금, 인권침해행위는 국가의 부랑아 일소라는 계획과 국가기관의 영향력 아래에서 자행된 것으로 국가범죄이자 인권범죄라고 규정할 수 있다. 일제강점기부터 군사정권까지 선감학원에서 아무런 법적 근거도 없이 강제수용, 강제격리, 강제노동, 강제규율, 일상적인 폭력, 실종 및 사망, 인간사냥, 노예화 등 중대한 인권범죄가 이루어졌다"라고 밝혔다.

나 또한 나를 좋아할 수 없다! 죽어서도 퉁퉁 분 내 시체가 그놈들의 놀림감이 되겠지."

용운은 헤엄을 치기 시작했다. 컴컴한 바다 속에서 그에겐 다만 흐린 한 점 불빛이 보일 뿐이었다. 천둥 번개가 치고 파도는 가파른 벼랑처럼 조금이라도 기어오르려는 그를 밀어 떨어뜨렸다.

그러나 이제 용운은 지레 겁을 먹거나 기가 꺾이지만은 않았다. '나를 죽이지 못한 것은 나를 더 강하게 만든다. 견뎌내자!'

그는 파도에 휩쓸리면서도 결연한 동작으로 목표인 마산포의 불빛을 향해 묵묵히 나아갔다. 한 걸음 밀려나면 이를 악물곤 한 걸음 나아갔다. 목표도 현재도 두려움도 죽음까지도 모두 다 잊어버린 무심함 그 자체로 바다와 맞서 있을 뿐이었다. 하나의 물거품이랄까. 파도가 허연 이빨을 드러내고 킬킬거리며 그를 갖고 논다. 거대함의 장난질. 용운은 허덕거리며 쓴물을 들이켠다. 강철 같은 파도에 뺨을 얻어맞곤 팽개쳐져도 낙심하지 않았고, 마침 밀려가는 파도를 타고 운 좋게 성큼 전진해도 별로 기뻐하지 않았다. 그는 다만 바닷속에서 바다의 방해를 받으면서도 그 바다를 이용하여 소망하던 뭔가를 향해 발버둥치고 있는 하나의 미천한 생물일 뿐이었다. 낙엽이 아닌 뜻을 지닌 생명….

그렇긴 해도 지난 초여름에 틈을 내어 기본적인 개구리헤엄뿐 아니라 여러 가지 응용 수영법을 익히고 실력을 쌓아 둔 것이 큰 힘이 되었다. 정신력은 중요하지만 그것만으로는 아무도 보지 않는 곳에서 홀로 외롭게 투쟁하다가 물고기의 밥이 되기가 십상일 터였다.

다리가 부러진 새는 날개가 있어도 날지 못하며, 날개뿐만 아니라 다리에도 힘이 있어야 비로소 날갯짓을 할 수 있다는 어떤 책의 구절이 떠올랐다.

어둑한 새벽 바다는 말 그대로 고해苦海였다. 용운은 그 속에서 안간힘으로 몸부림치면서도 얼핏얼핏 떠오르는 과거의 기억들을 반추하고 있었다. 여덟 살 어린 나이에 부모로부터 버림받은 후 근본도 알 수 없는 거지 신세가 되어 떠돌았던 날들… 그리고 죄 없이 잡혀와 어린 머리와 가슴으로서는 이해하기 어려운 수많은 일을 겪었다. 그것에 비하여 이 바다는 오히려 순수하고 아름답지 않은가?… 하고 용운은 부지불식간에 중얼거렸다.

"그렇다! 세상이 아무리 추악하더라도 그것에 물들어 자기를 더럽히거나 타락하면 바보에 지나지 않는다. 그것을 넘어, 내게 주어진 온갖 억울함과 고통을 잘 활용하고 이겨내어, 과거나 지금보다 더 진실하고 아름다운 사람이 되지 않으면… 지금 이런 생사를 버린 헤엄도 필요 없다!"

그는 입속에 들어온 바닷물을 긴 숨과 함께 내뱉었다.

"그러지 않으면 내가 누군지 어떻게 알겠는가? 나도 모르고 부모님도 모르는 것을… 억울하고 서글픈 과거를 버리고… 나 스스로 참다운 나를 만들어 가야만 한다. 물론 그러려면 이 바다부터 건너가야만 하겠지….”

막막한 시공간 속에서 용운은 마지막 힘을 다하여 물살을 헤쳐 나갔다. 심연 속의 고독, 공포…. 미지의 괴물들이 발을 휘감아 끌어들이는 듯하다. 몸이 뻣뻣해지며 타인의 물체만 같다. 어느새 비가 그치고 먼동이 트고 있었지만 그는 그것도 몰랐다.

한참 후에 바다의 물이랑에 여명이 비쳐 그 현란한 빛이 금꽃뱀처럼 잔잔히 퍼덕거릴 때야 머리를 들어 심호흡을 했다. 바로 손에 잡힐 듯 가까워진 포구의 불빛은 그때부터 꺼져 가고, 그토록 힘겨웠던 여로旅路 뒤에 수평선으로부터 맑게 씻긴 태양이 붉게 떠오르고 있었다.

용운은 수면으로부터 상체를 들고 일어섰다. 그는 태양 빛이 비쳐 각양각색으로 변하는 해면을 바라보며 중얼거렸다.

“아버지… 알고 보면… 당신께서도 원래 포악하기보다는 더 나약해서… 그런 이상스런 사이비 종교에 홀려 자식까지 버린 것이 아닌가요? 만약 제정신이었다면 그럴 수가 있었을까요. 아버지, 당신께선 저를 모르겠지만… 저는 차차 당신이 누구이고 무엇인지 알아갈 거예요.”

그는 눈을 들어 새벽노을이 진하게 퍼져 가는 하늘을 우러러보았다.

"엄마도 강한 게 아니라 약해서… 그때 저를 버린 게 아니라… 어쩌면 어떤 사정 때문에 잃어버리고 찾으려 애쓰다 그냥 가신 거겠지요?"

용운은 바다를 벗어나 해변으로 올라섰다. 조약돌들이 발밑에 밟혀 오그락 가그락 감질 맞은 소리를 냈다. 거센 파도에 매일 시달리면서도 울기보다는 웃는 빛으로 내면을 다져 가는 조약돌들…. 용운은 그중 하나를 집어 들고 발걸음을 재촉했다.

용운이 작은 마을 어귀에 도달한 것은 새벽이 다 열리고 다시 하루가 시작될 즈음이었다.

그리 위험한 곳은 없었으나 참으로 멀고 더딘 걸음이었다. 땀투성이가 되어 도착한 용운은 숨 돌릴 틈도 없이 샘터에서 몸을 씻고 복장을 갖춘 다음 찔레덩굴 속으로 몸을 숨겼다. 그렇게 다시 하루낮 하룻밤을 꼬박 산길을 걷고 나서 이튿날 새벽, 드디어 단단한 땅을 밟고 마산포에 들어섰다.

'피에로 형, 잘 있어. 어디로 가든 형을 잊지 않고 행복을 빌어 줄게. 박꽃 누나도….'

아득한 선감도 쪽을 보며 중얼거렸다.

정처 없는 나그네처럼 어느 한적한 들길로 내려서게 되었다. 모든 게 싱그러웠다. 풀 한 포기 나무 한 그루가 정겹게 느껴졌고, 길섶에 뽀얗게 먼지를 쓰고 앉은 이름 모를 풀꽃까지도 아름답게 미소 짓는 듯했다.

느티나무 위에서 새소리가 물었다.

"얘, 너 어디루 가니?"

"그냥 발길 따라 간단다. 여긴 선감도가 아니니까."

"선감도가 어디니?"

용운은 대꾸하지 않고 내처 걸어갔다.

"이 세상엔 없는 곳이지. 천당이나 천국보다 더 아름다웠던 지옥이니까…."

용운은 수풀 속에서 뱀딸기를 하나 따서 바라보며 중얼거렸다.

이정표 없는 길[*]

그 이상한 사람을 만난 건 어느 포장마차에서였다.

용운은 입구에 서서 비를 피하고 있었다. 추적추적 내리는 늦가을 비를 바라보며 소주잔을 만지작거리고 있던 그는 손짓으로 용운을 불렀다.

용운은 어느 결에 마음속에 쳐진 빗줄기 같은 주렴을 걷어내고 그와 마주앉았다. 마음이 한결 푸근해지고 이야기도 푸짐해졌다. 용운은 객지에서, 그는 고향 땅에서 떠돌아다니는 신세였다. 그는 용운보다 스무 해나 세상을 더 살았는데, 틈틈이 킬킬

---

[*] 용운의 탈출로 선감도에서의 악몽은 일단 끝이 났다. 바쁜 독자는 뱀의 다리 같은 이 에피소드를 읽지 않아도 상관없다. 한 시대의 감옥이나 수용소는 그 시대의 어두운 상징이므로, 탈출했다고 바로 자유가 보장되지는 않는다. 용운은 이 험난한 사회에 적응해야만 진정으로 지옥 같은 감옥에서 해방될 수 있을 것이다.

웃으며 주절거렸다.

"젊은 사람이 왜 그리 고리타분하단 말인가? 정말 이해하기 어려운 일이로군."

그는 용운을 마치 자신의 친구인 듯이 점잖게 대했다. 말도 일부러 좀 어려운 투를 쓰곤 했다.

"아, 연로한 양반이야 세상살이를 그만큼 더 했으니 당연히 물리가 터지게 마련이지, 그걸 갖고 은근히 자랑 삼을 건 없다고 생각되는데요."

용운도 같은 어투로 대꾸했다.

"허허, 그런 셈인가."

비가 가늘어지자 둘은 포장마차를 나왔고 그 뒤로 동행이 되었다.

"우린 미치지 않았을까?"

그가 앞길을 물끄러미 바라보며 중얼거렸다. 용운은 대꾸할 만한 말이 떠오르지 않아 길에다 침이나 뱉었다.

둘은 해안도로를 따라 걷고 있었다. 차는 띄엄띄엄 다녔으나 길이 좁아 둘은 앞뒤로 서서 걸었다. 도로 한쪽은 산이고, 한쪽은 가파른 벼랑 아래에 바다가 출렁이고 있었다. 퍼런 해면에서 일어나 달리다가 바위에 전신으로 부딪쳐 산산이 부서져서 튀어 오르는 파도의 포말들은 공중으로 날아가는지 다시 떨어져 바다에 속하는지 멀어서 잘 보이지 않았다.

그들은 허름한 구멍가게에 들어가 마지막 동전으로 라면을 한 개 사고 냄비와 불을 빌려 끓여서는 나눠 먹었다.

그는 바람을 받으며 오르막길을 걸어가고 있었다. 고갯마루에 올라선 그는 멈추더니 눈을 들어 먼 곳을 망연히 바라보았다.

궁금한 점이 있었다. 용운 자신이야 본래 떠돌이다 보니 그 해변도시로 들어갔다 치더라도, 그는 무슨 연유로 고향에서 떠돌고 있는 것일까? 바로 물어 보기는 뭣해서 슬쩍 "나 같으면 이곳을 떠나겠는걸."라고 했더니 그는 심드렁한 어조로 대꾸했다.

"왕년엔 이 몸도 객지에 나가 원한 대로 놀아 보았구먼."

"그렇다면 정착을 해서 제대로 살아 보시든지."

"이 애숭이야, 고향땅이라고 해서 자리 잡기가 그리 쉽다던가."

그의 표정이나 어조를 보니, 정착하고자 하는 뜻이 심중에 고이 간직돼 있는 듯싶었다. 용운도 천방지방 떠돌아다니긴 해도 언젠가 어떤 방식으로든 정착하게 될 터였다. 그가 가엾게 여겨졌다. 그런데 그는 용운을 애처롭게 여기고 있는 것이었다. 피장파장이었다. 둘은 더 이상 상대방에 대해 시시콜콜히 묻지 않고 걸어 나아갔다.

길 위에서는 머릿속에 가진 거짓된 관념 따윈 아무런 필요도 없고, 그런 건 다만 사람을 고독하게 만들 뿐이었다. 보잘것없으면 없는 대로 자신의 진실만으로 걸어갈 수밖에 없었다.

남빛 바다는 거대한 힘을 지닌 생물처럼 여겨졌다. 넋을 잃고 보고 있노라면 바다는 아래위로 뒤채며 사랑을 하고 있는 것 같기도 했다. 아, 싱싱한 소녀와 함께라면 길이 아름다울 텐데…. 용운은 향긋한 몸내음을 풍기는 소녀와 함께 걸어가고 있었다. 길 위에서 공상에 빠져들면 방안에서보다 더 상쾌했다. 소녀는 부드러운 머리카락으로 넋을 휘감았다. 풍만하고 매끄러운 몸을 상상하는 동안 용운의 입에서는 절로 신음이 새어나왔다. 상쾌한 바람은 그녀의 머리카락이고 속삭임이었다.

산모롱이를 돌아 나가자 한없이 계속될 듯하던 호젓한 오솔길이 끝나고 갑자기 앞이 트이면서 인가가 드문드문 보였다. 걸어갈수록 인가와 상점이 많아졌다. 불현듯 쪼르륵 소리가 나고 배가 고팠다. 이제 동전 한 푼도 없었다. 햇볕이 눈부시고 맥이 탁 풀렸다. 둘은 상점 앞의 평상에 걸터앉았다. 시원한 국수나 한 그릇 쭉 들이켰으면 생기가 돌아올 듯싶었다. 맥을 놓고 앉아 장난치는 강아지를 바라보고 있는데 그가 말했다.

"가자구."

"가긴 어딜 가요. 더 갈 데도 없구먼 뭘."

"왜 더 갈 데가 없어. 이제부터가 시작인데…."

용운은 일어나서 그를 따라 걸었다.

둘은 막노동이라도 할 만한 공사장을 찾아다니고 있었지만 별로 상황이 좋지 못했다. 어느 교회 앞에서 걸음을 멈춘 그는 잠시 기다리고 있으라고 얘기하고는 안으로 들어갔다. 대체 뭘 하는지 한식경이나 지나도록 그는 나오지 않았다. 눈앞의 조그마한 돌멩이가 맛난 빵으로 보였다. 눈을 감고 있는데 그가 불렀다.

회당은 신자들로 북적거렸다. 둘은 뒷자리에 앉아 설교를 들었다. 성령의 빛으로 충만한 말씀도 배고픈 귀엔 웅얼웅얼하는 소음으로 들릴 따름이었다.

"그만 나갑시다."

"조금만 기다려. 참는 자에게 복이 있나니…."

설교를 듣고 나서 그들은 자장면을 한 그릇씩 얻어먹었다.

"주님의 깊은 은혜로, 길 잃은 어린 양들이 부디 바른 길을 찾아가길 바랄 뿐입니다."

목사와 악수를 나누고 그들은 다시 거리로 나섰다.

한참 걸은 그들은 장터 길로 접어들었다. 시골 장은 번잡하면서도 한가로워, 벌이 귓가에서 윙윙거리는 듯한 느낌을 머릿속에다 주었다.

그는 어물전에서 쥐치 세 마리를 샀다. 어디서 난 돈인지 궁금해 하자 "목사한테 우려냈지 뭐." 하며 싱긋 웃었다. 네 홉짜리 소주와 초고추장까지 사들고 그들은 방파제 쪽으로 갔다.

그 섬에서는 어디서나 바다가 바라보이고 조금만 다가가면 바다에 손을 담글 수 있었다. 그는 주머니칼을 꺼내어 쥐치를 날렵하게 저며 그럴듯한 안줏감으로 장만했다.

수평선을 바라보면서 마시는 소주는 눈물을 닮아 있었다. 그 눈물 속에는 한 점 빛이 어리었고 그 빛이 슬픔인지 희망인지는 확언할 수가 없었다.

"자네… 저것들이 자유롭다고 생각하는가?"

그가 술잔을 든 채 수평선 쪽을 물끄러미 바라보며 물었다.

하늘이 푸르러서 바다와의 경계가 희미했다. 그 희미한 수평선 아래에서 가물가물하는 물결. 거기에 햇빛이 내려와서 반짝반짝 뛰놀고, 그 아래엔 온갖 물고기들이 헤엄쳐 다니고 있을 터였다. 그것들의 심호흡이기라도 한 듯 푸른 수면 여기저기엔 때때로 흰 갈기가 생겨나 작은 말처럼 달려갔다. 물고기들은 자유로울까, 어떨까? 갑갑할 것 같기도 하고 시원스러울 듯싶기도 했다.

"저것들 말이야…"

그의 눈길이 간 공중엔 갈매기들이 날고 있었다. 던져 올린 흰 수건 같은 것들이 끼루룩거리는 걸 보면 거기에도 생명이 있는 성싶다. 그것들은 순간 창처럼 해면에 내리꽂혀서는 다른 생명을 탈취하여 올랐다. 생명 있는 것은 물고기든 갈매기든 온전히 자유롭지 않을 듯싶다.

용운은 말없이 술잔을 기울였다.

"그럼 자네 자신은⋯."

그의 물음은 물엿처럼 끈적끈적한 느낌을 주었다. 난 자유로운가? 무엇보다도 그의 질문 자체가 더 용운을 부자유스럽게 했다. 용운은 자신이 자유롭다고 생각하고 있었던 건 아니었다. 그런 생각을 하는 순간 마음이 옥죄임을 느꼈다. 용운은 눈을 들어 먼 데를 바라보았다. 해풍에 날개깃을 날리며 떠다니는 갈매기보다 더 막막했다.

어둠 속에 누워 용운은 눈을 멀뚱거리고 있었다. 주인이 버리고 떠난 어느 폐가에서였다. 입안이 깔깔했으나 물을 찾아 마신다고 가실 것 같지는 않은 갈증. 지치도록 떠돌아다닌 다음에도 잠 속에 푹 빠져 버릴 순 없었다. 어둠 속에서 불시에 눈을 뜨게 되면 물이 반쯤 찬 깊은 물독 속에 빠져 있는 듯한 기분이었다.

동숙자는 코를 골며 혼곤히 자고 있었다. 정착할 수 없어 부평초처럼 떠도는 자의 잠. 숨을 오래도록 쉬지 않고 있다가 한꺼번에 길게, 마치 가까스로 살아 돌아온 듯이 내쉬었다. 안쓰러운 감정이 들었다. 무언가를 찾기 위해 돌아다니지만 결국은 텅 빈 손으로, 쳇바퀴를 돌리며 먼 심산유곡을 뛰노는 환상에 잠겼다가 지쳐 웅크린 다람쥐 같은 동행자의 잠⋯.

난 무얼 찾아 여기까지 왔는가. 나 역시 서울에서는 그러하지 않았던가. 내가 버려져서 자란 도시, 그 거대하고 복잡한 구조물 속에서도 난 일개 떠돌이에 지나지 않았다. 구겨 박혀 있거나, 돌아다니다가 밤이면 들어가 누울 수 있는 어두운 움막이 있다는 게 다를 뿐이었다.

떠나올 땐 가슴이 벅차기도 했는데, 막상 발을 디딘 이곳에서는 막일 자리 하나 걸리지 않았다.

바닷가의 정취가 풍기는 과수원에서 부지런히 일하고, 혹시 상냥한 바다의 인어 소녀에게 반해 정열을 불태울지도 모르리라 던 꿈은 한갓 몽상에 지나지 않았다. 넓은 과수원에서 일하는 몇 명 안 되는 아저씨와 아주머니들은 햇볕에 팔과 얼굴이 구릿빛으로 탄 채 땀을 뻘뻘 흘리고 있었다. 외부인이 끼어들 틈새는 없었다. 과일은 그저 돈으로 환산될 물건일 뿐… 과일 담는 나무 상자를 만드는 곳엘 기웃거려 보았지만 입도 한번 뻥긋해 볼 수 없었다. 숙련된 일꾼들은 한쪽 손에 망치를 들고 딴 손으로는 연신 입에 가득 문 못을 빼어 나무판자에 일초마다 하나씩 탁탁 탁 하고 연달아 박아 일분도 안 되어 상자를 둘씩이나 만들어냈다. 값이 싸서 그렇게 하지 않고는 먹고 살 수가 없다는 푸념 같은 일.

동숙자가 갑자기 히히히 하고 작은 소리로 웃었다. 웃음소리는 잠시 틈을 두었다가 다시 이어졌다. 그 소리는 하도 명료하여 잠결에 웃는 소리라기보다 잠이 깨어 장난스레 내는 소리 같았다. 한동안 잠잠하더니 별안간 중얼거렸다.

"아이고, 아바님… 아이고, 어마님… 애이구, 할아바님… 애이구, 할마님… 죄송스러워요, 죄송스러워요…"

마치 어린애나 정신병자처럼 야릇한 발음이었다.

용운은 말리지 않고 그냥 들었다. 잠결에 하는 소리인지 맨정신으로 그러는지 굳이 확인할 생각은 없었다. 왜 그런 괴상스런 언행을 하는지 궁금하기보다는 으스스한 느낌이 들 뿐이었다.

밝은 날 얼굴을 마주하게 되었을 때 용운은 아무런 내색도 하지 않았다.

둘은 다시 걸었다. 우물물을 퍼서 배를 채운 다음 태양을 보고 걸어갔다. 깡똥한 그의 바지와 떨어진 구두가 처량한 기분을 자아냈다. 처음 만났을 때 그가 스스로 미쳤다고 말했을 때는 웃고 말았는데 가만히 보면 정신적으로 이상스런 면이 있는 것도 같았다.

맑던 하늘이 갑자기 흐려지며 비를 뿌릴 기색이었다. 걱정하자 그는 변화 없는 보조로 걸어가며 결코 비는 내리지 않는다고 별스레 강조하는 것이었다.

"비라고 해서 제맘대로 오는 줄 알아? 하늘이 잠시 변덕을 부리는 것뿐이지. 비는 절대로 오지 않을 테니 두고보라구!"

해는 이미 구름장 속에 가둬진 뒤였다. 빗방울이 듣기 시작하더니 점점 굵어져 주룩주룩 쏟아져 내렸다. 그래도 그는 태연자약했다. 여전한 걸음걸이로 성큼성큼 걸어가며 뇌까렸다.

"비는 내리지 않아. 저 찬란한 햇빛을 좀 보라구! 좀 봐!"

그는 흠뻑 젖은 오소리 같은 몰골로 웃고 있었다.

비바람이 뿌연 안개를 일으켜서 앞길은 흐릿했다. 우습다면 우습고 서글프다면 서글픈 광경이며 으스스하다고 생각하면 으스스하기도 한 일이었다. 저 사람은 정말로 비가 내리지 않는다고 생각하는 것일까? 그렇지는 않을 터였다. 아니, 그럴지도 모를 노릇이었다. 착각은 자기 자신으로부터 시작되는 것이니까 말이다. 그는 은빛으로 반짝이며 쏟아져 내리는 빗발을 환한 햇살이라고 생각하며 저렇게 재게 걸어가고 있는지도 몰랐다. 그런데 그는 어째서 그런 생각을 하게 됐을까? 단순히 변덕을 부려 보는 성싶지는 않아 보였다. 외부의 현상과 다른 자신의 의식을 믿음으로써 은밀히 세상에 대항하여 자기를 지키려는 의도였을까?

그들은 길 한옆의 낡고 기울어진 원두막 쪽으로 걸음을 옮겼다. 한데 거기엔 이미 선착자가 있었다.

젖은 봉두난발에서 흘러내리는 잿빛 땟물이 낯짝에 떨어져 꼴불견인데 두 눈에 반들반들한 윤기가 흐르고 있어 꽤 만만찮은 여자임을 느끼게 했다. 그 여자는 추접스런 누더기 옷을 여러 겹 껴입고 있어 뚱뚱해 보였고, 곁엔 잡동사니를 잔뜩 쑤셔 넣어 그처럼 뚱뚱한 배낭이 뒹굴어져 있었다. 그 빗속에서 여자는 요령 좋게도 깡통에다 불을 지펴 놓고 그 위엔 쭈그러진 냄비를 올려놓은 채 우두커니 쭈그려 앉아 있었다.

방랑객들을 보자 무슨 말이라도 할 듯 입술을 벌렸는데 앞니가 두어 개 빠져나가 좀 그로테스크했다.

그가 올라가자 여자는 꾸무럭대며 자리를 좀 내어 주었다. 그러고는 쏟아지는 비를 바라보며 마치 돌부처처럼 가만히 앉아 있는 것이었다.

그는 어깨에 메고 다니던 작고 검은 가방에서 수건을 꺼내어 머리를 털고 닦고 얼굴과 목과 팔을 닦았다. 그러고는 남방셔츠를 벗어 나무 기둥에 걸어 말렸다. 입은 지 오래되어 누렇게 변색되고 구멍이 숭숭 난 런닝이 드러났다.

그는 파란 빗을 꺼내 머리를 찬찬히 빗었다. 여자는 빗발로부터 눈길을 돌려, 그가 나나니벌처럼 부지런히 몸을 가다듬는 모양을 뚱한 표정으로 바라보았다. 자신에 비해 번듯해져서 윤기마저 도는 듯한 그의 얼굴을 바라보는 여자의 눈에 잠깐 선망의 기색이 어렸다. 그러다가 슬그머니 그의 옆구리께로 손을 가져가서 옷의 구멍난 자국을 만지더니 갑자기 쭉 찢어 버렸다. 이미 웬만큼 삭아 있던 그의 런닝은 제물에 사방으로 찢어져서 금세 너덜너덜해지고 말았다. 그가 놀라는 모양을 보고 여자는 키득키득 웃어댔다.

"이리 와봐. 좀 와보라니깐."

여자는 개구리를 노리는 뱀의 눈처럼 가느다랗게 뜬 눈으로 짐짓 음흉스레 그를 지켜보며 주절거렸다. 그런데 그의 태도가 이상했다. 그는 여자의 눈길로부터 얼굴을 돌리지 않은 채, 애수 같은 것이 어린 묘한 표정으로 주춤주춤 다가갔다. 뱀 앞의 개구리처럼 겁을 집어먹은 듯하지는 않았다. 무슨 종류의 인력인지는 모르지만 어떤 인력이 작용하고 있는 듯했다.

여자는 얄궂기 짝이 없는 웃음을 지으며 그의 팔목을 잡아 끌어당기더니 한쪽 손으로 그의 머리를 헝클어 버리고 다시 손가락을 세워 런닝을 마구 찢어서 넝마 조각으로 만들어 놓았다.

"하! 하! 하!"

그녀는 무척 통쾌한 모양이었다.

"킬킬킬…."

그도 따라 웃었다.

쭈그렁 냄비에서 김과 함께 구수한 냄새가 솔솔 피어올랐다. 여자가 천천히 뜸을 들이면서 냄비 뚜껑을 열었다. 냄비 안엔 감자가 몇 개 들어 있었다.

여자는 나뭇가지로 그 가운데서 중간 정도로 큰 감자를 하나 찔러 들어서 그에게 주었다. 그리고 탱자만 한 것을 찍어 눈을 흘기며 마지못해 용운에게 주고, 자기는 주먹만 한 놈을 집어 냄새를 킁킁 맡기도 하고 뺨에다 갖다 대기도 하고 마치 어린애인 양 두 손으로 둥개둥개를 하기도 하더니 이윽고 먹기 시작했다.

그는 감자 껍질을 벗기고 가방에서 꺼낸 소금에다 찍어 한 입씩 천천히 베어 먹고 있었다.

"이렇게 기가 막히게 맛있는 감자는 태어나고 나서 처음 먹어 보는군요. 아가씨, 대체 어찌 삶았길래 이렇게 입안에서 살살 녹는다지요?"

"눈물을 받아 삶았어, 흐흥."

그는 놀란 기색을 웃음으로 얼버무렸다.

"농담을 잘 하시는 아가씨구면요. 요컨대 빗물을 받아서 삶았다는 것을 그렇게 표현하는 거죠? 빗물도 물이고 눈물도 물이니까 결국 비슷하지요, 뭘. 다만 좀 특이한 기분을 내어 보려고 그러는 거겠죠. 킬킬⋯."

"난 아가씨가 아니니까 농담 말어!"

여자는 버럭 소리를 질렀다. 그는 여자를 잠시 바라보더니 감자를 입속에 쏙 집어넣고 우물우물 씹었다.

"아무튼 귀한 음식을 나눠 줘서 참말로 고맙고 미안해요."

"야, 미친 놈! 근데 어매 뱃속에서 나올 때부터 그랬던 거니?"

"무슨 이야기죠."

"처음부터 얼간 망둥이새끼였냔 말야."

"아니죠. 부모님을 모욕하지 마세요. 다 내가 못난 탓이니까. 킬킬… 비만 오면 저절로 마음이 울적해져요."

"흥."

"비가 억수로 내리던 날이었어요. 객지에서 늘씬 얻어맞고 가진 것을 몽조리 빼앗긴 일이 있었지요, 킬킬킬."

"가슴이 쓰렸니?"

"그렇지요 뭐."

그는 냄비를 들고 가서 씻기 시작했다. 너덜너덜한 런닝을 그대로 걸친 채였다.

비는 부슬부슬 내리며 바람에 흩날렸다.

여자는 감자를 다 먹은 다음 배낭을 베고 비스듬히 누워 눈을 감고 있었다. 그는 냄비를 씻어 놓은 후에 맞은쪽에 자리를 잡고 앉아 그녀의 시꺼먼 얼굴을 물끄러미 바라보는 것이었다.

"이제 가 봐야죠."

용운이 지루해서 운을 떼었다.

"어디로?"

"어디로든 나서 봐야죠."

그는 눈길을 슬쩍 돌리고는 말없이 앉아 있었다. 용운의 머릿속엔 왠지 문득 밀폐된 유리통 속에서 홀로 바둥거리는 애벌레가 떠오르기도 하고, 메마른 갈대 사이를 지나 멀어져 가는 나비의 모습이 겹쳐지기도 했다.

그는 문득 가방을 뒤적거려 하모니카를 꺼내더니 탁탁 털었다. 언젠가도 한번 꺼내 입에 대었다가 기분이 나지 않는다며 집어넣었던 하모니카였다.

하모니카 가락에 의해 원두막의 분위기가 바뀌어졌다. 구질구질한 눈앞의 현실도, 안개비에 젖은 먼 풍경도 그렇게 처량하거나 막막하게 느껴지지 않았다. 여자는 눈을 게슴츠레하게 뜨고 그를 바라보았다.

"굼벵이도 뒹구는 재주가 있다더니만, 쳇."

한 마디 던지고는 다시 스르르 눈을 감았다.

그는 고개를 수그린 채 목의 힘줄을 푸르게 세우면서 은은한 선율을 불어냈다. 크지 않게, 애써 숨을 조절하여 자기 자신을 조금씩 집어넣는 듯한 연주였다. 곡은 쓸쓸해지더니 차츰 애조를 띠어 가고 있었다.

얼마나 시간이 흘렀을까, 문득 이상스런 소리가 들려왔다. 여자가 눈을 감고 누운 그대로 흐느끼고 있었다. 볼 위로 눈물이 굴러내렸다. 그런데 가만히 보니 아직 잠에서 깨지 않은 것 같았다. 울면서 자고 있는 것이었다. 무슨 슬픈 꿈이라도 꾸고 있는 모양이었다. 그러더니 문득 괴상스런 신음 소리와 함께 진저리를 한번 치고는 눈을 떴다.

"아유, 가슴이 꽉 막혀 꼭 죽는 줄 알았네. 웬 꿈이 그렇게도

슬펐으까?… 야, 그런데 미친 놈! 그것 좀 그만 불어. 그 소리가
잠결에도 들려오는 바람에 그렇게 슬픈 꿈을 꾼 것 같아…."

여자는 가슴을 흔들고 헝클어진 머리를 쥐어뜯었다. 귀신 형
상이 되었다.

"무슨 꿈을 꾸었는데 그러니?"

그는 하모니카를 입에서 떼고 탁탁 쳐서 침을 떨어내며 물었
다. 말투가 좀 이상하게 느껴졌다. 여자는 떨떠름한 표정으로
한동안 바라보고 있더니 퉁명스레 내뱉었다.

"나하고 똑같은 문둥이 년을 만났지 뭐야. 아니라, 멀리서
바라보기만 했지. 내가 나를 바라보고 있으니 이상스러웠어.
그 문둥이 년은 아무도 없는 막막한 데를 혼자서 걸어가고
있더군. 가도 가도 길은 끝이 없었어. 그런데 나는 문득 그년
이 왜 내가 아닌 듯이 느껴졌을까? 귀신같은 꼴로 터벅터벅
걸어가는 그년을 난 도저히 나라고 생각할 수가 없었어. 어디
로 그렇게 끝도 없이 걸어가고 있었던 걸까? 이렇게 살아오면
서도 난 몰랐는데, 그 문둥이 년을 보고 있자니 내가 너무
처량한 느낌이 들었어. 휘유…."

그녀는 심란스런 표정으로 한숨을 쉬었다. 그가 갑자기 꽤나
정다움이 어린 어조로 말했다.

"나도 그런 꿈을 꾼 적이 있었는걸. 어찌 그렇게도 비슷할
까!… 거긴 정말 가슴이 아릴 정도로 황량한 땅이었지. 내 자신

의 과거도 현재도 미래도 제대로 분간할 수 없는 곳… 눈물이 날 수밖에 없지. 헛참…."

여자는 눈을 게슴츠레하게 뜨고, 사내의 심중을 헤아려 보겠다는 듯이 바라보고 있었다. 그러더니 흘겨보면서 콧방귀를 세게 뀌었다.

"흥! 지가 뭘 안다구 그래."

"이렇게 하루하루 살아가는 것이 보기보다는 결코 쉽지 않아."

"그래서 어쩌라는 거야, 이 미친놈아!"

"앞으로… 함께 다녔으면 어떨까 해. 막막한 길일지언정 동무가 있으면 그렇게 서글프지는 않을 것 같은데 말이지."

여자는 시답잖다는 듯이 별다른 대꾸를 하지 않았다. 그러나 그가 얼마 후 길로 나서자 배낭을 짊어지더니 느릿느릿 따라오는 것이었다.

길은 아무런 소리도 없이 구불구불 멀리 뻗어나 있었다. 바람에 날리는 이슬비는 땅에 닿을 틈도 없는 것 같았다. 그들은 촉촉이 젖으면서 걸어 나갔다. 잿빛 하늘이 꿈틀거렸다.

"넌 참 좋겠다. 희망을 갖고 살 수가 있으니까 말야."

여자가 용운에게 말했다.

"누나도 희망을 갖고 살면 되잖아요."

"흥, 난 이미 그럴 수가 없는 신세야… 문둥병에 걸렸거든."

여자가 맥 빠진 목소리로 대꾸했다.

"정말요? 난 농담인 줄 알았는데. 그런 표시도 없잖아요."

"앞으로 차차 나타난다고 하더군."

그 여자가 어떤 사람인지, 무슨 연유로 그렇게 살고 있는지, 용운은 은근히 궁금했다. 도시의 한구석에서 때로 그런 사람들을 보게 되면 괜스레 호기심이 일곤 했던 것이었다.

한참을 정처도 없이 걸었다. 개울이 나타나자 여자는 좀 쉬었다가 가자고 말했다. 여자는 손을 맑은 물에 담근 채 한동안 자신의 그림자를 내려다보고 있더니 씻기 시작했다. 양손을 모아 물을 잔뜩 떠서 연거푸 얼굴을 문질러댔다. 잿빛 땟물이 뚝뚝 떨어져 내렸다.

여자는 오랫동안 얼굴과 손을 씻고 상체를 펴 일어섰다. 그가 어깨에 걸치고 있던 수건을 건네자 여자는 도리질을 하며 손바닥으로 얼굴의 물기를 훔쳐냈다. 그전에 그녀는 웬일인지 두 손으로 얼굴을 오래도록 감싸고 있었다. 드디어 드러난 그녀의 얼굴은 사과만큼이나 빨갰다.

"오메, 선녀가 숨어 있었네!"

그가 호들갑을 떨었다. 여자의 얼굴은 더욱 상기되어 잘 익은 석류 빛처럼 변화했다.

"지랄하지 마요!"

신맛이 느껴질 정도로 톡 쏘았다. 그의 표정은 신맛 속의 단맛을 음미하는 그런 모양이었다.

다시 걸었다. 어스름이 내리고 비는 그쳤다.

단조롭게 이어지던 길이 끝나고 자그마한 마을이 나타났다. 용운은 모르고 있었지만 그와 그 여자는 알고 있었던 모양이었다. 결국 그들은 전혀 정처 없이 걸어오지는 않은 셈이었다. 이방인으로서 용운은 어디로 가고 있는 길이냐고 물어 볼 만도 했지만 사실은 그럴 형편이 아니었고 그도 굳이 언급할 필요를 느끼지 못했을 터였다. 그들 역시 그곳이 궁극적인 목적지일 수는 없었으니까.

어느 집 앞의 평상에 걸터앉았다. 저녁밥 짓는 연기가 작은 굴뚝에서 피어올라 흐린 하늘 아래 생물처럼 떠돌았다. 그는 그것을 물끄러미 바라보고 있더니 일어서서 문 앞으로 슬금슬금 걸어갔다.

"지나가던 나그네입니다만, 잠시 실례하겠습니다."

그는 반쯤 열린 사립문을 밀고 안으로 들어서면서 조심스레 말했다. 개 짖는 소리가 나고 이어서 가래 끓는 노인네의 음성이 들려왔다.

"누구시우? 영 못 보던 사람인디…."

"네, 과객입니다. 신세가 처량한 사람이지요…."

그 다음 말은 잘 들려오지 않았다. 얼마 후에 커렁커렁한 노인네의 고함 소리가 귀청을 때렸다.

"사지가 멀쩡한 젊은 것들이 무슨 할 짓이 없어서 비럭질이여,

비럭질이!… 요즘은 세상이 좋아서 곰배팔이 병신도 그런 짓을 않는데 넉살도 참 좋군. 꽁보리밥 한 숟가락도 주기 싫으니 썩 나가라구! 원 재수가 없으려니….”

한순간 개가 사납게 으르렁거렸다. 그가 짧게 비명을 질렀다. 개는 일단 한번 물고 놓았다가 허연 이빨을 드러내며 다시금 덤벼들려고 했다. 그는 메고 있던 가방을 재빨리 휘둘러 막으면서 뒷걸음질 쳐서 물러났다.

마을을 벗어나 한동안 가자 산 아래쪽에 허름한 움막이 하나 있었다. 그들은 그곳으로 기어 들어갔다.

감자가 불에 익어 가는 동안 여자는 그의 상처를 보살펴 주었다. 종아리에 개 이빨 자국이 선명하고 피가 흐르고 있었다. 여자는 상처 자리를 씻고 무슨 풀을 으깨어 발라 주었다. 여자의 손길은 부드럽고 자상함이 깃들어 있었다. 투박하기만 하던 저 여자의 어디에 저런 면이 숨어 있다가 흘러나오는 것일까.

그가 하모니카를 불고 여자가 간혹 그에 맞춰 흥얼거리는 소리를 들으며 용운은 생각에 잠겨들었다. 자신을 둘러싼 껍데기가 갈가리 부서지고 나약한 맨살로 누워 있는 것 같았다. 허망한 심정이었다. 그들의 속살이야말로 실답고 그들의 감정이야말로 투박한 대로 진실하지 않을까 싶었다. 겉모습은 천덕스럽고 추악해 보여도, 그건 그들 나름대로 세상을 뒹굴며 제 명으로 버텨 살아온 결과가 아닐까? 나야말로 남에게 의지해 살아왔다.

그는 여자가 따라 부를 수 있도록 쉬운 곡을 골라 불렀고, 여자는 목청을 가다듬어 노래하는 틈틈이 킥킥거렸다. 그녀의 서투른 노래 소리를 들으며 용운은 잠이 들었다.

아침에 일어나자 그들은 곧 길을 나섰다.

날것인 아침 공기는 꿈과 현실을 버무려 놓은 듯한 내음을 풍겼다. 길은 발밑에서 느껴지는 현실이었지만, 가만히 앞길을 바라보노라면 문득 환상처럼 여겨지기도 했다.

각자 어디서 와서 어디로 가고 있는 것일까? 그에게도 꿈이 있고 그녀에게도 꿈이 있을 터였으며 용운에게도 꿈은 있었다.

"어디로 갈 거죠?"

갈래길이 보이는 곳에서 용운은 물었다.

"읍내로 들어가 봐야지."

"난 부두로 가겠어요."

"그래?… 흠, 잘 생각했어. 그런데 뱃삯이 없잖아?"

"아무튼 그쪽으로 가면서 마련해 보겠어요."

"어딜 가서든, 무엇이든 부지런히 하라구… 막상 헤어지려니 섭섭하네."

"행복하게 살게 되길 바라겠어요. 그리고… 그동안 고마웠어요."

"뭐가 고맙다고 그래, 킬킬."

용운은 그들에게 목례를 하고 부두로 향하는 길로 들어섰다. 그가 한쪽 손을 들자 그녀도 따라 들어 흔들었다. 용운은 두 사람의 얼굴이 친숙하다는 생각이 들었다.

"만나서 반가워요!"

그녀를 향하여 말하자 여자는 빙긋 웃고는 돌아서서 그를 부축해 읍내 쪽으로 걷기 시작했다. 그는 절뚝절뚝 따라 걸으며 뒤돌아보고 고개를 끄덕였다.

용운도 걷기 시작했다. 태양이 높이 떠올라 강렬한 빛을 비추며 이글거리고 있었다. 불현듯 용운은 자기가 부두로 가게 될지 또 다른 곳으로 가게 될지 아직은 모를 일이라는 생각이 들었다.

백설 속 영혼들

이 소설의 초판이 나온 후 여러 신문과 방송에서 선감학원 문제를 집중 보도하고, 피해 당사자들도 힘을 모아 어둠의 장막을 걷어내려 애쓰고 있다. 아직은 갈 길이 먼 이 시점에 미흡한 부분을 수정·보완하여 재출간을 눈앞에 두게 되니 감회가 새롭다.

오래 전 한여름 땡볕 속에 헉헉거리며 취재차 선감도를 찾아갔을 때, 그곳은 싱그러운 녹음과 길가의 샛노란 민들레와 시원한 바닷바람으로 맞아 주었다. 그런데 이상스럽게도 그곳의 주민이 한 사람도 보이지 않고 섬은 염천 아래 고즈넉하기만 했다.

황토길 위에 시멘트를 깔아 놓은 건 서울이나 마찬가지였다(서울의 땅도 깊이 파면 누런 흙이 나온다). 그 시멘트 길을 걸어 옛 선감학원을 찾아가는데 뱀 한 마리가 꿈틀거리며 노려보고 있었다.

예전부터 선감도엔 뱀이 많다는 얘길 들었지만 갑자기 보니 놀라웠다. 뱀은 거의 죽어가면서 꼬리를 파르르 떨고 있었다. 대가리와 꼬리는 아직 살았지만 몸뚱이 위로 뭣이 지나갔는지 뭉개져 있어 회생하긴 어려워 보였다. 나는 뱀대가리를 랜드로버를 신은 발뒤꿈치로 짓이겨 버리고 걸어갔다(아니, 그렇게 해버리고 싶은 마음으로 지나갔다).

그런데 더 놀라운 건 현장에서 취재를 할 만한 사실이 별로 없다는 점이었다. 일제 식민지 시대에 만들어져서 재활 교육이라는 미명하에 8세 이상 20세 이하의 어린 청소년들을 감금하여 그 노동력을 착취했던 곳, 해방 후에도 명랑한 사회 조성이니 새마음 운동이니 뭐니 하는 따위의 슬로건을 내걸면서 불우한 청소년들의 인권을 유린한 악명 높은 곳인 선감원. 일제 식민지 시대부터 1960~70년대의 서슬 퍼런 독재시대를 거쳐 1982년 폐쇄되기까지 거의 반세기에 가까운 세월 동안 수천 명의 청소년들이 갱생교육이라는 이름 아래 수감되어 고생하거나 혹은 죽기도 한 곳…. 그런데도 그런 사실을 알리는 팻말 하나 붙어 있지 않았다.

좀 더 가자 그 당시 수용소로 사용되던 시멘트 건물의 황량한 형해만을 겨우 확인해 볼 수 있었다. 죽은 원생들이 가매장되거나 내버려졌다는 공동묘지는 수풀에 묻혀 잘 보이지도 않았다. 그 후 2차 취재 때는 눈이 많이 내린 뒤였다. 백설에 덮인 작은 무덤들이 좀더 도드라져 보였는데, 숲속을 헤치고 들어가자 그런 봉분이 여기저기 계속 나타났다.

그 무덤들이 바로 한국인의 역사의식의 한 단면이 아닌가 싶어 착잡했다. 아마 우리가 친애하는 미국이나 일본만 해도 이런 경우가 있다면 유해를 발굴하여 사실을 확인하고 나아가 작은 기념관이나마 지어 비명非命에 죽은 수많은 청소년들의 넋을 위로하고 기억했을 것이다. 그런데 그들의 좋은 점은 배우지 않고 기껏 그들 스스로도 반성하고 타기하는 것만 죽자고 따라 하려는 게 우리 현실이 아닌가?

다행히 늦게나마 경기도 당국에서 앞으로 유해를 발굴하고 그 터에 위령공원을 조성할 계획이며, 또한 국가 차원에서 진상조사에 나서야 한다는 여론도 일고 있다. 부디 성사돼 어린 원혼들이 편히 쉬게 되길 바랄 뿐이다.

이 소설을 쓰는 동안 많은 분들과 여러 자료의 도움을 받았다. 주인공의 원 모델인 임용남 선생님은 노구에도 불구하고 먼 취재 길에 동행하여 당시에 자신이 겪은 참담한 삶의 이야기를 속속들이 들려 주었다. 그리고 20여 년 전에 선감도를 취재하고 임 선생님의 체험담과 회상 노트를 토대로 하여 최건수 선생님이 펴낸 실록물은 많은 도움이 되었다. 또한 일제시대에 선감원 부원장으로 재임한 아버지를 따라 와 선감도에서 생활했던 기억을 모아서 추억록을 낸 바 있는 이하라 히로미츠 선생님의 노고도 잊어선 안 되리라. 그리고 안산지역사 연구소를 이끌면서 선감도 관련사항을 정리하려고 애쓰는 정진각 선생님은 귀한 자료를 보내 주시고 나아가 당시 선감원에 수용되어 고초를 겪었던 분들을 어렵사리 소개해 주셨다.

과거사의 트라우마를 딛고 용기를 내 진실을 밝히려 애쓰는 모든 분들께 깊이 감사드린다.

끝으로, 연재되는 동안 애독해 준 독자님들과 귀한 지면을 제공해 준 〈동방문학〉과 〈사건의 내막〉지의 대표님, 어려운 때에 출간을 흔쾌히 맡아 준 작가와비평의 대표님께도 감사의 인사를 전한다.

2020년 여름
연신내에서
김영권